Meu depoimento sobre o Esquadrão da Morte

Meu depoimento sobre o Esquadrão da Morte

Hélio Pereira Bicudo

Prefácio
Ruy Mesquita

Martins Fontes
São Paulo 2002

*Copyright © 2002, Livraria Martins Fontes Editora Ltda.,
São Paulo, para a presente edição.*

1ª edição
1976 pela Pontifícia Comissão de Justiça e Paz de São Paulo
10ª edição
maio de 2002

Revisão gráfica
*Marise Simões Leal
Maria Luiza Fravet
Sandra Regina de Souza*
Produção gráfica
Geraldo Alves
Paginação/Fotolitos
Studio 3 Desenvolvimento Editorial

**Dados Internacionais de Catalogação na Publicação (CIP)
(Câmara Brasileira do Livro, SP, Brasil)**

Bicudo, Hélio Pereira
    Meu depoimento sobre o Esquadrão da Morte / Hélio Pereira Bicudo. – 10ª ed. – São Paulo : Martins Fontes, 2002. – (Temas brasileiros)

    ISBN 85-336-1572-8

    1. Crimes e criminosos – Brasil 2. Esquadrão da Morte 3. Polícia – São Paulo (Estado) 4. Violência – Brasil I. Título. II. Série.

02-1537   CDD-364.1066

Índices para catálogo sistemático:
1. Esquadrão da Morte : Problemas sociais   364.1066

*Todos os direitos desta edição, sob todas as formas,
em todas as línguas e em todos os países reservados à*
Livraria Martins Fontes Editora Ltda.
*Rua Conselheiro Ramalho, 330/340   01325-000   São Paulo SP Brasil
Tel. (11) 3241.3677   Fax (11) 3105.6867
e-mail: info@martinsfontes.com.br   http://www.martinsfontes.com.br*

Índice

Apresentação IX
Prefácio XI
Introdução à primeira edição XV
Introdução à décima edição XXIII

Os objetivos deste depoimento 1
Antecedentes 4
A designação 8
Os primeiros contatos 11
Começam as investigações 16
A morte de "Nego Sete" 24
Surgem maiores dificuldades 33
O apoio da imprensa 41
Tentativa frustrada 44
O Esquadrão no tráfico de entorpecentes 46
Novas dificuldades 49
No Presídio Tiradentes 54
Escaramuças judiciárias 57
Pressões redundam na minha exoneração 64

Solidariedade tardia 71
Surgem as represálias e o desencanto 73
Sensação de insegurança 83
À guisa de conclusão 92

Apêndices 95

Dedico este livro aos ilustres jornalistas drs. Júlio de Mesquita Neto e Ruy Mesquita, verdadeiros guardiões dos princípios que resguardam a liberdade de expressão do pensamento, na luta quotidiana, pela sua preservação, à frente dos jornais que dirigem – O Estado de S. Paulo *e* Jornal da Tarde.

À minha mulher, filhos e amigos, os quais, pelo seu apoio, tornaram possível o pouco que realizei neste trabalho, sobretudo, em prol do reconhecimento dos Direitos do Homem.

Apresentação

O rigor da moral evangélica considera como "servo inútil" o que se limitou a realizar a sua tarefa, sem nada acrescentar de iniciativa ou de criação pessoal (Lucas, 17, 7-10). Na lógica da "boa nova", só é digno de louvor quem agiu por amor, o que supõe um superamento do caráter obrigatório ou vinculado do ato praticado.

Sem dúvida, na organização administrativa do Estado, esse rigor não é aplicável. Admite-se que o funcionário público seja premiado pelo estrito cumprimento de seus deveres estatutários. Em contrapartida, porém, a prevaricação, consistente na falta de desempenho de um dever de ofício, em razão de sentimento ou de interesse pessoal, é punida como crime.

Tratando-se de um membro do Ministério Público, cujo múnus consiste na defesa do interesse social pela iniciativa de aplicação da lei, a ninguém ocorreria louvá-lo, numa sociedade bem formada, pelo simples fato de executar, estritamente, as suas obrigações funcionais de promover a persecução judicial de criminosos. Pode-se, pois, afirmar, com absoluta segurança que, quando um representante do Ministério Público necessita de uma virtude fora do comum para exercer o seu ofício, do qual acaba sendo afastado pelo próprio Estado sem razões plausíveis, é porque se está diante de grave deformação social.

Ao patrocinar a publicação do presente trabalho, a Comissão de Justiça e Paz de São Paulo não teve em mira louvar a atuação de um dos seus mais ilustres membros, mas denunciar uma situação de permanente assalto à segurança pública, perpetrado por funcionários precipuamente incumbidos de preservá-la.

COMISSÃO DE JUSTIÇA E PAZ DE SÃO PAULO

Prefácio

O leitor que percorrer as páginas impressionantes deste depoimento de Hélio Bicudo sentirá, desde logo, a sensação de que está lendo um emocionante romance policial. A história macabra do Esquadrão da Morte, que é contada por Hélio Bicudo com absoluta objetividade, sem o recurso a artifícios literários tornados desnecessários pelo patético que lhe é inerente, o transportará, insensivelmente, para a atmosfera da Chicago dos anos da década de vinte, com as quadrilhas de *gangsters* agindo com uma impunidade imperturbada até mesmo pela enorme eficiência do FBI.

À medida que se aprofundar na leitura, no entanto, notará, para além das semelhanças entre os dois episódios, aspectos fundamentais que os distinguem e que demonstram que o episódio brasileiro constituiu um fenômeno de patologia social muito mais grave do que o norte-americano.

É que enquanto nos Estados Unidos da década de vinte assistiu-se a um combate entre o crime e a lei em que os dois campos estavam nitidamente delimitados, com a lei utilizando plenamente o seu braço armado, que é a polícia, para enfrentar os grupos que a desafiavam com uma ousadia inédita na história daquele país, o que se viu no Brasil dos nossos dias foi um combate desigual entre um grupo de criminosos – cuja força e ousadia decorriam do fato de estar enquistado exatamente no braço armado da lei – a polícia – e também do fato de contar, por isso mesmo, e por razões de ordem política, com a proteção do Poder Político – e um homem só cuja formação moral fez com que cedesse aos imperativos da sua própria consciência em lugar de ceder às poderosas pressões dos que, colocando-se acima das próprias instituições brasileiras, não admitiam que o Poder que se autodelegaram fosse de qualquer forma limitado, ainda que pela simples aplicação da lei.

A impunidade relativa dos *gangsters* de Chicago, que os Eliot Ness do FBI levaram anos para suprimir, decorria, paradoxalmente, do respeito sacrossanto que a democracia norte-americana vota aos direitos de cada um diante do poder público, direitos esses que assistem inclusive aos piores criminosos que também gozam da proteção da lei. Já a impunidade dos nossos intocáveis do Esquadrão da Morte decorria de uma situação exatamente inversa, na qual qualquer cidadão, criminoso ou não, pode ter a certeza de que a lei não o protegerá desde que aos que detêm o Poder não interesse que a lei o proteja.

Enquanto os *gangsters* norte-americanos tinham que se enfrentar em igualdade de condições, não só com grupos de *gangsters* rivais, mas também com as forças da lei, os *intocáveis* brasileiros, resguardados pela sua condição de policiais, assassinaram impunemente dezenas e dezenas de pessoas, sem condições de defender-se, para preservar o domínio do comércio de tóxicos, tendo de enfrentar na sua faina criminosa apenas o protesto diário da imprensa independente, enquanto também essa imprensa não foi calada pela censura, e depois a luta destemida de um homem só, cuja única força era a força moral de quem se recusou a prostituir o Ministério Público.

Nos Estados Unidos da década de vinte assistimos a um fenômeno de morbidez social enfrentado e conjurado através da terapêutica normal, aplicada por instituições sadias e vigorosas. No Brasil dos nossos dias, assistimos a um fenômeno de decomposição institucional, enfrentado por um homem só, não contaminado por ela, apesar de ser, naquele momento, um representante dessas instituições.

Se não tivesse ocorrido a circunstância fortuita de os criminosos do Esquadrão da Morte, ou, pelo menos, algumas de suas principais figuras, terem tido participação importante na repressão ao terrorismo político e à subversão, temos a certeza de que Hélio Bicudo teria encontrado todo o apoio de que necessitava para levar sua luta até um final plenamente vitorioso.

Foi justamente o fato de ter ocorrido essa circunstância, no entanto, que deu a essa luta uma importância muito maior do que teria um simples combate do Ministério Público para extirpar da polícia agentes criminosos.

Efetivamente, dadas as circunstâncias especiais em que foi travada, a luta de Hélio Bicudo foi, antes de tudo, uma tentativa isolada de atalhar o processo de gangrena que atingiu as instituições brasileiras graças à crescente arbitrariedade do poder revolucionário.

E, até um certo ponto, essa tentativa alcançou êxito, uma vez que o poder revolucionário revelou, pelo menos, um certo "pudor" na sua ação sub-reptícia em defesa dos criminosos do esquadrão.

Esse "pudor", o constrangimento, que o próprio Hélio Bicudo registra em seu depoimento, das autoridades que se negavam a lhe prestar o apoio e que estavam institucional e moralmente obrigadas a prestar, essa espécie de vergonha daqueles que sabiam que, se não dispunham de força moral, dispunham de força física para agir ostensivamente com o objetivo de deter um homem que, antes de tudo, lhes acicatava a consciência dolorida, foi que permitiu a vitória parcial de Hélio Bicudo, representada pelos processos que foram e estão sendo instaurados contra o bando de assassinos enquistado na polícia de São Paulo.

Embora seja muito improvável que o principal elemento da quadrilha, erigido em herói da luta contra a subversão, venha um dia a ser condenado por algum dos incontáveis crimes que praticou, não há dúvida de que os resultados da ação de Hélio Bicudo revelam que ainda há condições para se deter o processo de gangrena institucional a que o Brasil está submetido, para que se restabeleça aqui o Estado de Direito.

Ao terminarmos a leitura do livro de Bicudo, ficou-nos a impressão da sua imensa mágoa e do seu desencanto com os homens e as instituições em que sempre confiara. Mas não cremos que ela seja justa.

Quem teve o privilégio de, provando-se como ele se provou, medindo-se como ele se mediu, depois ter a confirmação perante sua própria consciência de que em nenhum momento deixou de corresponder aos seus próprios ideais de homem público, aos seus princípios e às suas convicções, à própria imagem, enfim, que de si mesmo se fez para transmiti-la intacta aos seus filhos, terá forçosamente de se sentir vitorioso e realizado.

Derrotados e desmoralizados sentir-se-ão, sem dúvida, todos aqueles que, de uma maneira ou de outra, por ação ou por omissão, contribuíram para que sua luta não fosse completada, contribuindo assim, também, para que se adiasse o dia em que a Revolução de 64, expiando as suas culpas, purificada e reconciliada com os ideais em nome dos quais foi vitoriosa, projete no mundo inteiro a sua verdadeira imagem.

São Paulo, 26 de abril de 1975.
RUY MESQUITA

Introdução à primeira edição

Para que se compreenda o que se passou em São Paulo nos dias em que a tarefa de levar os membros do Esquadrão da Morte à barra dos tribunais coube ao procurador Hélio Bicudo, membro do Ministério Público Paulista, é preciso descrever o homem e as circunstâncias que marcaram a sua atuação nesse triste episódio da história brasileira.

Hélio Pereira Bicudo provém de uma família tradicional, cujas origens remontam à vinda para o Brasil dos primeiros povoadores portugueses. Entre os seus antepassados podem ser encontrados, como normalmente acontece em todas as famílias antigas, homens bons e maus, homens de ação, religiosos, pequenos funcionários e até vocações para as letras jurídicas, conforme nos indica a Nobiliarquia Paulista.

Mas tudo isto não tem muita importância. O fato é que Hélio Pereira Bicudo nasceu no seio de uma família da pequena burguesia paulista, rígida no tocante às tradições de retidão moral. Estudou Direito numa época de opressão. Assistiu ao movimento de resistência democrática contra o regime imposto ao País por Getúlio Vargas a partir de 1930 e dele participou. Presenciou a queda do ditador e a restauração das franquias democráticas pouco antes da sua licenciatura em Ciências Jurídicas e Sociais pela Faculdade de Direito da Universidade de São Paulo.

Quase não advogou. Além do treinamento obtido durante os cinco anos do curso em movimentado escritório de advocacia, preferiu tentar, desde logo, a carreira do Ministério Público. A classificação nele recebida valeu-lhe ser nomeado Promotor Substituto na circunscrição de Sorocaba.

A carreira no Interior permitiu-lhe estudar e experimentar o caráter em embates que, guardadas as devidas proporções, o preparavam, pela sua aspereza, para as missões futuras.

Já transferido para São Paulo, foi ele o escolhido para acompanhar os inquéritos policiais iniciados para apuramento de atos de corrupção imputados ao então governador Adhemar de Barros. Essa data assinala igualmente a sua entrada para o quadro de redatores do jornal *O Estado de S. Paulo*.

Deles se saiu tão bem que o final de sua carreira foi rapidamente alcançado. Em dezembro de 1958, aos 36 anos de idade, atingia a cúpula da Instituição, tomando posse do cargo de Procurador da Justiça do Estado. Não se demorou, contudo, na função; pouco tempo depois, recebia e aceitava o convite para compor o Gabinete do governador Carvalho Pinto, que acabava de ser eleito.

Foi uma época de experiências fecundas, durante a qual teve a oportunidade de participar de uma série de projetos e empreendimentos no campo estatal, como chefe da equipe que implantou o projeto da usina hidroelétrica de Jupiá – então a maior do Continente – numa corrida contra o tempo e contra interesses internacionais de grande monta.

Mais tarde acompanharia ainda o sr. Carvalho Pinto quando este ocupou o Ministério da Fazenda.

O movimento revolucionário de 1964 – no qual não tomou parte – encontrou-o no exercício do seu cargo, no Ministério Público.

Atendendo à solicitação de amigos – todos eles técnicos de alta reputação – passou a colaborar em alguns empreendimentos no setor privado, circunstância que, somada às anteriores, lhe abriu horizontes extremamente úteis para o desempenho de suas funções públicas, das quais aliás nunca se desligou.

Hélio Pereira Bicudo era o que se poderia dizer um homem realizado. Casado e pai de sete filhos, seus problemas confundiam-se com os de todos os chefes de família de nível médio; de resto, a plutocracia jamais o atraiu. Quem folhear os jornais e revistas da época debalde procurará o seu nome. Toda a sua satisfação resumia-se nos filhos. Se de uma coisa se orgulha, é da compreensão do mundo que lhe devam eles e da ternura com que é por eles recompensado.

Fez algumas viagens ao Exterior, às vezes em missão oficial, outras a negócios, outras ainda – essas, poucas – a título de recreio.

Aos 45 anos considerava-se um homem experimentado e com larga visão do mundo. Mas, sobretudo, fiel ao ideal de liberdade que tinha abraçado na juventude.

Foi nessa época que se começou a falar numa organização, dentro da Polícia, destinada à matança de bandidos perigosos, contra os quais a Justiça se mostraria incapaz.

O enfoque era defeituoso, pois o aumento da criminalidade em São Paulo não resultava de nenhuma deficiência do Poder Judiciário, mas sim, e em larga medida, de falhas da própria organização policial. Esta, dividida em vários ramos, que entre si mesmo se digladiavam, estiolava-se numa luta interna que estava levando ao caos o esquema de segurança da sociedade.

Com a revolução de 1964, a antiga Força Pública alcançava grande projeção e preparava-se para absorver a Polícia Civil. Por sua vez a Polícia Civil, numa tentativa de demonstrar eficiência, descambou para a prática das violências de que o Esquadrão da Morte foi o principal intérprete.

É possível que o Esquadrão da Morte tenha representado somente um apelo à violência destinado a dinamizar o organismo policial, no desejo de conquistar posição de maior relevo. Seus organizadores, contudo, não levaram na devida conta a qualidade do pessoal de que dispunham. E o Esquadrão da Morte, depois de resvalar para a pura satisfação de interesses pessoais ou de pequenos grupos sequiosos de poder, passou na verdade a servir aos interesses de quadrilhas de entorpecentes, de jogo e de prostituição, através de grupos de proteção.

Os primeiros homicídios, praticados com requintes de crueldade, começaram a surgir. Para as autoridades, não eram senão o resultado de ajustes de contas entre quadrilhas de marginais, que se aniquilavam na ambição de conseguir o domínio de certos setores do mundo do crime.

Essa cortina de fumaça era, porém, difícil de manter, pois os jornais já tinham aludido à criação do organismo, até com certo alarde e apoio governamental. Antes mesmo de atuar, já o Esquadrão da Morte era conhecido.

Mas ninguém de boa-fé aceitou jamais a existência do Esquadrão da Morte como instrumento capaz de fazer diminuir os índices de criminalidade. No entanto, o suporte dado por determinadas autoridades do governo incentivou a iniciativa e, dentro de muito pouco tempo, passou-se a respirar, em São Paulo, um clima de violência até aí desconhecido. Os jornais estampavam, diariamente, comunicados de um macabro *public relations* do Esquadrão da Morte, dando conta de fuzilamentos de marginais na periferia da cidade, à margem das grandes rodovias.

O clima de violência estava atingindo o clímax graças, evidentemente, às costas quentes dos executores de uma discutível justiça. A inversão de valores era tão gritante, numa atividade que se sobrepunha ao Ministério Público e ao Poder Judiciário e instaurava na capital do Estado mais culto e desenvolvido do País a própria lei do jângal, que as primeiras reações contra o abuso não tardaram a surgir.

A imprensa já comentava com reservas os crimes do Esquadrão da Morte quando o procurador Hélio Pereira Bicudo, numa reunião rotineira do Colégio de Procuradores da Justiça, apresentou o problema a seus pares, para pedir que o chefe da Instituição se movimentasse, como era de sua competência, com vistas a pôr cobro aos abusos. Praticavam-se, na verdade, crimes de ação pública – e inadmissível era, portanto, a passividade do Ministério Público, órgão incumbido de zelar pelo cumprimento da Lei e representante do interesse punitivo do Estado perante os pretórios.

A necessidade de movimentar o Ministério Público para que se apurassem responsabilidades era tão evidente que o Colégio endossou as palavras então proferidas por Hélio Pereira Bicudo, colocando o Procurador-Geral em xeque.

O governador do Estado, ao tomar conhecimento dos termos daquela manifestação, assumiu uma atitude insólita: em vez de a aplaudir, optou por injuriar o procurador Hélio Pereira Bicudo, com o que dava claro apoio aos crimes do Esquadrão da Morte.

Ciente da atitude do governador, Hélio Bicudo traduziu a alguns amigos a intenção de levar esse procedimento à consideração dos Tribunais. Não chegou, porém, a fazê-lo. Uma representação contra o governador, dados os interesses políticos naturalmente em jogo, corria o risco de não ser considerada e de, portanto, expor inutilmente o representante.

Mais uma vez, o fraco tinha de ceder o passo diante do mais forte.

Demovido por seus amigos, Hélio Bicudo resolveu aguardar os acontecimentos. E, durante um ano de trabalho público e privado, perdeu a perspectiva do acentuado agravamento do problema, chegando por vezes a esquecê-lo. Em momentos de maior calma e reflexão, sentia a sua consciência insatisfeita. Mas não se dispunha a fazer nova investida, absorvido que estava por seus afazeres.

Em julho de 1970, contudo, as coisas pioraram. Um investigador havia sido morto por certo marginal e seus colegas policiais, encolerizados, falavam abertamente de vingança. Logo a chacina teve início: quatro bandidos massacrados num dia, dois no outro, três logo a seguir e um último, por final.

Não era possível calar por mais tempo.

Um fim de semana calmo, no meio da família, passado num sítio das imediações de Viracopos. A consulta à consciência em contacto direto com a natureza. Um dia frio e ensolarado. Um turbilhão na alma. A esposa, os filhos, os compromissos com os amigos. Mas será que ninguém toma uma atitude? Por que precisaria ser ele? Não seria melhor aguardar mais um pouco?

Não. Quem o estimasse, compreenderia o seu gesto. Em todo o caso era preferível agir de surpresa, sem consultas.

No dia seguinte – uma segunda-feira – a sua secretária recebeu instruções para que localizasse a primeira representação. Refeita e atualizada, levou-a ao Procurador-Geral da Justiça. A sorte estava lançada.

No mesmo instante, explodiu uma reação inusitada do Poder Judiciário, que, pela voz autorizada do seu Presidente, profligava o escândalo de tantas mortes impunes.

A situação tomava novo colorido. O Procurador-Geral, alarmado, tentava manobrar ainda uma vez, mas não pôde furtar-se a uma convocação do Colégio de Procuradores para debate do assunto. Sua esperança era a de que não houvesse número suficiente para a reunião. Mas houve – e o problema foi amplamente debatido.

Foi ali recomendada a designação de um membro do Ministério Público de segunda instância para acudir à questão. A quem, no entanto, designar?

O procurador João Severino de Oliveira Peres propôs então que fosse designado seu colega, Hélio Pereira Bicudo, porque dele haviam partido as primeiras manifestações contra o Esquadrão da Morte. A não ser – atalhou – que seus compromissos particulares o impedissem de aceitar o encargo.

A manobra era clara: se ele não aceitasse a designação, teria de se remeter ao silêncio; se a aceitasse, seriam tantas e tais as dificuldades que a sua desmoralização também representaria uma conseqüência bastante próxima.

Hélio Bicudo respondeu que recebia com honra a manifestação do Colégio e que, se o designassem, tudo faria para levar a bom termo a missão, sem a menor consideração de natureza pessoal.

A designação, porém, não veio logo. O Procurador-Geral, alegando que o ato era de sua exclusiva competência, afirmou que, tendo em mente a decisão do Colégio, daria a solução até o dia seguinte. E não se sabe muito bem como e por quê, no dia seguinte expedia a portaria que aí fica e que dá início ao presente depoimento.

MINISTÉRIO PÚBLICO DO ESTADO DE SÃO PAULO
PROCURADORIA GERAL DA JUSTIÇA DO ESTADO

PORTARIA Nº 1320

O PROCURADOR GERAL DA JUSTIÇA, usando das atribuições que a lei lhe confere, DESIGNA o Dr. HÉLIO PEREIRA BICUDO, Procurador da Justiça do Estado, para assumir a supervisão e orientação das tarefas pertinentes ao Ministério Público, no que respeita à preservação da Lei e do Direito, no episódio do denominado Esquadrão da Morte.

São Paulo, 23 de julho de 1970.

DARIO DE ABREU PEREIRA
PROCURADOR GERAL DA JUSTIÇA.

Introdução à décima edição

Por que, depois de trinta anos, reeditar-se o *Meu depoimento sobre o Esquadrão da Morte*? O livro, que tivera nove edições em português, e outras em italiano, em francês, em espanhol e uma em alemão, estava de há muito com todas essas edições esgotadas.

Quando editei, pelas Irmãs Paulinas, *Dos esquadrões aos justiceiros*, minha idéia original era reeditar *Meu depoimento*. A editora, entretanto, convenceu-me do contrário e passei a contar, naquele livro, como se passara de uma a outra organização, esta última uma continuidade dos esquadrões.

A verdade, porém, é que os esquadrões, sob qualquer nome que se lhes dê, continuavam e continuam a atuar. Em São Paulo, em apenas um ano, mais de dez mil pessoas foram eliminadas pela polícia e por grupos de delinqüentes, ligados ou não à polícia. Houve época em que a polícia contribuiu com cerca de vinte por cento desse total.

Perguntei-me se não seria importante reavivar a memória histórica, mostrando, com a reedição do livro, como nasceram os "esquadrões", qual a sua motivação, como se deu o primeiro embate contra os policiais que os integraram. E, sobretudo, quais os resultados obtidos. Como atuou a Justiça. Como se portaram os órgãos de inteligência para impedir a punição daqueles que dos esquadrões da morte passaram a atuar no aparato de segurança do Estado.

Valeram a pena a minha exposição e a dos meus aos perigos determinados por atuação que por circunstâncias peculiares desvendava a violência do regime que sustentava? Valeu a pena a publicação do livro-denúncia contando a experiência da luta contra um grupo de policiais que desenvolveram um modelo depois aproveitado para a repressão política, com a prática de prisões ilegais, da tortura e de eliminações sumárias? Minha resposta tende a ser positiva, pois Déa e os filhos respondiam afirmativamente a uma atuação que ia bem além do combate ao arbítrio policial. Ainda quando a Justiça não permitisse punição exemplar daqueles que compuseram o "esquadrão", algumas atitudes enobreceram juízes e membros do Ministério Público. Dentre elas, a decretação da prisão preventiva do delegado Sérgio Fleury, considerado pelo "sistema" homem-símbolo da repressão política, cuja libertação quase imediata foi conseqüência da apresentação e aprovação, em tempo recorde, de uma lei que alterava dispositivos do Código de Processo Penal que obrigavam a detenção provisória em casos de homicídio doloso. A chamada "Lei Fleury" permitiu fosse seu beneficiário posto em liberdade.

Em geral, porém, prevaleceram nos processos judiciais as exageradas cautelas, impeditivas do normal processamento e devida condenação das figuras mais importantes. Assim, todos os delegados acusados foram absolvidos.

Condenados, uns poucos.

Dentre eles Nelson Querido, condenado a 7 anos e 6 meses de reclusão (1º/12/71) pela tentativa de homicídio praticada, conforme consta da denúncia, juntamente com Ademar Augusto de Oliveira ("Fininho I") e Luiz Carlos Franco Ferreira, tendo como vítima Mário dos Santos, também conhecido por "Mário Ladrão". Ademar Augusto de Oliveira foi condenado por lesões corporais, mas teve julgada extinta a punibilidade pela prescrição. Luiz Carlos Franco Ferreira, embora pronunciado por homicídio tentado, não chegou a ser julgado, em razão da ocorrência de prescrição da ação.

Sérgio Fleury, Walter Brasileiro Polim, Ademar Augusto de Oliveira ("Fininho I"), João Carlos Tralli, Astorige Correia de Paula e Silva e José Alves da Silva foram acusados, em 23/12/1970, pelo homicídio de Airton ou Aylton Nery Nazareth ("Risadinha"). De todos, apenas José Alves da Silva foi condenado a 14 anos de reclusão (16/11/1981). Quanto ao delegado Fleury, por ter falecido, reconheceu-se extinta a punibilidade.

No processo movido em decorrência do assassinato de Domiciano Antunes Filho ("Luciano"), Geraldo Alves da Silva ("Paraíba") e Paulo Marco Vit foram denunciados Sérgio Fleury, Ademar Augusto de Oliveira ("Fininho I"), João Carlos Tralli, Angelino Moliterno, Ademar Costa, José Campos Correa Filho e José Giovanini. De todos eles, Ademar Costa foi pronunciado, mas teve julgada extinta sua punibilidade pela ocorrência de sua morte. José Campos Correa Filho foi condenado a 15 anos de reclusão e também teve reconhecida extinta a punibilidade pela ocorrência de sua morte. Sérgio Fleury, pelo mesmo motivo, teve julgada extinta a punibilidade. Apenas José Giovanini foi condenado a 18 anos de reclusão, não havendo informações sobre o cumprimento da pena. Os demais foram absolvidos.

A denúncia contra Sérgio Fleury, Ademar Augusto de Oliveira ("Fininho I"), Astorige Correia de Paula e Silva ("Correinha") e José Alves da Silva ("Zé Guarda") pelo homicídio de Piragibe Marinho, apresentada em 18 de junho de 1971, não teve melhor sorte. Decretou-se a extinção da punibilidade de Sérgio Fleury por sua morte. Os demais foram simplesmente impronunciados, não recorrendo o Ministério Público da sentença (26/4/79).

Igualmente, pelo homicídio de Francisco Pereira Filho ("Neizão") os réus Hélio Tavares, Walter Brasileiro Polim ("Brasileiro"), João Catarino da Silva ("Catarino"), Antônio Nardi ("Nardinho" ou 'Nardim"), João Carlos Tralli ("Traller"), Ademar Augusto de Oliveira ("Fininho I"), Eduardo Xavier, Angelino Moliterno ("Russinho") e Francisco de Oliveira foram impronunciados e Sérgio Fleury, que havia morrido, teve decretada extinta sua punibilidade (13/2/80).

No processo pelo homicídio de Antônio de Souza Campos ("Nego Sete"), foram acusados Ademar Augusto de Oliveira ("Fininho I"), Ernesto Milton Dias, Sérgio Fleury, Alberto Barbour, Walter Brasileiro Polim, João Bruno, Astorige Corrêa de Paula e Silva ("Correinha"), Angelino Moliterno, Antônio Augusto de Oliveira, Eduardo Xavier, Nathaniel Gonçalves de Oliveira, Cleômenes Antunes, João Carlos Tralli, José Campos Corrêa Filho e Abílio Antônio Alcarpe. De todos eles, apenas Ademar Augusto de Oliveira, o "Fininho", foi condenado a 12 anos de reclusão. José Campos Correia Filho, Sérgio Fleury, "Correinha" e Angelino Moliterno tiveram declarada extinta sua punibilidade pela ocorrência de sua morte. Os demais foram ou impronunciados (Barbour, João Bruno), ou absolvidos.

Pelo homicídio de João Rosa, Benedito de Morais ("Lampião"), Climério Rosa de Jesus, Benedito Conceição da Silva ("Bodão"), Rubens Saturnino, Valdevino Lisboa da Costa, Antônio dos Santos e João Piloto, todos presos correcionais recolhidos ao então Presídio Tiradentes e que dali foram retirados e assassinados, o Ministério Público denunciou Olintho Denardi, Hélio Tavares, Vítor José de Almeida, Leonildo Tangerino, Wilson Palmeira, Hélio Vicente de Paula, Fortunato Donato, Orlando Trevisan, Geraldo de Cavalli Almeida, Severino Gomes de Queirós, João Surreição Frade, Walter Brasileiro Polim, Sérgio Fernando Paranhos Fleury, Vicente dos Santos, José Alves da Silva e Astorige Corrêa de Paula e Silva por homicídio executado por meio cruel e seqüestro. De todos eles, apenas foi condenado Astorige Correia de Paula e Silva, não se conseguindo informações sobre o *quantum* da pena. Os demais foram absolvidos pelo Júri, à exceção de Sérgio Fleury, que teve extinta a punibilidade pela sua morte.

É de destacar a condenação de Ademar Augusto de Oliveira, conhecido como "Fininho I". Condenado a um total de 48 anos de reclusão, está para ser posto em liberdade condicional. Não faz muito tempo, em entrevista à imprensa (*Diário Popular*), chegou a fazer ameaças veladas a mim e ao coronel Erasmo Dias, que promovera sua busca e seu recolhimento à prisão, em conseqüência das condenações que recebera.

O delegado Fleury não chegou a ser julgado. Segundo penso, foi eliminado pelas forças de segurança, naquilo que se denomina "queima de arquivo". Ele, depois de afastado do que poderíamos chamar de esquema de segurança, no início da distensão a partir do governo Geisel, começou a exibir uma fortuna que não poderia ter acumulado com seus vencimentos de delegado de polícia, culminando na aquisição de uma lancha de alto-mar, a qual, somente para iniciar uma viagem, exigia o desembolso de avultada quantia. Além disso, usando drogas e bebendo muito, começou a falar...

Na verdade, é muito estranho que, recuperado o corpo, a partir de um acidente também estranho, não tivesse sido submetido a um exame médico-legal e, sem mais, entregue à família em caixão fechado.

O *Jornal da Tarde* de 2 de maio de 1979, na reportagem intitulada "Fleury, últimos momentos", deixa transparecer uma série de contradições e dúvidas, que até hoje perduram, a respeito dos acontecimentos que cercaram a morte do policial.

Assinala o mesmo periódico: "O médico Harry Shibata[1] assinou o atestado de óbito do delegado Fleury, cujo corpo chegou a São Paulo sem que houvesse sido definida, oficialmente, a causa da morte. O corpo de Fleury passou pela Escola Paulista de Medicina, mas não houve autópsia, por se entender que, tratando-se de um policial, e, na ausência de morte violenta, o essencial era a liberação imediata do corpo. Harry Shibata não compareceu ao cemitério São Paulo. Deixou o prédio do Deic por volta das 16 horas, esquivando-se da imprensa e, visivelmente mal-humorado, comentou com um amigo: 'Tem que se evitar essa imprensa maldita'."

A *causa mortis*, segundo o atestado de óbito, foi afogamento seguido de parada cardíaca. E mais: "O dr. Vilela diz que a *causa mortis* foi afogamento. Não foi feita a autópsia porque, segundo ele, a família não quis. O médico de Ilha Bela disse que não teve conhecimento se Fleury, na queda, bateu com a cabeça num dos barcos. De acordo com ele, não havia nenhum sinal disso no corpo do delegado. O dr. Vilela disse ainda que não se lembra se Fleury estava com 'shorts' ou roupão quando o atendeu e desmentiu que tivesse tido um atrito com o delegado seccional de São Sebastião, Alair de Almeida Cassula. Essa era uma informação muito comentada, ontem, em Ilha Bela. É que, segundo o que se dizia, o médico estava embriagado no momento em que foi chamado ao Yacht Clube e o delegado seccional, inconformado com isso, o teria chamado de 'irresponsável'."

Ora, entre um médico "irresponsável" e outro que se notabilizara pela falsificação de autos de necroscopia, como aconteceu, entre outros, nos casos Vladimir Herzog e Fiel Filho, não é possível afastar-se a hipótese de uma "queima de arquivo". É que o delegado Fleury, conhecedor dos subterrâneos da repressão, pela dedicação ao "serviço", passara a ter um comportamento perigoso para a comunidade de informações, ostentando uma fortuna que "não deveria ter" e falando muito sobre o passado...

Talvez, tenha sido ele mais uma vítima do sistema de segurança que ajudou a construir. É uma possibilidade que não pode ser afastada, por não se encartar como exceção no universo em que

---

[1]. Harry Shibata foi um dos médicos do Instituto Médico Legal que colaborou ativamente com os órgãos de repressão da ditadura, falsificando laudos para favorecer policiais ou civis que violaram direitos fundamentais de cidadãos brasileiros.

viveu o delegado Fleury, da associação entre policiais e delinquentes.

Os maiores responsáveis pela existência mesma do Esquadrão não foram apontados à Justiça. Refiro-me ao governador Roberto de Abreu Sodré e ao seu secretário da segurança Hely Lopes Meirelles, este, o juiz que sofrera um atentado quando na jurisdição da comarca de Ituverava, por parte do advogado provisionado Crisógono de Castro Correia, cujo processo esteve a meu cargo, quando promotor público em Franca.

Depois das denúncias formais contra os autores materiais de vários crimes, devidamente comprovados, praticados pelos membros do Esquadrão, comuniquei aos meus auxiliares, Dirceu de Mello e José Sílvio Fonseca Tavares, minha intenção de iniciar investigações mais abrangentes, além dos elementos que existiam nos procedimentos iniciais, para revelar as responsabilidades dos autores intelectuais desses crimes: o governador e seu secretário. Não fiz segredo da nova orientação que pretendia dar às investigações.

Talvez, por causa disso não me foi possível ir além, porque, na impossibilidade de obter meu afastamento voluntário, o então Procurador-Geral da Justiça, Oscar Xavier de Freitas, destituiu-me das investigações, após o que retomei as minhas atribuições como Procurador da Justiça.

É preciso notar que, publicado *Meu depoimento*, passei por maus momentos.

Recebi uma punição, imposta pelo procurador-geral Gilberto Quintanilha Ribeiro. Essa punição foi anulada por decisão do Tribunal de Justiça do Estado, em mandado de segurança que impetrei.

Quando essa questão foi discutida no Colégio de Procuradores, saiu em minha defesa o procurador Jorge Luiz de Almeida. Foram debates duros. Quase fui às vias de fato com Wilson Dias Castejon, que se opunha às investigações. No final das contas, o Colégio, por maioria, manteve apoio à minha atuação. Não obstante, tive meu escritório de trabalho que mantinha na alameda Santos invadido, tendo sido subtraídos documentos pessoais. E nem sequer minha casa escapou. Estava eu convalescendo de uma operação para implantação de ponte de safena, em uma pequena propriedade nas proximidades de Vinhedo, quando fui cientificado de que minha casa fora violada. Encontrei-a em estado lastimável. Toda revirada. Mas não pude concordar com a versão que a Polícia procurava dar ao fato, de que se tratava de um assalto, pois a maioria dos valores que possuíamos – jóias e alfaias – estavam esparramados pelo chão. Os aparelhos eletrônicos e os quadros não foram nem sequer tocados.

Tratava-se, evidentemente, de uma busca e de uma ameaça, pois os autores chegaram a deixar resíduos fecais em nossa sala de estar.

A intervenção da polícia investigativa foi propriamente uma piada, tentando convencer-me de que se tratava de uma incursão de jovens delinqüentes. Faziam *tabula rasa* de que a porta principal fora aberta com o uso de chave falsa.

Enfim, como era de esperar, nada se apurou relativamente às invasões de meu escritório e de minha casa.

Logo depois procurei editar o *Meu depoimento*, escrito com o auxílio do jornalista João Alves dos Santos. Dom Paulo aconselhou-me a editora Vozes. Não obstante aprovado pelo seu conselho editorial, frei Ludovico, então diretor da Editora, procurou-me, solicitando meu consentimento para submeter o livro à censura da polícia federal, pois, segundo alegava, a Vozes era uma empresa comercial e como tal não poderia sofrer prejuízos decorrentes de uma eventual apreensão do livro.

Ato contínuo, retirei os originais das mãos de frei Ludovico, para buscar outra editora. Júlio Neto aconselhou-me procurasse a Nova Fronteira, em particular, seu responsável, Carlos Lacerda. Encontrei-o no Hotel Jaraguá. Recebeu-me trajando calças *jeans*, descalço, sem camisa e com o pescoço enrolado com correntes de ouro. Disse-lhe ao que vinha e entreguei-lhe os originais. Afirmou-me que publicaria o livro, mas que teria de submetê-lo ao Conselho Editorial da editora. Dias depois, recebi uma sua carta dizendo que somente publicaria o livro se fosse dado direito de defesa a seu amigo Abreu Sodré. Foi a maneira de esquivar-se da publicação. Júlio Neto disse-me que esperava essa atitude de Carlos Lacerda.

Recorri, novamente, a Dom Paulo, dando-lhe a conhecer as dificuldades que estava encontrando. A verdade é que Fernando Gasparian, dono da Editora Paz e Terra, prontificara-se em publicar o livro. Não aceitei, pois não me parecia justo acrescentar a um meu amigo um novo peso a sua situação, bastante precária diante do regime militar. Dom Paulo resolveu que o livro seria editado pela Comissão de Justiça e Paz. E assim se fez, cabendo a parte gráfica à *Revista dos Tribunais*.

A 1ª edição, de 3.000 exemplares, foi recolhida à Cúria e distribuída aos membros do Governo Federal e do Parlamento, aos ministros de Estado, governadores, deputados estaduais, vereadores, intelectuais, universidades e o que mais fosse. Assim, quando Dalmo Dallari, então presidente da Comissão de Justiça e Paz, foi intimado para, juntamente comigo, comparecer à Polícia Federal, fizemos sentir ao delegado responsável que nada mais havia a fazer, porque o livro já estava na rua e os jornais e revistas publicavam entrevistas sobre seu conteúdo.

Foram lançadas mais oito edições e o livro foi um sucesso editorial.

Tudo o que vem acontecendo nestes últimos trinta anos, de quase impotência na luta contra a violência policial de extermínio e dos grupos estimulados pela própria Polícia, animaram-me, pois, a reeditar o livro.

Foi, assim, na perspectiva de que certos fatos precisam ser relembrados para a retomada da luta por uma sociedade solidária, onde a justiça faça frutificar a árvore da Paz, que procurei o dr. Alexandre Martins Fontes, da Editora Martins Fontes, propondo a reedição do meu depoimento, para reafirmar fatos e mostrar o quanto ficou a Justiça a dever na luta pelo restabelecimento da Democracia, que passa também pela punição, segundo as regras do devido processo legal, de quantos se servem do poder para a prática da violência, ou seja, da violação dos direitos humanos, direitos hoje, após muita hesitação, na pauta da atuação dos Estados que procuram a ampla realização democrática.

Quero, pois, ao finalizar esta pequena introdução, agradecer à Martins Fontes Editora, que soube compreender a importância do resgatar, para a geração pós-ditadura militar, as lutas, que muitas vezes aparecem maquiadas, pelo restabelecimento do Estado Democrático de Direito.

Espero, pois, que este livro complete documentalmente os resultados de uma luta que, posso dizer, se constitui em uma das primeiras e fundamentadas denúncias contra a violação dos direitos humanos e de seus autores durante os anos da ditadura militar, estabelecida com o golpe de 1º abril de 1964.

De trinta e cinco policiais acusados, foram condenados apenas seis (Nelson Querido, João Alves da Silva, José Campos Correa Filho, José Giovanini, Ademar Augusto de Oliveira, Astorige Correa de Paula e Silva), assim mesmo, os de menor hierarquia. Os delegados, todos, foram absolvidos. Não obstante a impunidade verificada, os processos contra os policiais do Esquadrão da Morte tiveram o condão de extirpar da Polícia Civil de São Paulo o grupo criminoso que matava impunemente, demonstrando aos seus incentivadores que não era esse o caminho para coibir-se a criminalidade comum.

Lamentável, porém, que os órgãos de segurança do Estado os tivessem, em grande parte, absorvido para o trabalho sujo da ditadura, na chamada luta anti-subversiva, na qual prenderam, torturaram e eliminaram muitas pessoas, dentre aqueles que buscavam a democratização do País.

H.B.

Os objetivos deste depoimento

Um livro sobre o Esquadrão da Morte e sua atuação em São Paulo, muito embora os fatos já se tenham afastado no tempo, é de conteúdo, sem dúvida, polêmico.

Vai daí que, após muito meditar, resolvi transmitir a minha experiência na luta contra os policiais que, num dado instante, se arvoraram em árbitros da Justiça, praticaram toda uma variada gama de delitos e se envolveram em todas as formas de corrupção.

Talvez ela seja útil, encerrada em documento que tenta retratar um episódio que transbordou dos limites puramente policiais e judiciários para atingir nítidos contornos políticos.

E foi justamente por este último motivo que a luta travada contra o Esquadrão da Morte foi bastante árdua e permite uma conclusão pessimista quanto aos seus resultados.

É que em São Paulo os principais implicados na execução dos crimes do Esquadrão passaram a atuar no campo da polícia política, integrando o sistema de segurança, ao qual transmitiram suas técnicas de ação.

E, com isso, transmudaram-se, ao ver de não poucos, em autênticos heróis nacionais, intocáveis pela Justiça.

Inversamente, os que se dispuseram a apontar os crimes por eles cometidos, inspirados inicialmente e depois acalentados por um governador e por um secretário de Estado inebriados pelo Poder, passaram a ser classificados como inimigos do regime e como tal tratados.

O livro tem por objetivo narrar essa luta, às vezes contra a própria Administração, no intuito de apurar responsabilidades, incriminando os culpados.

Infelizmente, a tarefa ficou pela metade. Apenas se desvendaram os delitos e seus autores diretos, permanecendo na sombra os seus autores intelectuais.

Mas essa falha se deve ao tempo exíguo de que se dispôs para toda a devassa. Começando de baixo para cima, no momento em que me dispunha a alcançar escalões superiores, tive, bruscamente, interrompido o meu trabalho, porque se pretendia que já havíamos feito muito, quando, na verdade, apenas iniciávamos.

O livro conta não apenas os dias de minha atuação. Vai um pouco além. Achei que seria mais ilustrativo alcançar o primeiro julgamento do acusado principal, pois o episódio iria elucidar, de uma vez por todas, as verdadeiras intenções da Administração, que nunca esteve, diga-se francamente, empenhada na apuração das atividades do facinoroso grupo e de seus inspiradores.

Move-me a presente publicação, diga-se mais, apenas a convicção de que a história do Esquadrão precisaria ser contada nas suas várias implicações. E, assim, este livro assume, como de início acentuei, não só os contornos de um depoimento, mas os de uma advertência contra o poder extralegal, que conduz, inevitavelmente, às formas mais graves de violência contra a pessoa humana.

As várias personalidades que aqui e ali vão aparecendo surgem com suas fraquezas e ambições, muitas vezes marcadas pelo medo de assumir posição ou pelo desejo de contemporizar, ou, ainda, porque aspiram, tão-somente, a servir aos poderosos do momento. E também, nesse desfile de caracteres, pela grandeza de uma solidariedade, pela confiança, por um anseio de Justiça que dignifica e avantaja o homem.

Não desejaria destacar nomes, mas não posso deixar de fazer menção ao apoio dado às nossas tarefas pelo dr. José Geraldo Rodrigues de Alckmin, então Corregedor-Geral da Justiça e hoje Ministro do Supremo Tribunal Federal.

Rodrigues de Alckmin não foi, apenas, o magistrado sóbrio e humano, com um sentido profundamente cristão de suas funções. Foi, também, o amigo dedicado, paciente em ouvir-me a cada passo mais arriscado, expondo sempre com firme clareza o seu ponto de vista, num aconselhamento que em nenhum instante me faltou.

Dentre muitas, foi essa uma amizade ganha na luta em que me empenhei, amizade que constitui uma de suas mais ricas recordações.

Como se vê, é esta, sobretudo, a obra de quem num certo momento de sua vida se viu engajado numa violenta batalha, a qual não abandonou porque, simplesmente, ou simploriamente, acreditou na força do Direito.

Antecedentes

Uma noite de agosto, cuja data me escapa, fui acordado pelo retinir insistente da campainha do telefone à cabeceira do leito.

— Aqui é o "Lírio Branco" — dizia uma voz incaracterística. — Convém que você pense no que se está metendo...

Ainda estremunhado, tentei prolongar a comunicação, mas o aparelho foi desligado.

Consultei o relógio: duas horas da madrugada.

Foi este o meu primeiro contato com o que se convencionou chamar de "Relações Públicas do Esquadrão da Morte". Até hoje ignoro, de todo, de quem se tratava. Talvez sob o pseudônimo de "Lírio Branco" se escondessem várias pessoas, desde delegados e investigadores até jornalistas policiais. De qualquer forma o aviso estava lançado. Ou a ameaça...

Muito naturalmente, não consegui mais conciliar o sono. E até o raiar do dia fiquei pensando na sucessão de fatos que culminavam naquele telefonema.

Dois anos antes, a Polícia de São Paulo, por motivos que depois vieram a lume, desencadeara uma pretensa "ofensiva contra o crime". Sucedia que a criminalidade em São Paulo vinha num crescendo impressionante, e a Polícia Civil, sem meios adequados, estava sendo vítima da própria fraqueza de seus dirigentes. As dissensões nos quadros policiais tinham resultado numa total desarmonia entre as duas principais corporações, a Civil e a Militar ou militarizada. Em termos realistas isto se traduzia no quase aniquilamento da primeira pela segunda.

Alguns policiais, no desejo de manter o prestígio da Polícia Civil, resolveram, sem medir conseqüências, dar corpo às estatísticas de eficiência através da eliminação pura e simples de marginais, contando para isso com o apoio da cúpula da instituição e até mesmo do Governador do Estado.

Os primeiros casos começaram a surgir em fins de 1968. A princípio, não se falava em Esquadrão da Morte, expressão que, no entanto, haveria de ganhar cada vez mais ênfase e publicidade com a multiplicação das execuções.

Embora me limitasse, então, a tomar conhecimento de tais sucessos pela leitura dos jornais, alguma coisa me alertava para esta verdade evidente: estava ganhando corpo a institucionalização de um grupo de assassinos dentro dos quadros da Polícia de São Paulo.

Adepto, por formação caracterológica e profissional, de uma atuação decidida do Ministério Público no combate ao crime, entendia e entendo que as coisas não poderiam ficar no ponto em que se encontravam já. Se às escâncaras, com intensa cobertura jornalística, o escândalo já ultrapassava as nossas fronteiras e revistas de todo o mundo narravam as façanhas do Esquadrão, a Procuradoria da Justiça não podia descansar de braços cruzados.

O tempo escoava-se. Os dias, as semanas, os meses passavam sem que no Ministério Público algo se esboçasse para coibir as violências policiais. Quanto a mim, como servidor da Lei, não podia consentir-me a inércia e a indiferença. Em nome da minha consciência moral, funcional e cívica, tinha de pedir contas a quem estava na obrigação de rendê-las.

Foi no âmbito desta minha tomada de consciência que no dia 3 de março de 1969 redigi uma representação à chefia do Ministério Público, na qual solicitava a intervenção do órgão no apuramento de tantos crimes. Essa representação entreguei-a ao então Procurador-Geral da Justiça do Estado, sr. Dario de Abreu Pereira, em sessão do Colégio de Procuradores. Fazia-a acompanhar de recortes de jornais que lhe davam o necessário fundamento. Solicitava eu que o Ministério Público saísse a campo para, movimentando a Justiça, pôr cobro a um estado de coisas que a feria fundo na sua majestade aos olhos da opinião pública.

Em resposta à minha representação, o Sr. Procurador-Geral declarou ao Colégio que encaminharia o documento que acabava de lhe ser entregue. E realmente, numa atitude de mero burocrata, encaminhou-a... mas à Secretaria da Segurança Pública, na época dirigida pelo desembargador aposentado Hely Lopes Meireles[1].
A reação do Governo Estadual à minha representação não se fez esperar. Dias depois, não contente com explicações dadas a propósito, pelo próprio Procurador-Geral da Justiça[2], o governador Roberto Costa de Abreu Sodré, espicaçado por certo repórter numa entrevista coletiva, retorquia com um chorrilho de injúrias contra a minha pessoa. Dava a impressão de que ele enfiara impulsivamente a carapuça – impressão que mais tarde se viria a confirmar plenamente, consoante se vê da entrevista pelo mesmo Governador prestada perante a TV Tupi, canal 4, na noite de 10 de dezembro de 1970[3].
No momento, cheguei a procurar conselho junto de amigos com a intenção de interpelar judicialmente quem descera da qualidade de Supremo Magistrado de São Paulo para injuriar-me, a mim, Procurador da Justiça estritamente cingido ao exercício de um múnus público irrenunciável. Mas, pensando melhor, desisti do intento. Afinal, conhecendo como conheço as servidões sociais que a política é capaz de impor mesmo aos homens de bem, assaltou-me o receio de ver o meu pedido desaparecer em alguma gaveta mais discreta...
Ademais, editorial inserto na edição de *O Estado de S. Paulo*, do dia 11 de março de 1970, abordava a questão de maneira inteiramente satisfatória, fazendo os reparos devidos àquela primeira investida[4].
Seja como for, depois deste episódio – ignoro se em conseqüência da representação ou se por qualquer outro motivo – as notícias sobre o Esquadrão da Morte começaram a rarear. Eu mesmo deixei de acompanhar a questão.
Embora jurista por vocação e profissão, a experiência que eu adquirira em cinco anos de atividade junto aos governos do Estado e da União Federal me levara a enveredar também pelo campo da iniciativa privada, no setor financeiro, o que ocupava boa parcela de meu tempo disponível. A *dura necessitas* de chefe de família numerosa a tanto me obrigava.

1. Apêndice – Ofício dirigido, em consequência, ao Secretário da Segurança e resposta das providências tomadas.
2. Apêndice – Nota oficial da Procuradoria Geral da Justiça.
3. Apêndice – Entrevista referida.
4. Apêndice – "Deslizes num assunto polêmico", *O Estado de S. Paulo*, de 11.3.1969.

Todavia, logo nos primeiros meses de 1970, o Esquadrão da Morte voltava às manchetes dos jornais. Novos crimes estavam sendo cometidos e tanto o Ministério Público como a Magistratura não pareciam dispor-se a descruzar os braços! É certo que o inconformismo não deixava de lavrar no seio de ambas as instituições. Mas todas as tentativas de apuração se frustram no desempenho apenas formal da Corregedoria Permanente da Polícia e dos Presídios.

O drama, porém, estava se aproximando da catarse. Em junho de 1970, um investigador de Polícia, de nome Agostinho de Carvalho, era abatido por marginais nos arredores da cidade de São Paulo. Tratava-se de um crime e de um crime revoltante, que à Justiça cabia julgar e punir.

No entanto, um brado de vingança ecoou em toda a Polícia de São Paulo, a qual logo se mobilizou para dar caça ao assassino. Foi breve a busca: uns oitenta tiros o vararam quando, segundo se presume, dormia num abrigo improvisado.

O sangue desse marginal, porém, não foi bastante, nem suficiente, para saciar a sede de vingança dos companheiros do investigador assassinado. Para eles, a cada policial morto no cumprimento do dever, tinha de corresponder já não o sacrifício de quem lhe roubara a vida, mas o de dez marginais. Dez vidas por uma só! Como sinal dos tempos de violência que vivemos, não podia haver nada mais triste.

E, se bem o disseram, os vingativos policiais melhor o fizeram retirando do Presídio Tiradentes nove ou dez presos, os quais foram fuzilados numa seqüência de dias que se contam entre os mais negros da história de uma sociedade organicamente diferenciada como a paulista, que justamente se reclama do seu culto ao Direito e à Justiça.

Nota – A segunda edição, rodada algumas horas depois que a Polícia Federal liberou a primeira, de três mil exemplares, a maior parte distribuída pela própria Comissão de Justiça e Paz, rapidamente esgotada, não inseriu esclarecimento que, faltante, poderia gerar interpretações menos exatas.
O Esquadrão havia matado algumas centenas de pobres diabos, durante a gestão, na Vara da Corregedoria da Polícia e dos Presídios, do juiz Alexandrino Prado Sampaio, que se quedava impassível diante desse morticínio. As sindicâncias que, posteriormente, levaram à identificação dos assassinos foram encontradas abandonadas na Corregedoria.
Com a substituição do juiz Alexandrino Prado Sampaio pelo juiz Nelson Fonseca, a mudança foi rápida. Tomando este conhecimento imediato do problema, representou incontinenti ao Tribunal de Justiça, afirmando que não tinha meios de cumprir seu dever, pois a Polícia negava-se a cooperar e inerte permanecia o Ministério Público. A partir desse momento a Justiça saiu do fundo do poço, com o discurso proferido pelo presidente Cantidiano Garcia de Almeida, que consta do Apêndice nº 7.
O mais está contado em meu depoimento (autor).

A designação

À medida que as mortes se sucediam, mais e mais me atormentavam problemas que eu considerava de consciência. Eu era um dos membros do Ministério Público e, tal como os demais, permanecia de braços cruzados.

Refleti maduramente na atitude a assumir. Pesei os prós e os contras. Pensei muito na situação que poderia criar à minha família. Por fim, num domingo à tarde, resolvi abrir-me com os meus e informá-los da decisão que tomara: tentar, mais uma vez, impulsionar o Ministério Público para que ele cumprisse as atribuições que lhe competiam no caso.

Na terça-feira seguinte, dia 21, enviei ao Procurador-Geral nova representação através da qual lhe solicitava providências no sentido de serem apurados os crimes de homicídio imputados ao Esquadrão da Morte[5]. No mesmo dia, entrevistei-me com ele para saber das suas disposições relativamente à minha representação. Percebendo-o indeciso no caminho a tomar, encareci-lhe a relevância do assunto e a necessidade, talvez, de se reunir o Colégio de Procuradores, a fim de, em conjunto, poder ser debatida a matéria e encontrada a solução mais adequada.

---

5. Apêndice – Representação ao Procurador-Geral da Justiça e resposta.

Após algumas tergiversações e depois de ter alegado o sr. Dario de Abreu Pereira que os colegas se encontravam, na sua grande maioria, em férias e que, portanto, não seria fácil reunir o número exigido, resolveu ele – por insistência da minha parte e porque dessa maneira talvez conseguisse desviar para o Colégio de Procuradores a responsabilidade de uma tomada de posição – anuir na convocação, pedindo até mesmo o meu concurso para avisar a todos, de modo que estivesse presente o maior número possível dos membros da segunda instância da Instituição.

Nesse entretempo, a Magistratura já fizera a sua opção, recebendo a representação que fora enviada pelo Juiz Corregedor dos Presídios ao Presidente do Tribunal de Justiça e, com a unânime concordância de seus pares, saindo a campo para profligar, pelo seu Presidente, o desembargador Cantidiano Garcia de Almeida, as matanças em curso, ao mesmo tempo que afirmava que o Judiciário não compactuaria com semelhante estado de coisas[6].

No dia seguinte, para surpresa de muitos, conseguiu-se reunir o Colégio de Procuradores. Nessa reunião a idéia inicialmente aventada foi a de designar um Promotor Público para, junto à Vara da Corregedoria dos Presídios e da Polícia Judiciária, presidir às investigações. Contra semelhante orientação, entre outros, manifestei-me eu, porque se tratava de problema da mais alta relevância, com implicações no âmbito governamental, de sorte que somente alguém já chegado aos postos mais altos da carreira do Ministério Público é que poderia, sem maiores gravames pessoais, assumir tal encargo.

Ao fim de múltiplos debates, levanta-se um dos Procuradores, de nome João Severino de Oliveira Peres, e recomenda que fosse o meu nome o apontado ao Procurador-Geral para a competente designação, uma vez que fora eu a propor o assunto, desde, porém, que os meus afazeres fora da função me permitissem assumi-la. Essa proposta foi naturalmente aceita por mim, pois acima de minhas atividades particulares estava – e ali o quis deixar bem claro – a minha qualidade de membro do Ministério Público.

A reunião foi encerrada sem que o Procurador-Geral tivesse feito qualquer pronunciamento quanto ao Procurador a designar. A alguns amigos disse eu, ao fim da reunião, que não acreditava que

---

6. Apêndice – Manifestações do Juiz Corregedor dos Presídios e da Polícia juciciária de São Paulo e do Presidente do Tribunal de Justiça.

a designação viesse a recair sobre o meu nome. Contudo, no mesmo dia à noite, fui surpreendido pela informação, que me era transmitida por um dos assessores do Procurador-Geral, de que a minha designação estava feita e a competente portaria já lavrada.

Tive a impressão de que a escolha do meu nome decorrera do que se poderia chamar um equívoco ou, então, de uma inequívoca deliberação. Se eu dela declinasse, estaria impedido de voltar ao assunto. Se a aceitasse, tais seriam as dificuldades a enfrentar que provavelmente o resultado seria o mesmo: a desmoralização da minha pessoa.

Os primeiros contatos

Designado, e de posse da portaria – a qual, se disse, teve o condão de irritar os altos escalões do governo estadual, tanto assim que o Procurador-Geral esteve a pique de cair – a primeira medida que tomei foi a de procurar um contato com a Presidência do Tribunal de Justiça e, logo em seguida, com o desembargador José Geraldo Rodrigues de Alckmin, ao tempo Corregedor-Geral da Justiça, para uma troca de idéias.

Nessa ocasião, soube que na Vara da Corregedoria dos Presídios e da Polícia Judiciária havia mais de uma dezena e meia de sindicâncias, algumas em andamento, outras paralisadas, relativamente aos homicídios praticados pelo Esquadrão da Morte. Examinando ao menos perfunctoriamente as referidas sindicâncias, verifiquei o que era de esperar: a Polícia negava-se a colaborar. Nem sequer apresentava os investigadores chamados a depor. E, quando compelida a fazê-lo, as delongas eram tantas que as provas se distanciavam dos fatos a ponto de prejudicar a sua apuração.

Pareceu-me, então, que com a precariedade dos meios à disposição da Justiça dificilmente algum resultado prático seria atingido. Daí a minha decisão de pedir socorro aos órgãos federais.

Era óbvio que, estando a Polícia paulista implicada, não seria de esperar dela grande auxílio.

Logrei, então, marcar uma entrevista com o Sr. Ministro da Justiça, Alfredo Buzaid, com quem mantive longa palestra no seu gabinete do Rio de Janeiro. Expus-lhe sucintamente as dificuldades já apontadas e solicitei-lhe ajuda para o maior aprofundamento e o melhor êxito das investigações que ia empreender. Cheguei a sugerir-lhe que pusesse à disposição do Ministério Público a Polícia Federal, na suposição de que seus agentes, sendo por nós orientados, seriam mais capazes de deslindar os crimes do Esquadrão da Morte.

Com a maior atenção e gentileza, o Sr. Ministro da Justiça adiantou-me que o Governo Federal daria todo o apoio às minhas atividades, mas que ele, como membro de uma equipe hierarquizada, teria, para atender à minha petição, de percorrer os degraus da hierarquia. Fosse como fosse, prometeu-me uma resposta logo que visitasse São Paulo.

Foi essa a última vez que falei pessoalmente com o professor Alfredo Buzaid. Apesar da favorável repercussão que a minha ida ao Ministério da Justiça suscitou na opinião pública, a pouco e pouco foram-se esgarçando os meus contatos com aquele departamento governamental, até se diluírem por completo. Dali nada tinha a esperar e nada efetivamente recebi.

Ainda na esperança de levar minha missão a bom termo, procurei o coronel-aviador Luiz Maciel Júnior, na época presidente da Subcomissão Geral de Investigações em São Paulo, a quem expus os meus problemas, que eram os problemas do Estado.

Já tinha tido a oportunidade de conhecer a família do coronel Maciel Júnior havia cerca de vinte anos, desde quando exercera a Promotoria Pública nas comarcas de Igarapava e Franca. A família Maciel militava ativamente na política da região, de modo que me foi dado relacionar-me com muitos parentes do oficial a quem agora ia solicitar auxílio.

Fez-me ele ver que a Força Aérea já estava absorvida pelos inquéritos relativos à corrupção e que, portanto, dificilmente o seu Alto Comando concordaria em participar nos trabalhos confiados à Justiça Pública de São Paulo.

Sugeriu-me, no entanto, um encontro com o coronel do Exército Danilo Darcy de Sá da Cunha e Mello, que era o Secretário de Segurança Pública de São Paulo, como o homem responsável pela segurança da área e a pessoa indicada para atender às minhas solicitações. Na verdade, eu já estivera com o Secretário da Segurança a propósito de algumas ameaças à minha pessoa que haviam sido noticiadas por jornais do Rio. Na presença do Presidente do Tribunal de Justiça e do Desembargador Corregedor, mostrara-se o coronel Danilo muito preocupado com a minha segurança pessoal, dizendo que eu poderia ser vítima dos comunistas, os quais depois responsabilizariam o Estado pelo que me acontecesse.

Retorqui-lhe que não dava real conteúdo à ameaça divulgada pelos jornais cariocas, aliás até aquele instante inexistente, e indaguei-lhe qual seria a sua disposição no sentido de me conceder meios para o mais rápido e aprofundado deslinde das investigações.

Afirmou-me, na presença das já referidas e qualificadas testemunhas, que nada faria a não ser providenciar a minha segurança pessoal. Estava convencido – assim o declarou – de que nada se apuraria e que, se me ajudasse, poderia ser acusado, ele próprio, de conivência com os membros do Esquadrão da Morte!

Seja como for, pediu-me que desmentisse o noticiário relativo às ameaças e, como de fato não recebera até então ameaça alguma, não vi inconvenientes em atendê-lo. Combinamos ali uma visita minha à Secretaria da Segurança, onde o desmentido seria feito em conjunto, o que efetivamente veio a suceder.

E assim nos despedimos, com a maior cordialidade, embora desde aquele instante tivesse adquirido a certeza de que o Secretário da Segurança nenhuma contribuição daria às investigações que dentro em breve eu iria iniciar.

Contudo, depois da palestra que tive com o coronel Maciel Júnior, e diante da insistência deste em que a pessoa indicada para acudir às minhas necessidades era realmente o secretário Danilo, pedi àquele oficial-aviador que me fizesse então o favor de aprazar com ele uma entrevista, para voltarmos a tratar do assunto.

Decorridos alguns dias, o coronel Maciel Júnior entra de novo em contato comigo para me dizer que ainda não tinha marcado a entrevista e que, segundo informações de que dispunha, ela seria inócua. E quais eram essas informações? Muito simples: o Governador do Estado, sr. Roberto Costa de Abreu Sodré, acabava de baixar decreto nomeando uma comissão composta de um general reformado do Exército, um advogado do Estado e um membro do Ministério Público para que se apurassem as violências policiais relativas ao Esquadrão da Morte[7]!

---

7. Apêndice – Decreto governamental que nomeou e deu atribuições àquela Comissão e sua posterior revogação.

Para espanto do meu amigo da Força Aérea, disse-lhe que achava de toda a conveniência a reunião, pois que, embora não conhecesse os termos do decreto a ser editado, entendia que uma Comissão Administrativa jamais poderia, como conseqüência direta e imediata, produzir ou precipitar a minha saída da cena.

Vencido ou convencido, o coronel Maciel Júnior acabou marcando a entrevista com o Secretário da Segurança, à residência do qual me acompanhou na manhã combinada. O coronel Danilo recebeu-nos em mangas de camisa, sorridente, e foi logo adiantando que não havia o que conversar porque o Governador tinha baixado o famoso decreto nomeando a famosa Comissão e, portanto, estava eu desligado das minhas funções.

Com a maior calma, fiz ver ao Secretário que, em primeiro lugar, a existência do decreto não implicava a minha exoneração, pelo simples motivo de que ele tratava da criação de uma Comissão Administrativa, sem funções de Ministério Público; enquanto a minha designação era justamente a investidura de um membro do Ministério Público no papel de Procurador-Geral da Justiça, em cujo nome agia na qualidade de delegado.

Lembrei-lhe, ainda, que a nomeação de uma Comissão, naquele instante, constituía um erro político primário, pois é sabido que neste País, quando nada se quer apurar... sempre se instaura uma comissão de inquérito. E como o meu interlocutor me confessasse que fora ele em pessoa quem aconselhara o governador a instaurá-la, tive a franqueza de lhe dizer que nesse caso o erro político era dele.

O Secretário, porém, não abdicava da tese da minha exoneração, porque – argumentava – a Comissão existia etc. Repeti-lhe as razões que me assistiam e acabei por reiterar-lhe que assim como não pedira a designação também dela não declinaria e que só me consideraria exonerado mediante portaria expressa do Procurador-Geral da Justiça.

A conversa, neste ponto, azedou-se. O Coronel-Secretário tentava misturar delinqüência comum com problemas atinentes à subversão, num esforço a que não faltaram alguns casos pitorescos, a título de ilustrar a sua animadversão pelos comunistas. O que ele queria era fazer-me crer que prestaria um enorme serviço ao País se deixasse as coisas como estavam e aceitasse a orientação governamental.

Ante a posição que assumi – posição que não era pessoal, mas que tinha em vista a defesa das prerrogativas de uma instituição –, pusemos termo à entrevista da maneira mais seca. O Secretário foi taxativo: daquele momento em diante, o seu departamento não me daria o menor apoio. Mas eu não queria deixar a questão sem desfecho apropriado, de modo que lhe retruquei que, no exercício das funções de agente do Ministério Público, me encontrava em posição tal que ele seria obrigado a atender a tudo quanto legalmente requisitasse à sua Secretaria de Estado. Uma figura de Magistrado da mais alta envergadura, o desembargador José Geraldo Rodrigues de Alckmin, pelas suas relações de amizade com o meu interlocutor – assentamos então – estava em perfeitas condições de o elucidar sobre o caráter e a missão do Ministério Público.

Mas eu me recusava a aceitar uma conjura tão unânime de omissões. Ainda havia um caminho, ainda restava uma porta – dizia de mim para comigo. E fui procurar o delegado da Polícia Federal em São Paulo, general Denizard Soares de Oliveira.

O general recebeu-me afavelmente e quis mostrar-se informado sobre as atividades do Esquadrão da Morte. Mas a esse respeito não possuía senão um magro *dossier* de algumas dez páginas. Embora demonstrando boa vontade, ponderou que nada podia fazer sem autorização do Ministério da Justiça, ao qual estava subordinado. E a autorização, segundo se pode depreender, nunca chegou. Da Polícia Federal também não recebi a menor cooperação.

Começam as investigações

Na Procuradoria, depois de obter a aquiescência do Procurador-Geral, que para tanto me deu carta branca, selecionei dois representantes do Ministério Público destinados a colaborar comigo nas investigações. Escolhi dois Promotores Públicos da Capital, os drs. José Sílvio Fonseca Tavares e Dirceu de Melo, que sempre se mostraram infatigáveis e intimoratos no cumprimento do dever. De resto, às trocas de idéias que muitas vezes tivemos é que se deve grande parte do êxito da nossa missão.

Com esses dois moços, e contando com a energia do juiz Nélson Fonseca, Corregedor da Polícia, que prestigiou o Ministério Público em todos os sucessos do caso, foi-nos possível, ao fim de um ano de atividades, indicar a julgamento, em oito processos, cerca de três dezenas de pretensos agentes da Lei, entre delegados, investigadores e outros funcionários policiais.

Cientes de que estávamos sozinhos e de que sozinhos teríamos de executar o nosso trabalho, cuidamos de submeter a profundo exame as sindicâncias que corriam pela Vara da Corregedoria dos Presídios e da Polícia Judiciária. Precisávamos de qualquer coisa, rapidamente, para desmentir com fatos a impressão de que nada se apuraria contra os intocáveis da Polícia.

A leitura das sindicâncias revelou que era exata a idéia de que o Esquadrão da Morte, institucionalizado na Polícia, deixara de obedecer às intenções que tinham aparentemente presidido à sua formação. Se, logo de início, parecia que ele tomava a simpática atitude de defender as pessoas e os bens da população desta cidade, eliminando bandidos, não tardou a impor-se-nos a conclusão de que semelhante instrumento também servia para favorecer quadrilhas de traficantes de drogas em detrimento de outras, assegurar a prostituição organizada e vender proteção, pura e simplesmente, a exemplo do que fazia e ainda hoje faz nos Estados Unidos, a Máfia.

Constituíra-se assim, dentro do Poder Policial, um poder maior e incontrolável, que era usado para fins inconfessáveis e que, livre de peias legais, também poderia vir a ser utilizado para fins políticos.

Quando nos encontrávamos no limiar dessas conclusões, tive notícia de que um modesto padre que servira durante alguns meses no Presídio Tiradentes se achava homiziado no Palácio Episcopal, para escapar à perseguição que lhe moviam o delegado Fleury e equipe, que ora militavam no combate ao terrorismo. Era acusado de atividades subversivas.

Esse sacerdote certo teria muito a contar, pois saíra justamente do Presídio de onde maior número de presos fora retirado para morrer às mãos do Esquadrão da Morte. Ainda que nessa época já fosse evidente a tentativa de misturar a apuração dos crimes do Esquadrão da Morte com as atividades exercidas contra o Estado, julguei que não podia deixar de ouvir o referido sacerdote, que estava em condições de prestar informações preciosas.

Obtida a prévia autorização da autoridade eclesiástica, naquela época, dom Agnello Rossi, Cardeal-Arcebispo de São Paulo, conversei longamente com o sacerdote, que é um frade beneditino bacharel em Direito. Ele dispunha do maior arquivo de recortes de jornais que eu jamais vira sobre o Esquadrão da Morte. Passou-o às minhas mãos e deu início ao relato da sua história. Sua missão religiosa era o atendimento de pobres e abandonados e em nome dela, ao saber que os presos do Recolhimento Tiradentes não recebiam nenhuma espécie de assistência, procurou fazê-lo por intermédio da Secretaria da Segurança Pública.

O então titular dessa Secretaria de Estado, desembargador Hely Lopes Meireles, concedeu-lhe a devida autorização, pois o irmão da Ordem de São Bento lhe era recomendado por pessoas da melhor qualidade, como o sr. Paulo Nogueira Neto, diretor da Organização de Auxílio Fraterno.

Uma vez no Presídio, logo advertiram ao padre que ele devia ter muito cuidado no trato com os presos, que eram marginais perigosos, mentirosos, falsos – enfim, a escória humana.

As precauções que adotou por causa dessas advertências são hoje deploradas pelo sacerdote, porque das omissões a que em conseqüência foi levado decorreram, está disso certo, algumas mortes.

No contacto diário com os presos, começou a desvendar-se aos seus olhos todo o mecanismo do Esquadrão da Morte e toda a miséria do velho casarão da avenida Tiradentes. Alguns detentos o procuravam para avisá-lo de que iam ser mortos. E isso vinha a acontecer.

Por vezes a informação lhe chegava num dia e no outro sucediam as mortes. Procurou ele conhecer o mecanismo usado pela polícia para as detenções ilegais a que procedia no Presídio Tiradentes. Foi pelas palavras desse padre que eu soube da existência de um documento designado pelo nome de *grade*, no qual constavam o nome dos presos e a data da prisão. Ele conseguiu que as grades lhe fossem entregues diariamente e, graças a isso, pôde reconstituir em muitos casos a vida dos marginais no cárcere e comprovar o momento em que eles eram retirados para o encontro com a morte nas estradas.

Infelizmente, já não tinha consigo senão alguns exemplares. Mas talvez fosse possível encontrar outros no próprio Presídio, porque a autoconvicção da impunidade induzia os policiais à imprudência.

O memorial de espancamentos, torturas e negociatas que o bom frade beneditino nos fez era de arrepiar os cabelos. Havia um delegado, por exemplo, que obrigava os presos a circular à noite inteiramente despidos, repetindo sem pausa o padre-nosso em torno do pátio da cadeia. Outro delegado, nisto acompanhado por investigadores, divertia-se mergulhando os presos num pequeno poço – hoje desaparecido – que ficava logo em frente ao pavilhão dos presos correcionais. Se o objeto da experiência quisesse respirar e erguesse um pouco a cabeça, levava uma pancada. Se não quisesse levar pancadas, tinha de manter a cabeça imersa na água. E o suplício só tinha fim quando se esgotava a veia lúdica dos carcereiros. Como derivativo, havia as queimaduras com pontas de cigarro e chamas de isqueiro etc.

Havia agora o temor maior: o de ser levado para a estrada.

O ambiente reinante no Presídio era de terror. O padre tentou apresentar estes fatos – aliás notórios – ao conhecimento das autoridades policiais. Mas as barreiras foram se levantando diante dele, até que um dia pura e simplesmente lhe vedaram a entrada no Presídio. Intrigado com a interdição, procurou o próprio Secretário da Segurança, com quem logrou falar ao fim de repetidíssimas delongas junto ao portão da residência deste último. Ali mesmo, e de pé, o sr. Hely Lopes Meireles foi direto ao assunto e avisou-o de que estava dispensado da assistência moral que prestava aos presidiários, pelo fato de constituir um estorvo para a Administração.

Ponto curioso a referir é este: o beneditino tinha sido colega de escola do delegado Fleury. Dada essa circunstância, alimentou com ele muitas vezes conversa na intenção de o levar a pôr um ponto final não só nas atividades do Esquadrão da Morte como nos maus-tratos infligidos aos presos do Tiradentes e dos xadrezes do Departamento Estadual de Investigações Criminais (Deic).

À afabilidade dos primeiros contactos não tardou a suceder a frieza e, por fim, o próprio rompimento de tão antigas relações, o qual levaria o delegado Fleury, como corolário, a acusar seu ex-amigo de ser mais um elemento a serviço da subversão.

O beneditino se dispôs a revelar todos os fatos de que houvera notícia ou conhecimento pessoal. E assim o fez, num longo depoimento de quase doze horas tomado por mim e pelo juiz Nélson Fonseca, no próprio Palácio Episcopal.

O exemplo do sacerdote era, a meu ver, paradigmático do que se pretendia arquitetar no sentido de reduzir à impotência as investigações sobre o Esquadrão da Morte. Tudo que se fizesse para coibir as violências policiais seria considerado subversão, quando subversiva era, de fato, a conduta daqueles que desconheciam a Lei mas a aplicavam com as próprias mãos, a seu talante.

Este depoimento permitiria mais tarde o esclarecimento de muitos casos, porque nos dava a chave da mecânica de funcionamento do Presídio Tiradentes e dos xadrezes do Deic, de onde saíram tantas vítimas do famigerado Esquadrão da Morte[8].

Enquanto analisávamos as revelações do sacerdote, voltamos a nossa atenção para as sindicâncias existentes na Vara da Corregedoria dos Presídios e da Polícia Judiciária. Um caso, sobretudo, se destacava dos demais.

---

8. Apêndice – Depoimento do padre Agostinho de Oliveira (Marcelo Duarte de Oliveira).

O insólito era que uma das vítimas do então incipientemente chamado Esquadrão da Morte não morrera, estava viva e, quem sabe, disponível para depor. Tratava-se de um marginal, Mário dos Santos, de alcunha "Mário Ladrão". A essa altura, dois anos depois do atentado, já restabelecido, descontava pena pelo crime de tráfico de entorpecentes.

Fazia parte da sindicância um inquérito policial que tinha ido e voltado várias vezes à Polícia para esclarecimentos pedidos pelo Promotor da 1ª Vara do Júri da Capital. Mas a Polícia não estava lá muito interessada nos esclarecimentos, de modo que os autos retornavam como tinham ido. O caso, no entanto, parecia de fácil deslinde, desde que "Mário Ladrão" estivesse disposto a falar.

Mandamos buscá-lo. Era homem bem-apessoado, de fisionomia simpática. Falava sem titubeios, demonstrando invulgar agilidade mental.

Interrogamo-lo com vagar e rigor, o juiz Nélson Fonseca e eu. Ponderamos-lhe como, dizendo a verdade e somente a verdade, poderia ajudar a Justiça, do mesmo modo como lhe fizemos ver os perigos a que estava sujeito. E ele resolveu falar.

Não escondia a sua condição de traficante. Como tal, conhecia o submundo do crime e o submundo da polícia. Sabia da existência do Esquadrão da Morte, conhecia muitos de seus membros e estava a par de fatos que posteriormente foram de grande valia para outras investigações. No momento, porém, ativemo-nos somente ao caso de que ele fora vítima.

Apontou-nos cinco policiais como responsáveis pela tentativa de morte que sofrera: um motorista da RUPA, de nome Nélson Querido, um investigador já conhecido das crônicas judiciárias pela alcunha de "Fininho", mas que na realidade se chama Ademar Augusto de Oliveira, um alcagüeta ou dedo-duro conhecido por "Gaúcho Bigode" e mais um policial de cor cujo nome ele não recordava.

Mário dos Santos fora apanhado nas imediações de uma boca-de-fumo. Levaram-no para uma casa existente na rua Germaine Buchard, na Água Branca, onde residia o alcagüeta. Lá, foi seviciado, colocado no "pau-de-arara", porque seus carcereiros queriam saber do paradeiro de dois traficantes, "Carioca" e "Paraíba", que mais tarde aparecerão neste relato e que pertenciam a uma quadrilha que naquele instante sofria as iras policiais, atiçadas por outro bando de traficantes de entorpecentes.

Estavam eles à procura de um famoso caderno onde se anotavam as gratificações conferidas a policiais pelo bando a que pertencia Mário dos Santos. Na impossibilidade de obter as informações, levaram o marginal para a periferia da cidade, largaram-no à beira da estrada e gritaram-lhe que corresse. Mal tinha dado os primeiros passos desesperados e angustiosos quando os policiais abriram fogo. Atingido em cheio, caiu num pequeno banhado, onde ficou inconsciente. Tomando-o por morto, os policiais se afastaram.

Não se sabe bem por quê, Nélson Querido voltou sobre os seus passos e, verificando que Mário ainda vivia, levou-o para o pronto-Socorro da Barra Funda, de onde transitou para a Santa Casa de Misericórdia, com nome falso.

Os dados fornecidos por Mário dos Santos encontravam alguma corroboração nos autos da sindicância. Assim, o auto de corpo de delito evidenciava a tentativa de morte que sofrera. As informações da Santa Casa também coincidiam.

Saímos a campo para investigar. Mandamos chamar Nélson Querido. Pedimos que a Polícia nos apresentasse "Gaúcho Bigode". Quanto a "Fininho", incriminado pela morte de um traficante em frente ao Palácio da Justiça, estava foragido.

Nélson Querido foi imediatamente reconhecido por Mário dos Santos, mas o mesmo não sucedeu com "Gaúcho Bigode". Este era um rapaz desempenado, de nome Belvoir Cortes Fagundes, proveniente do sul do País e que se prestava a serviços policiais. Mário dos Santos, porém, não viu nele um de seus algozes.

De posse do endereço da pessoa que este indicava, fizemos uma inspeção no local e descobrimos, ouvindo a vizinhança, que ali morava há algum tempo um rapaz com a família e que se dizia policial. A família, na verdade, já se havia desfeito, mas ele mantinha a casa e possuía um cachorro. Coisas suspeitas lá sucediam.

O nome, ninguém o sabia, mas indicaram-nos a imobiliária que tratava do aluguel da casa. Fomos lá. E nos seus arquivos encontramos o nome do inquilino: Luís Carlos Franco Ferreira.

Começamos então a pesquisar onde ele estaria. Recorremos à Justiça Eleitoral e soubemos que um Luís Carlos Franco Ferreira, funcionário da Secretaria da Fazenda, havia pedido transferência de seu título eleitoral para Campinas. De São Paulo a Campinas foi um pulo e lá recolhemos o referido título eleitoral, com a fotografia do portador.

Com ela e com outros títulos eleitorais de pessoas semelhantes, procedemos a um reconhecimento fotográfico, no qual Mário dos Santos apontou, sem titubear, o de Luís Carlos Franco Ferreira, que era gaúcho e usava bigode.

Não conseguimos obter a presença de Luís Carlos Franco Ferreira porque ele deve ter sido avisado de alguma coisa. Fugindo de Campinas, nunca mais foi encontrado.

Era uma figura interessante. Pelo que pudemos apurar, fora funcionário da Secretaria da Fazenda, casado e com filhos, com residência estabelecida naquela moradia da Água Branca. De um momento para outro, começou a fazer amizades no meio da classe dos investigadores de Polícia. Seu comportamento logo sofreu mudanças. Desquitou-se da esposa, a qual foi para o Rio de Janeiro, Guanabara, morar com os pais. Ouvida em uma das Varas Criminais da Guanabara, essa senhora explicou qual a causa da mudança de comportamento do marido. Estava certa de que ele ingeria tóxicos e se tornara traficante de drogas.

O círculo fechou-se, pois, em torno de Luís C. F. Ferreira. Era ele indubitavelmente o alcagüeta em casa de quem "Mário Ladrão" fora torturado. Faltava apenas reconhecer os outros dois implicados. Por essa altura, Ademar Augusto de Oliveira, o "Fininho", já se apresentara à prisão e pôde ser reconhecido pela sua vítima. Trouxemos também o irmão dele para o reconhecimento. Era igualmente investigador de polícia e trabalhara muitas vezes na mesma equipe.

"Fininho" foi reconhecido, mas não o irmão. Tínhamos, portanto, três indiciados e uma farta prova circunstancial. Passamos então a ouvir Nélson Querido, que foi requisitado e se apresentou.

Homem pequeno e nervoso, Nélson Querido era fluminense e tinha sido trazido para a Polícia Paulista havia menos de dez anos, onde ingressou como motorista. Era nessa qualidade que participava de diligências policiais.

Descobrimos que tinha razoável fortuna, inexplicável pelos vencimentos que recebia. Sua conta bancária, na época, girava em torno de vinte mil cruzeiros. Dizia-se intermediário na compra e venda de automóveis e tinha uma frota de táxis. Mas, na verdade, era um traficante de drogas como "Fininho" e Luís Franco.

Foi ouvido uma tarde na Corregedoria dos Presídios e da Polícia Judiciária. A princípio tentou negar os fatos, mas, posto a par das evidências constantes da sindicância, acabou contando que realmente tinha dado alguns tiros em Mário dos Santos. Sua história, porém, era inverossímil. Afirmava que dirigindo na rua um Karmann-Ghia surpreendeu Mário dos Santos, contra quem havia mandado de prisão. Conseguiu fazê-lo entrar no carro e ia para o Gabinete de Investigações quando o detido o atacou, embora estivesse algemado à maçaneta de uma porta. Com o carro em movimento teriam entrado em luta, ocasião em que ele, Nélson Querido, ao tentar empunhar a sua arma, feriu o dito Mário com um tiro acidental.

Diante disso, levou-o para o Pronto-Socorro da Barra Funda e lá o deixou.

Como a versão era inteiramente fantasiosa e os elementos reunidos na sindicância a tanto nos habilitasse, requeremos a prisão preventiva de Nélson Querido, a qual foi decretada pelo Juiz da 1ª Vara Auxiliar do Júri, enquanto ele se encontrava a prestar declarações na Vara da Corregedoria dos Presídios e da Polícia Judiciária. Ao saber que do Palácio da Justiça iria diretamente para a Penitenciária, desmanchou-se a petulância do policial. Tentou protestar, depois implorou, mas não quis voltar atrás nas declarações que fizera. Foi conduzido para a Penitenciária quase que arrastado.

•

Terminadas as diligências, mais uma vez se evidenciava a certeza de que o Esquadrão da Morte era um dos veículos do tráfico de entorpecentes em São Paulo. Foi feita então a primeira denúncia, aparecendo como acusados pela tentativa de morte contra Mário dos Santos o investigador Ademar Augusto de Oliveira, o motorista Nélson Querido e o alcagüeta Luís Carlos Franco Ferreira[9]. O sumário de culpa desse processo realizou-se perante o Juízo da 1ª Vara Auxiliar do Júri. Os elementos probantes até então carreados se aperfeiçoaram no contraditório da causa e tivemos a satisfação de ver que Justiça era feita: os réus foram pronunciados e o julgamento de Nélson Querido pelo Tribunal Popular abonava a certeza que de início apontávamos, pois que saiu condenado a sete anos de reclusão.

Quanto aos dois réus restantes, não foram julgados apenas porque Luís Carlos andava foragido e "Fininho" desaparecera, depois de se afastar do local onde se achava recolhido. A propósito desta fuga voltaremos a falar mais adiante, quando ela novamente surgir no encadeamento cronológico dos fatos.

9. Apêndice – Denúncia contra Nelson Querido e outros.

A morte de "Nego Sete"

Iniciado este primeiro processo, decorrido pouco mais de um mês desde a minha designação para a chefia das investigações, chegou-me às mãos uma carta antiga de quase dois anos, escrita em papel azul e com marcas de dobras que revelavam ter sido guardada por muito tempo[10].

Quem a subscrevia era um padre. Tratava-se de um religioso canadense, pároco da Vila de Nossa Senhora de Fátima, em Guarulhos, o rev. Geraldo Monzeroll.

A carta me veio às mãos por intermédio de um advogado que me pedia sigilo sobre o seu nome. Era amigo do padre, a quem assistia nos problemas jurídicos da paróquia. A narrativa dos fatos impressionava pela sua viva objetividade. Contava o seu autor que certa manhã do mês de novembro de 1968 tinham surgido no largo da Matriz da pequena vila algumas pessoas em trajes esportivos, pesadamente armadas. Diziam-se da Polícia e se intitulavam membros do Esquadrão da Morte. Sua missão era prender um perigoso assaltante.

O padre acercou-se deles e falou com dois homens que pareciam os chefes da expedição. Um destes era grande e forte e trazia

10. Apêndice – carta do padre Monzeroll.

um braço na tipóia. Os homens do grupo estiveram muito tempo sentados na escadaria que existe em frente à igreja, ao lado da qual estacionaram as viaturas em que se tinham deslocado, ocultando-as das vistas de quem passasse pela rua principal.

Pela leitura dos jornais o rev. Monzeroll sabia que havia um Esquadrão da Morte atuando em São Paulo. Intrigado com a presença da caravana, tratou de pôr uma máquina fotográfica em ação. Bateu vários flagrantes, naturalmente às ocultas.

Daí a pouco viu que um homem era arrastado aos bofetões para uma das peruas, logo seguido pela mulher, a quem era dispensado o mesmo tratamento. Homem e mulher foram colocados em carros diferentes e, ao fim de algum tempo, soltaram a mulher e levaram o marido.

Depois, outro carro surgiu, agora um Volkswagen, trazendo outros policiais. A esse tempo já tinham localizado a casa onde residia a pessoa que procuravam. Mas essa pessoa estava fora. Mais algumas horas se passaram, até que, por volta das 16, o movimento acentuou-se, percebendo o padre que o homem objeto de busca, Antônio de Souza Campos, por alcunha "Nego Sete", se aproximava num veículo coletivo. De dentro da igreja, o rev. Monzeroll viu-o descer e dirigir-se para uma viela. Um instante de silêncio, e, logo em seguida, uma intensa fuzilaria de armas de fogo. Novamente o silêncio e depois um rufar de motores de carros que se afastavam.

De posse desta carta, procuramos tomar o depoimento formal do sacerdote. Ele tivera o cuidado de anotar as placas dos veículos e de traçar o perfil de alguns policiais envolvidos no episódio. Veio a Juízo. Pelo aspecto, um homem tranqüilo, afável, mal entrado na casa dos trinta. Pelo que dizia, mostrava-se até mesmo agradecido pelo serviço que era chamado a prestar.

Seu depoimento foi a repetição da carta. Perguntamos-lhe qual o destino dado ao filme que tirara. Comprometeu-se a localizá-lo e a entregá-lo para ser anexado à sindicância. Além de colher as pessoas que participaram do fuzilamento, ele fotografara também a casa onde "Nego Sete" fora eliminado, o que permitiu a identificação de valiosas testemunhas.

Quase dois anos se tinham passado, mas, quando chegamos à pequena Vila de Nossa Senhora de Fátima, surpreendeu-nos a atualidade do fato. Todos se lembravam das diligências policiais. Fomos à casa onde se dera o crime, e fizemos o levantamento topográfico do local. Já ali não moravam as testemunhas presenciais. O crime as abalara a tal ponto que mudaram de residência. Obtido o novo endereço, lá fomos ouvi-las.

Encontramos um pedreiro ainda indignado com o que se passara dentro de sua casa e uma mulher apavorada com o que tinha visto. Gente simples e que com simplicidade narrou os nefandos sucessos daquela tarde sangrenta.

O homem, por alcunha "Zé Botinha", nos contou que alugava alguns cômodos no fundo de sua casa. Um dos inquilinos era "Nego Sete". Na sua opinião, ele não incomodava ninguém, mas também não tinha idéia do que ele fazia. Naquela tarde, a sua casa foi invadida pelos policiais, que se arrogavam a condição de membros do Esquadrão da Morte. Lembrava o nome de pelo menos um, que atendia pelo vulgo de "Brasileiro". Seria capaz de os reconhecer, pois estivera com eles bastante tempo.

Os policiais tomaram de assalto a sua casa e os impediram de sair, a ele e à mulher. A amásia de "Nego Sete" fora trancafiada no quarto ocupado pelo casal. Então distribuíram-se com armas pesadas pelo corredor de acesso ao cômodo, escondendo-se atrás dos muros e subindo a uma caixa-d'água que ficava a cavaleiro do mesmo quarto.

Quando o delinqüente chegou, em mangas de camisa, sobraçando um embrulho de discos, ouviu o grito: *Polícia!* Não teve tempo de esboçar um só gesto: abateram-no ali mesmo no corredor com uma chuva de balas.

Também "Zé Botinha" fez referência ao que para ele era "o chefe" da expedição, homem grande e forte que andava com um braço na tipóia.

Logo em seguida, o cadáver foi enrolado num cobertor e carregado para uma das peruas. À dona da casa deram ordem de lavar o sangue que escorrera pelo chão. Quanto à amásia de "Nego Sete", foi levada também – e dela jamais teve alguém a mínima notícia ou rastro do seu destino.

Narrou ainda "Zé Botinha" que havia comunicado os fatos à autoridade policial local, mas esta limitou-se a tomar suas declarações e a dizer-lhe que ficasse com os pertences do morto que lhe interessassem e queimasse o resto. A esse fato voltaremos mais logo.

Ouvimos ainda o homem de cor que fora preso juntamente com a esposa. Estava ele curtindo na cama a bebida que pouco antes tinha ingerido, quando a sua casa foi assaltada por policiais que o arrancaram do sossego e o levaram aos bofetões para uma perua situada ao lado da igreja. À mulher foi reservado o mesmo tratamento.

"Sabiá", que tal era o vulgo do pobre preto, foi dar "umas voltas" com seus carcereiros e quase o mataram, julgando que ele fosse "Nego Sete". Tantos foram, porém, os seus protestos que os policiais resolveram averiguar e levaram-no para o Deic. Isso permitiu que mais tarde se guardasse o nome de alguns participantes nas diligências, pois eles tiveram a ingenuidade de fazer lavrar um "Boletim de Ocorrências" do qual constava a prisão de "Sabiá", os agentes envolvidos e o delegado responsável.

A esposa de "Sabiá" repetiu a história e afirmava que, desfeito o equívoco, os policiais achavam-se no direito de serem brindados com uma "rodada" de cachaça. Enfim, "Sabiá" ficou preso durante três dias, ao fim dos quais o soltaram sem maiores explicações.

Quanto ao cadáver de "Nego Sete", foi encontrado no dia seguinte na estrada velha que vai para Mogi das Cruzes, nas imediações da cidade de São Paulo.

Com base nesses dados, passamos a levantar os nomes dos policiais responsáveis. Ainda não tínhamos recebido o filme do padre Monzeroll, o qual, revelado, daria novas indicações sobre a autoria dos fatos mencionados.

•

Esse levantamento não foi difícil, pois a própria Polícia se encarregou de involuntariamente nos ajudar.

Antes de prosseguir, e para compreender como chegamos às conclusões que depois se consubstanciaram na primeira e realmente significativa sindicância contra os membros do Esquadrão da Morte, convém esclarecer os motivos pelos quais tantos agentes da lei se encarniçavam na morte daquele preto de Guarulhos.

Por esse tempo, o Esquadrão da Morte já agia às escâncaras em São Paulo. Seus membros andavam atrás de um marginal que respondia pelo apelido de "Saponga", o qual acabou sendo morto num tiroteio. Mas, num dos recontros do bando deste com a Polícia, um investigador perdeu a vida. Chamava-se ele David Parré. Seria o próprio "Saponga" o assassino? Nunca se chegou a saber ao certo, mas para a Polícia não havia dúvidas. Seja como for, a perseguição policial voltou-se contra todos quantos estivessem ligados ao bando, sem exceção.

A morte de Parré, diziam seus próprios colegas dois anos depois, estabelecera um clima de histeria dentro da Delegacia de Roubos, cujos agentes saíram à cata de marginais para uma desforra.

Ao investigar o paradeiro de "Saponga", o delegado Fleury e sua equipe foram dar com outro marginal, conhecido pela alcunha de "Samango". Este, por sua vez, se dispôs a indicar um dos elementos do bando de "Saponga", que seria "Nego Sete". Foi "Samango" quem levou a Polícia ao local onde aquele residia, o que mais tarde lhe custaria, estando preso, uma tentativa de morte por parte de parentes de "Nego Sete" que também se encontravam no Presídio.

Fixado o dia dos acontecimentos e até mesmo as horas em que se demorou a caravana policial em busca de "Nego Sete", foi possível levantar os nomes dos intervenientes. A primeira pista foi dada pela prisão de "Sabiá", que tinha sido formalmente recolhido ao Deic, acompanhado de um "Boletim de Ocorrências" que consignava os nomes dos investigadores que o prenderam e o delegado que chefiava a equipe.

Chamados a depor, os policiais indicaram as equipes que estavam empenhadas na caçada a "Nego Sete". Entre agentes de todos os níveis contava-se mais de uma dezena.

Começamos então a pensar se, antes de ouvi-los, não seria conveniente submetê-los a um reconhecimento pelo padre Monzeroll e pelas demais testemunhas. À falta de sala adequada para o reconhecimento, improvisamos no gabinete do Juiz Corregedor dos Presídios e da Polícia Judiciária um local onde os policiais podiam ser identificados sem que pudessem ver quem os examinava. A medida se impunha, para impedir que as testemunhas fossem objeto de coações ou violências posteriores.

Pedimos a apresentação dos agentes que imaginávamos tivessem participado da perseguição e fuzilaria. Colocamos no seu posto de observação o religioso canadense, o qual reconheceu três delegados, entre mais de duas dezenas de policiais apresentados. O Rev. Monzeroll, aliás, mantivera contato mais estreito com eles, quando se postaram em frente à igreja e entabularam conversação.

O delegado Fleury era de todos o mais fácil de reconhecer, pois na época andava com um braço enfaixado numa tipóia e, pelo seu porte, era inconfundível. Mas, chamado a examinar os delegados que lhe eram apresentados em meio de outras pessoas de porte semelhante, o padre não titubeou em identificar Sérgio Fernando Paranhos Fleury, Ernesto Mílton Dias e Alberto Barbour.

"Zé Botinha" e "Sabiá", mais as respectivas mulheres, também se prestaram a indicar os que participaram das diligências encerradas com a morte de seu inquilino e vizinho. Fizeram-no com naturalidade e firmeza, em ato presenciado por personalidades que desempenham em São Paulo as mais relevantes funções e que se disseram impressionadas com a solidez do testemunho. Uma delas, o sr. Waldemar Marins de Oliveira ocupou, alguns anos depois, o cargo de Secretário de Estado dos Negócios da Justiça em São Paulo.

Tínhamos, portanto, dois pontos fixados: os policiais que participaram da caçada e, dentre eles, os reconhecidos pelas testemunhas que seguiram naquele dia as suas atividades. Tratamos de ouvi-los.

Forneceram-nos os mais diferentes álibis. Alguns estavam naquele dia e hora assistindo à missa de sétimo dia por alma do investigador David Parré, outros se achavam em festinhas escolares de fim de ano, outros ainda tinham acompanhado a esposa à costureira. O delegado Fleury alegava que na hora do crime estava sendo medicado no Hospital do Servidor Público Estadual, por causa de um deslocamento da omoplata que o obrigava a andar com o braço na tipóia. Com isso, ele não negava a sua presença na vila de N. S. de Fátima. Apenas fazia crer que no momento do desenlace não estava lá.

Como naquele instante não tínhamos ainda elementos para esmiuçar as alegações de ausência, que aliás não eram precisas quanto a tempo e lugar, voltamo-nos para o estudo do álibi mais fácil de comprovar, que era o de Fleury.

Fomos, pois, ao Hospital do Servidor, para obter a ficha médica do seu caso, no dia aprazado com o respectivo diretor. No entanto, tivemos de esperar durante horas e horas, porque o aludido médico se encontrava em despacho com o então Secretário do Trabalho, dr. Virgílio Lopes da Silva, que já fora membro do Ministério Público de São Paulo. De volta do despacho, o diretor do Hospital, invocando o sigilo profissional, negou-se a entregar a ficha médica. Somente o faria mediante requisição do Poder Judiciário.

A requisição veio mais tarde e, com ela, a respectiva ficha. Nela realmente constava que Fleury tinha estado no Hospital naquele dia, mas não havia menção de hora. Chamamos a depor o médico indicado e ele não soube especificar o horário do atendimento. Fez contudo uma ressalva dirimente: no dia do crime estava de plantão noturno.

Ora, o crime fora cometido por volta das 16 horas, de maneira que Fleury podia ter perfeitamente participado dele e depois ser atendido no Hospital do Servidor Público. De resto, tudo passara num sábado, dia em que o tráfego corre mais livre, e de Guarulhos ou Mogi das Cruzes ao bairro do Ibirapuera, onde se localiza o Hospital, um carro não levaria mais de uma hora.

A figura do policial Fleury, pelo destaque que tinha na atuação do Esquadrão da Morte, merece uma ligeira apreciação.

Era, sem dúvida, um autêntico produto do meio em que moldou sua personalidade. Homem de alguma coragem pessoal, deixou-se, entretanto, arrastar pelas seduções do próprio mundo que se dispôs a combater. Segundo testemunhos registrados em vários processos, tornou-se homicida cruel, corrompeu-se no tráfico de entorpecentes e ele próprio sujeitou-se a dopagens que, segundo um policial do Deic, eram a única maneira de comandar as matanças frias, como aquelas executadas pelo Esquadrão da Morte.

De uma atuação destacada nessa entidade homicida, foi o delegado Fleury chamado pelos órgãos de segurança para a luta contra o terrorismo. Nela se atolou completamente, participando de caçadas, prisões, torturas e execuções de elementos incriminados de subversivos. E, como tal, chegou a ser considerado, pelas Forças Armadas, como verdadeiro herói nacional, condecorado, dentre outros, pelo Ministério da Marinha, com a medalha de "Amigo da Marinha".

E daí a proteção de que se beneficiava e continua beneficiando. Temido, por essa mesma proteção, recebe vênias de juízes e promotores temerosos de futuras e eventuais represálias. Transformado no homem símbolo da luta contra a subversão, não se pejaram as autoridades federais de lhe dispensar todo o peso de um apoio incondicional, que chegou a se refletir na edição de lei especial que o pudesse livrar da prisão provisória decorrente de sentenças de pronúncia que o remetiam a julgamento pelo Tribunal do Júri e impondo censura a órgãos de imprensa que expediam considerações a propósito de sua atuação policial, apontando-o como violento e corrupto.

Dessa proteção e desse temor, dizem bem o julgamento a que ele já foi submetido no 2º Tribunal do Júri de São Paulo e o despacho que revogou, sem recurso hábil, a prisão preventiva, decretada mesmo depois da edição da chamada "Lei Fleury", pelo juiz de Direito da Comarca de Guarulhos, com o conivente silêncio do Ministério Público.

•

Vieram depois as fotos. Conseguimos revelar o filme num laboratório particular, tendo porém o cuidado de nomear um técnico fotográfico para atestar em que condições se dera a revelação, de que filme as imagens provinham e quais as chapas que elas produziram.

Infelizmente, o padre não era bom fotógrafo e as condições em que ele bateu as chapas, dentro da igreja, não podiam dar grandes resultados. De todas, apenas três ou quatro acusavam nitidez bastante razoável. Em duas, viam-se duas pessoas difíceis de confundir: o delegado Fleury e "Fininho".

Lembro-me, a propósito, de que ao ser inquirido o delegado Fleury sobre a sua presença no local, que ele não negava, foi-lhe exibida uma fotografia onde se via a sua figura inconfundível. A reação dele foi altamente significativa:

– O senhor quer dizer que esse aí sou eu?

A outra figura era sem dúvida a de "Fininho". Também ele negou que se tratasse da sua pessoa. Dizia-se mais alto do que a perua que ali estava próxima, mas, solicitadas as medidas à firma que fabricava aquele tipo de veículo e conferidas com a estatura de "Fininho", verificou-se que, sob esse aspecto, não poderia ele eximir-se.

O delegado Ernesto Mílton Dias não negava a sua presença, mas afirmava que estivera lá por curto lapso de tempo. Quanto a Barbour, negava de pés juntos. Fez uma confissão, porém: sim, era um dos tristes "Relações Públicas" do Esquadrão da Morte.

E assim os depoimentos dos policiais se sucediam em negativas às vezes ridículas. Recordo igualmente que a um dos policiais, de apelido "Goiano", foi-lhe apresentado um "Boletim de Ocorrências" que tínhamos apreendido na Secretaria da Segurança. Ele negava sua participação, mas, diante da sua própria assinatura naquela peça, desmoronou-se por completo.

Chegados a esse ponto, estávamos em condições de oferecer a primeira denúncia, englobando a maior parte do que se poderia chamar o ramo executivo do Esquadrão da Morte.

Paralelamente, tentamos verificar a conduta da autoridade policial de Guarulhos perante os fatos. Limitara-se a pedir um levantamento do local pela Polícia Técnica e a tomar o depoimento de "Zé Botinha". Nessa delegacia, conseguimos pôr as mãos no dito depoimento, o qual coincidia exatamente com as declarações por ele feitas ao Juiz Corregedor dois anos depois.

O laudo, também decorridos dois anos, foi apreendido ainda na Polícia Técnica. As duas peças foram de grande utilidade, como é fácil de compreender, e a omissão policial dava bem a medida do poder do Esquadrão da Morte.

Surgem maiores dificuldades

O apontamento do nome do delegado Fleury começava a trazer problemas.

Paralelamente, íamos tendo cada vez maior consciência das ligações dos membros do Esquadrão da Morte com traficantes de entorpecentes. Nessa altura, o dr. José Sílvio Fonseca Tavares apresentou-me a um jovem Promotor, o dr. Laerte de Castro Sampaio, que então presidia à Comissão Estadual de Investigações.

A Comissão Estadual de Investigações tinha sido instituída pelo governo do Estado de São Paulo em decorrência do disposto pelo Ato Institucional nº 5, de 13 de dezembro de 1968, com o fim específico de apurar denúncias de corrupção no funcionalismo estadual.

Esse Promotor contou-nos que tramitava pela CEI um processo já alentado de vários volumes em que estavam implicados numerosos policiais por atos de corrupção interligados com o tráfico de entorpecentes. Já tinha feito um relatório preliminar sobre o caso, que ele apresentara ao Secretário da Segurança, apontando cerca de uma dezena de nomes.

A instâncias minhas, cedeu-me uma cópia do relatório, e pude então verificar que lá se achavam figuras conhecidas, como as de Ademar Augusto de Oliveira ("Fininho"), Angelino Moliterno ("Russinho"), Astorige Correia de Paula e Silva ("Correinha"), João Carlos Tralli e até mesmo um irmão do delegado Fleury.

Sem fazer outras reservas, pediu-me o dr. Laerte de Castro Sampaio apenas que não divulgasse desde logo os termos do relatório que elaborara, porque de outro modo os interessados podiam fazer pressão no sentido de impedir a sua demissão do serviço público, que ele tencionava recomendar. Combinamos então uma ação conjunta, de troca de informações sobre o problema de tóxicos e outras formas de corrupção no meio policial.

Com o correr dos dias e o aperfeiçoamento da prova no processo de "Nego Sete", era natural que tudo chegasse ao conhecimento da Secretaria da Segurança. Foi então que vim a saber que um Procurador da Justiça, o dr. João Batista de Santana, que trabalhava na assessoria do titular daquela pasta, andava muito preocupado com a minha posição. Confessara-o ao próprio Procurador-Geral e a outros colegas. Não demorou muito que o dr. Santana me procurasse para me transmitir as suas preocupações.

Recebi-o num fim de tarde, e ele então me disse que a minha imagem dentro do organismo policial era de causar preocupações. Tomavam-me lá por inimigo da Polícia Civil e que aproveitava a situação com vistas a prejudicá-la. Isto, dizia-se na Polícia, vinha de longe, desde quando eu trabalhara no Gabinete do Governador Carvalho Pinto, havia dez anos. Segundo alegavam, eu sempre advogara a absorção da Polícia Civil pela Militar e, além do mais, procurando incriminar pessoas ligadas ao esquema de combate à subversão montado em São Paulo, eu tornava suspeita a minha atuação, tanto mais quanto era verdade que no exercício da Promotoria Pública de Araçatuba, SP, vinte anos antes, eu tinha proferido um parecer, em processo-crime, considerado de coloração comunista pelas autoridades policiais[11].

Adiantou-me ainda aquele colega que a minha atuação poderia causar prejuízos à própria instituição à qual eu servia, com a perda de prerrogativas a custo conseguidas para o bom exercício do Ministério Público. E acrescentou, em palavras textuais, que se denunciasse o delegado Fleury "a casa pegaria fogo".

Agradeci-lhe a interferência, mas sem esconder que considerava a sua visita como a maneira de se expressarem as autoridades da

---

11. Cf. apêndice: parecer aludido.

Secretaria da Segurança relativamente ao meu papel nos processos contra o Esquadrão da Morte. E, ponderando-lhe que nada tinha a explicar, porque tudo o que ele me transmitia não passava de pura infâmia, apenas para sua elucidação pessoal, relatei-lhe qual a minha verdadeira conduta nos casos mencionados.

Efetivamente, sempre fui adepto, e adepto fervoroso, de uma Polícia Civil estritamente civil – e desta minha posição as autoridades da Secretaria da Segurança estavam cansadas de saber. As opiniões que *in illo tempore* formulei ao governador Carvalho Pinto foram sempre no sentido de que a Polícia devia ser uma só e civil, de acordo aliás com estudos feitos primeiramente por técnicos norte-americanos do Ponto IV, depois por agentes da Scotland Yard e, finalmente, pelos policiais paulistas que tinham estagiado na Inglaterra.

Quanto à segunda acusação, se eu por ela devesse, teria providenciado a retirada desse parecer do meu prontuário do Departamento Estadual de Ordem Política e Social (Deops), quando fiz parte do governo do Estado de São Paulo, o que aliás seria fácil.

Não era a primeira vez que o caso me trazia aborrecimentos. Quando Promotor em Araçatuba, recebi um inquérito policial em que alguns rurículas eram incriminados de fazer propaganda subversiva. Tratava-se de meia dúzia de pobres-diabos, semi-analfabetos, apanhados com boletins nos quais se proclamava a necessidade de dar maior assistência aos homens do campo.

Talvez as pessoas que distribuíram os panfletos – e que não foram identificadas – pudessem ser enquadradas na então vigente Lei de Segurança Nacional. Mas aqueles pobres trabalhadores de fazenda – aqueles não. E foi com essas considerações que impedi o prosseguimento de um processo-crime que se me afigurava inadmissível.

Por causa desse parecer, marquei passo em minha carreira durante anos, quer dizer, durante a gestão na Secretaria da Justiça do sr. José Loureiro Júnior, que foi um dos próceres dessa espécie nacional de fascismo que foi o Integralismo. Muito embora o Conselho Superior do Ministério Público me indicasse por treze vezes à promoção, para a terceira entrância da carreira, só vim a ser promovido da última quando não mais ocupava a pasta da Justiça aquele Secretário.

Finalmente, o problema da instituição Ministério Público não vinha ao caso, porque as prerrogativas que a cercam têm por fim dar-lhe condições de exercer suas funções – não existem apenas para exorná-la. Se elas existiam, o Ministério Público tinha de cumprir a parte que lhe cabia, não recuando ante a possibilidade de as perder. O contrário é que seria enfraquecer a instituição.

Dado o recado, achei que não obstante a intenção de prosseguir sem desfalecimentos nas apurações em que me empenhava, tinha de – para que elas não caíssem no vazio – cercar do maior cuidado os atos de ofício que praticava. Foi assim que decidi procurar o coronel Otávio Costa, chefe da Assessoria Especial de Relações Públicas da Presidência da República. E, com a multiplicada insistência das ameaças à minha pessoa e aos meus familiares, resolvi relatar fatos e circunstâncias que me preocupavam, em carta entregue a amigos meus, para divulgação *in extremis*.

Aproximei-me dele por intermédio de um amigo comum, que conhecia as dificuldades pelas quais eu passava e achava que o contato direto com alguém que tivesse acesso ao sr. Presidente da República podia matar no nascedouro qualquer gestão das autoridades federais em São Paulo destinada a frustrar o objetivo das investigações em marcha.

Aprazei a entrevista com o coronel Otávio Costa através de um telefonema para o Palácio do Planalto e no dia e hora designados lá parti eu, à própria custa. Fui acolhido por um homem em trajes civis, afável e disposto a ouvir.

E de fato me ouviu durante duas horas. Sem omitir um só fato, contei-lhe tudo o que vinha acontecendo durante aqueles dois ou três meses de atividades. Mencionei-lhe as visitas que fizera e particularmente a atitude assumida pelo Secretário da Segurança, que por último passara para o campo das ameaças pessoais. De um *dossier* que lhe ofereci, mostrei-lhe fotografias reveladoras da maneira como agiam os homens do Esquadrão da Morte, assim como lhe entreguei cópia do parecer que a CEI encaminhara ao Secretário da Segurança dando parte do entrelaçamento do Esquadrão da Morte com o tráfico de tóxicos.

Fiz-lhe entrega ainda de uma série de cópias autenticadas de depoimentos e peças colhidas nas várias sindicâncias, as quais apontavam sempre e invariavelmente os mesmos grupos como o núcleo executivo do Esquadrão. Adiantei-lhe que em São Paulo se procurava misturar o combate ao Esquadrão da Morte com problemas pertinentes à subversão da ordem, coisa que se agravava com a indicação em próxima denúncia de alguns policiais, entre eles o delegado Fleury, que se encontravam a serviço da Polícia Política.

Segundo disse ao coronel Otávio Costa, estava aí um problema que fugia às minhas atribuições: não o ignorava, mas nada podia fazer para evitar o desenlace, a menos que faltasse ao meu dever funcional.

O meu interlocutor limitou-se a ouvir. Recebeu o *dossier* e adiantou-me que ia informar a Presidência da República. Dentro em pouco iria a São Paulo e teríamos então oportunidade de reatar o diálogo.

De volta a São Paulo e por recomendação do coronel Otávio Costa, procurei um outro oficial, o chefe do Serviço Nacional de Informações no Estado, que era então o coronel Walter Faustini, depois Comissário na Expo-72.

Repeti a esse militar tudo quanto já dissera ao outro. O coronel Faustini parecia bem informado a respeito dos crimes do Esquadrão, mas estava alarmado com a possibilidade de o delegado Fleury ser denunciado ou preso imediatamente. Para ele, qualquer das duas hipóteses daria novo alento à subversão esquerdista no País. E lá voltei eu a repisar os mesmos argumentos, para demonstrar que nesse caso a responsabilidade não poderia ser imputada à minha pessoa, mas sim aos próprios órgãos de Segurança, que tinham a obrigação de ser mais cuidadosos na escolha de seus agentes.

O policial Sérgio Fernando Paranhos Fleury – o Serviço Nacional de Informações deveria sabê-lo melhor do que ninguém – estava vinculado a uma série de crimes que ninguém ignorava em São Paulo, quando passou a servir na área de Segurança Nacional. A história de tais crimes e o próprio retrato dele vinham estampados nos principais órgãos de imprensa do País, de maneira que – ponderei – as coisas no ponto em que estavam tendiam a marchar inexoravelmente no sentido da implicação daquele delegado de Polícia. A única coisa que eu poderia fazer era informar regularmente a secção paulista do SNI sobre o andamento das minhas investigações.

Foi essa a primeira palestra das muitas que se seguiram com o coronel Faustini. Raramente, como o fez nesta oportunidade, ele opinava. Limitava-se apenas a ouvir.

O segundo contato com o coronel Otávio Costa, não o tive. Poucos dias depois de eu ter ido a Brasília, soube-o em São Paulo e procurei avistá-lo. Não o consegui, porém, e jamais voltei a conversar com ele.

Esta barreira que aos poucos fui encontrando nos setores governamentais, e que se avolumava com o tempo, dava bem a medida do apreço que as autoridades tinham pelos policiais antes delinqüentes e que já agora se diziam servirem à causa da Segurança Nacional.

•

Dos resultados dessa sindicância tentei dar notícia ao Ministério da Justiça, mas de igual forma não tive êxito. Resolvi então oferecer denúncia contra três delegados de Polícia e vários investigadores pelo homicídio de "Nego Sete", pela ocultação do cadáver da vítima e pelas violências praticadas contra "Sabiá" e esposa.

As testemunhas arroladas não eram presidiários sem qualificação, mas sim gente de passado cristalino.

Um problema teve de ser profundamente meditado: o de requerer-se ou não a prisão preventiva dos policiais implicados. A interpretar os dispositivos legais que disciplinam a matéria de maneira estrita, não havia dúvida de que o Ministério Público deveria requerê-la. Mas as coisas, em processos deste tipo, não podem ser encaradas à luz fria do formalismo legal. A intenção era aliás de fazer este único processo, pois inúmeros outros já despontavam das sindicâncias examinadas. E, nessa altura dos acontecimentos, um pedido de prisão preventiva poderia irritar sobremaneira determinadas áreas da Administração, a ponto de, mediante pressão sobre o Procurador-Geral da Justiça, conseguirem o meu afastamento.

Por outro lado, podia também acontecer que o Juiz a quem fosse apresentada a denúncia não a decretasse. E à falta de recursos hábeis para alterar uma decisão desse teor, a atuação do Ministério Público nos casos do Esquadrão da Morte sairia talvez enfraquecida aos olhos da opinião pública. E ainda havia a ponderar que até então os acusados não podiam ser tidos por delinqüentes perigosos, porque era o primeiro processo que se lhes movia. E acresce que todos eram funcionários públicos, o que constituía uma garantia para a normalidade do processo.

Além de tudo isso, de um alto funcionário policial das minhas relações recebi insistentes conselhos para que não lançasse lenha na fogueira, tanto mais que a prisão preventiva dos implicados podia provocar uma crise de graves conseqüências no seio da Polícia e da própria Administração Estadual.

Sopesando todos os prós e contras, acabei convencido, ao fim de demoradas consultas com os meus auxiliares, de que não devia requerer desta vez a prisão dos réus, medida que me reservava, entretanto, o direito de pleitear segundo o comportamento de cada um durante a tramitação do feito.

E, assim, no dia 2 de outubro de 1970, acompanhado do dr. Dirceu de Mello, fui a Guarulhos com a denúncia e os volumes da sindicância, que entreguei ao Juiz competente, o dr. Mário Ferreira Braga[12].

As informações que eu tinha a respeito deste magistrado não eram as mais tranqüilizantes. O homem era difícil e de comportamento imprevisível. Estava em sua meia-idade e acabava de ser promovido de Lorena, SP, para Guarulhos, comarca nos subúrbios da capital paulista.

Contudo, o juiz Ferreira Braga não me desapontou desde logo: recebeu a denúncia. Meus desapontamentos começaram depois, com as designações que ele passou a fazer, dilatando-as demais no tempo, de modo que o processo decorresse o mais lentamente possível.

Mas, enfim, lá começaram os interrogatórios. Os policiais cingiram-se a repetir as negativas feitas na sindicância. O delegado Fleury, no entanto, foi além, ao afirmar que aquela acusação lhe era feita por motivos políticos, para dar alento à subversão. O Juiz, em vez de o interrogar exaustivamente sobre tal afirmativa, limitou-se a registrá-la. E a omissão ficou porque, embora presente, o Ministério Público não tem palavra no interrogatório dos réus.

As delongas prosseguiram, depois dos intermináveis interrogatórios, com a designação da audiência das testemunhas arroladas pela acusação. Mas, decorridos alguns meses, vimos enfim repetidas as acusações feitas na sindicância, agora em audiência pública e na presença de todos os réus. As testemunhas foram de tocante simplicidade e firmeza na narrativa dos atos praticados pelos acusados; guardavam ainda, ao fim de tanto tempo, as emoções que a violência policial lhes despertara. A mulher de "Zé Botinha" chegou a ter uma crise de choro no momento em que relembrava a lavagem do sangue de "Nego Sete" no corredor de sua casa.

A defesa arrolou um número exagerado de testemunhas, mais de cem, algumas de outros Estados da Federação, tudo, evidentemente, com o intuito de retardar o desfecho do processo. Ainda tive a oportunidade de ouvir muitas, mediante precatória enviada às co-

---

12. Apêndice – Denúncia referida.

marcas de sua residência. Em muitos casos, eram pessoas que me foram dadas a conhecer e até respeitar durante a minha vida pública. E foi para mim uma desilusão ao ouvi-las tecer encômios a indivíduos que a prova já demonstrava corruptos ou violentos, ou violentos e corruptos. Algumas testemunhas hipotecavam ao elogio os altos cargos já ocupados na Administração Pública – e era claro por que a defesa arrolava esse tipo de testemunhas. No Júri, faria alarde das posições oficiais por elas já ocupadas, para com isso dar aos réus um aval capaz de convencer os jurados da lisura do seu procedimento.

O artifício era realmente respeitável, porque quem está acostumado a funcionar nos tribunais populares bem sabe quanto pesa o depoimento de uma personalidade ilustre, ainda quando nada tenha a ver com os fatos.

Outras testemunhas tentavam comprovar os álibis preparados pelos réus. Estes trouxeram a depor parentes do investigador morto David Parré, o pároco da igreja onde foi rezada a missa de sétimo dia em intenção da alma desse agente e professoras que teriam participado de festinhas escolares no dia do massacre de "Nego Sete". O delegado Alberto Barbour levou a costureira de sua esposa, para justificar que estava no *atelier* dela na data do crime. O delegado Fleury levou um médico, diretor de serviço no Hospital do Servidor Público Estadual, na tentativa de provar um álibi de presença. Mas nem ele nem seus companheiros foram felizes. O médico não se abalançou a afirmar nada que pudesse abonar a pretensão do delegado Fleury, assim como os familiares do investigador David Parré, as professoras e a costureira nada provaram, embaralhando-se nas reperguntas da acusação e tornando nula a alegação dos réus.

Vai aqui uma apreciação relativa aos advogados dos policiais. Um deles, de nome Leonardo Frankenthal, gostava de se valorizar perante a platéia, como se a sua interferência no sumário de culpa pudesse comprovar a boa razão de seus constituintes. O outro, Waldir Troncoso Peres, homem inteligente e sagaz, reservava-se para os lances finais, no plenário, procurando ganhar um ponto aqui e outro acolá para se armar na defesa perante o Juiz. Duas pessoas, dois estilos diferentes. Somente o julgamento poderá decidir qual dos dois usava a melhor técnica.

O apoio da imprensa

Depois de deflagradas as primeiras denúncias, comecei a sentir a necessidade de uma forma qualquer de sustentação para o trabalho que o juiz Nélson Fonseca, meus auxiliares e eu desenvolvíamos. Não bastava o nosso trabalho por assim dizer anônimo, inscrito nos repositórios jurídicos. Para que ele tivesse continuidade, era preciso que a opinião pública fosse convenientemente informada. E eu, que a princípio me furtava sistematicamente à imprensa, acabei por me convencer de que dela dependia grande parte do êxito das nossas funções.

Foi por esse motivo que acedi a informar jornais e revistas daquilo que se passava em São Paulo e das dificuldades que se antepunham a uma atividade que era indubitavelmente do mais alto interesse público. Essa orientação me valeu não poucas críticas, porque, segundo se afirmava, permitia que notícias desabonadoras para o País circulassem no Exterior.

Era uma distorção da lógica por quantos tinham interesse no meu afastamento da direção do processo. Estava claro que o trabalho sério que realizávamos a favor da Justiça devia ser amplamente noticiado, até mesmo para empanar a auréola que cercava os "homens de ouro" do Esquadrão.

Na qualidade de representante do Ministério Público, eu estava impedido de dar entrevistas sobre os atos de ofício que praticava. Mas, na realidade, as opiniões que manifestei na época foram, apenas, aquelas tomadas oficialmente através da prática de atos de ofício em sindicâncias e processos em andamento. Da minha parte não se ouviu nenhuma queixa ou afirmativa que pudesse abalar o prestígio da Autoridade Pública. Lembro-me de que, em uma de minhas conversas com o chefe do SNI em São Paulo, o assunto foi abordado, ocasião em que o coronel Faustini me disse que a minha atuação era amplamente conhecida no estrangeiro, sendo mesmo comentada por estações de rádio de países comunistas. Em contrapartida, respondi àquele militar que, absolutamente, não via mal nenhum na divulgação, e que essa era a maneira mais segura de se preservar o bom nome do Brasil, eximindo as autoridades de conivências com os assassinos do Esquadrão da Morte, uma vez que a devassa estava sendo feita por um servidor público que representava a Justiça Pública do Estado.

Não obstante, à falta talvez de outro argumento, o mundo oficial procurava atingir-me, alegando que era nociva toda publicidade sobre o escândalo.

A verdade, porém, é que, se eu não tivesse o apoio da Imprensa, dos grandes jornais brasileiros, e em particular de *O Estado de S. Paulo*, onde os meus amigos Júlio de Mesquita Neto e Ruy Mesquita se empenhavam a fundo para que eu permanecesse à frente das investigações, emprestando à causa todo o prestígio próprio e de seus jornais e todo o calor de seus editorialistas, as barreiras que se me antepunham teriam sido desde logo intransponíveis.

Mais de uma vez, nos momentos de crise, eu que há muito me afastara das atividades jornalísticas, fui procurar o dr. Júlio de Mesquita Neto, com quem me abria e pedia conselho. Dessas conversas saí sempre de ânimo retemperado, certo de que estava, embora num pequenino setor, a realizar uma tarefa útil para o País. Efetivamente, o exemplo que São Paulo dava não tardou por força da imprensa a ganhar tal dimensão que logo outros Estados começaram a montar dispositivos de combate legal aos núcleos locais do chamado Esquadrão da Morte.

Ora, manda a verdade dizer que, em princípio, as pesquisas públicas de opinião acusavam muitas vezes votos favoráveis ao Esquadrão. Sucede que a opinião pública estava mal informada, julgando a sociedade protegida, quando na realidade estava ameaçada.

Ao fim de algum tempo da nossa atuação, quando os marginais do Esquadrão da Morte começaram a aparecer como verdadeiramente eram, isto é, como meros e simples marginais, a opinião pública não demorou a aplaudir o deslinde da trágica farsa. E foi ainda uma vez mais a opinião do paulista comum, sem esquecer paulistas exponenciais como aqueles a quem já fiz referência, que levou as nossas elites, esquecidas de que vivemos num Estado de Direito, a assumir posição mais realista a respeito do Esquadrão da Morte.

Na verdade, as nossas elites jurídicas só se manifestaram, e assim mesmo nem todas, quando fui atingido pelo decreto que me exonerou do pesado mas honroso encargo. Se elas se tivessem mobilizado no momento oportuno, as apurações seriam completadas com maior rapidez e profundidade, quer dizer, com êxito mais evidente para a Justiça e benefício para a sociedade. Aliás, é um vezo bem brasileiro o de se chegar tarde ao encontro marcado. Mas as elites brasileiras não chegaram tarde a este encontro: chegaram depois.

Tentativa frustrada

Levado a juízo o processo de "Nego Sete", rapidamente foi concluída uma segunda sindicância, que apontava a retirada do Presídio Tiradentes de um marginal de nome Aylton Nery Nazaré, pelo delegado Fleury e sua equipe, o qual apareceu morto depois nas imediações de Suzano, São Paulo. Ao juízo de Suzano é que foi, portanto, entregue o respectivo processo[13].

Nesse caso, resolvi adotar uma posição mais firme relativamente ao problema da custódia preventiva de homicidas ligados ao Esquadrão da Morte.

O relatório da Comissão Estadual de Investigações a que mais acima aludi indicava vários investigadores, incluídos nessa denúncia como participantes do tráfico de entorpecentes. Para configurar melhor ao Juiz da comarca de Suzano a necessidade de afastar aqueles policiais de suas atividades, decidi anexar à sindicância uma cópia do relatório do promotor público Laerte de Castro Sampaio e com ela insistir, apoiado nos demais elementos probantes, no pedido de prisão preventiva dos elementos que figuravam nas duas peças[14].

13. Apêndice – Denúncia referida.
14. Apêndice – Relatório referido, da CEI.

Ainda aqui escapava ao pedido de prisão preventiva o delegado Fleury, pois ainda nenhuma prova colhida o apontava como traficante de entorpecentes e, portanto, não me convencera da oportunidade de requerê-la.

No entanto, a publicidade dada no processo àquele relatório da CEI permitiu que se armasse a primeira jogada séria para me exonerar. Dias depois, os jornais da capital paulista davam a lume um ofício do promotor Laerte de Castro Sampaio no qual ele, dirigindo-se ao Secretário da Segurança, se insurgia contra o que julgava uma violação de sigilo, atribuindo à minha conduta coloridos penais.

Tratava-se, dizia ele, de documento reservado que não podia chegar ao conhecimento de terceiros, sob pena de saírem prejudicadas as sérias investigações a que procedia a CEI. De igual forma representou ele ao Procurador-Geral da Justiça, dando conta do fato[15].

Na verdade, a atitude do presidente da Comissão Estadual de Investigações decorria de ordem por ele recebida de autoridades que lhe eram superiores, segundo vim a saber. Tal fosse a resposta que eu forçosamente seria obrigado a dar, chegar-se-ia – quem sabe – ao meu enquadramento na Lei de Segurança Nacional.

A manobra era infantil. Chamado pelo Procurador-Geral a pronunciar-me sobre a representação, as coisas foram postas nos seus devidos termos, pois havia que distinguir entre as várias espécies de documentos sigilosos e as pessoas que deles podem e devem tomar conhecimento[16].

O Secretário da Segurança, coronel Danilo Darcy de Sá da Cunha e Mello, viu mais uma vez frustrado o seu desejo de me afastar da questão.

---

15. Apêndice – Representação referida.
16. Apêndice – Resposta à representação da CEI.

O Esquadrão no tráfico de entorpecentes

Mas não tardou a surgir novo caso e, com ele, novas complicações. Oferecia algumas peculiaridades interessantes. Vamos a ver.

Havia no fuzilamento de dois traficantes de entorpecentes às mãos de policiais uma testemunha que misteriosamente desaparecera. Era um toxicômano, de nome Odilon Machieroni de Queirós. Este Odilon era compadre do investigador conhecido por "Fininho" e, como se diz na gíria dos calabouços, tinha "alcagüetado" (denunciado) "Luciano" e "Paraíba".

Ora, este caso liga-se por semelhante via ao primeiro processo contra o Esquadrão da Morte, quando Mário dos Santos foi vítima de uma tentativa de morte por causa de um caderninho, que aqueles traficantes possuiriam, onde estavam anotados os nomes dos policiais que recebiam propinas para facilitar o criminoso comércio. Tal caderninho pertencia aos ditos "Luciano" e "Paraíba".

Odilon, que vivia no submundo do crime como informante da Polícia, que o protegia, soube do local onde se achavam os dois. Tratou de se comunicar com o delegado Fleury e equipe, e saíram todos eles à caça dos donos do caderninho. Acabaram por encontrá-los e levaram-nos para a estrada, onde os metralharam à vista de Odilon.

Deram-se então conta os executores de que tinham cometido uma imprudência e acordaram ali mesmo, na estrada, passar Odilon pelas armas. "Fininho", que estava presente, condoeu-se da situação do compadre e, graças ao prestígio que tinha no grupo, conseguiu salvar-lhe, naquele momento, a vida.

Odilon, porém, não ficou tranqüilo. Estava certo de que mais cedo ou mais tarde seria morto, dada a indiscrição que fora levado a testemunhar. Cuidou então, em desespero de causa, e naturalmente aconselhado por terceiros, de comunicar o que tinha presenciado à autoridade judiciária. E assim o fez.

Pela espectaculosidade do ato, os repórteres de TV resolveram chamá-lo para uma entrevista ao vivo, que ele deu perante as câmaras do Canal 4. Essa entrevista causou uma grave crise na Polícia, porque até aí nunca havia sido nomeado em público um membro do Esquadrão da Morte. Era preciso agir.

Um "Boletim de Ocorrências" em que conseguimos pôr as mãos indicava que Odilon tinha sido detido dias depois, às ordens do delegado Fleury. Com isso se explicava a retratação a que aquele se prestara a fazer, mediante uma carta entregue à imprensa por intermédio de "Fininho".

Toda a trama dessa retratação ficou a descoberto com o depoimento do jornalista Saulo Ramos, que esteve com Odilon em casa de "Fininho", após a detenção do mesmo Odilon na Delegacia, às ordens de Fleury. Naturalmente, não tinha a menor valia, porque fora feita sob coação evidente.

Este terceiro caso começava a tornar evidente que o delegado Fleury não havia entrado para o Esquadrão da Morte para prestar o que alguns policiais acreditavam ser um serviço público, com a eliminação de bandidos, mas sim para auferir das vantagens do tráfico de entorpecentes em São Paulo.

Aliás, essa evidência foi confirmada entre outros por Mário dos Santos, que em audiência posterior, face a face com o delegado Fleury, assegurou que tanto ele como os demais acusados do homicídio de "Luciano" e "Paraíba" estavam nas folhas de pagamento dos traficantes de tóxicos. O próprio nome dele constava do famoso caderninho que a Polícia procurava. Fleury e seus comparsas iam periodicamente a um ponto de antemão combinado para receber a paga pela sua proteção.

O depoimento de Odilon, ao acusar determinados policiais pela morte de "Luciano" e "Paraíba", encontrava plena confirmação no "Boletim de Ocorrências" que registrava a sua prisão.

Lembro-me de que diante deste documento o delegado Fleury, que negava sequer conhecer Odilon ou haver tido com ele o menor contato, ficou atônito e mudo. Estava ali a prova da sua interferência para que Odilon se retratasse das afirmações por ele feitas num programa de televisão.

Houve, é claro, uma tentativa de descrever Odilon como um desequilibrado mental, o que não era difícil porque o homem, entretanto, tinha desaparecido sem deixar vestígios, supondo-se que tenha sido executado e transportado para o Estado do Rio, onde se encontrou um cadáver queimado que bem poderia ser o dele. As dúvidas quando à sanidade mental de Odilon cederam todavia ante uma série de testemunhas de pessoas que o conheceram e principalmente do jornalista Saulo Ramos, que o tinha levado ao aludido programa de TV. Saulo Ramos não teve dúvida em repetir em Juízo que se tratava de homem aparentemente normal, algo aterrorizado com o que lhe podia acontecer por causa dos fatos que presenciara, mas que os descrevia com suficiente clareza e boa dose de convicção.

Odilon dizia que durante o fuzilamento dos marginais lhe tinham vendado os olhos, mas que, assim mesmo, entendera os policiais falando de um terceiro corpo que se encontrava no porta-malas de um dos veículos, o qual foi depois colocado ao lado dos cadáveres de "Luciano" e "Paraíba".

Realmente, as diligências policiais então feitas anotaram um terceiro morto, ao lado daqueles dois, o qual seria um lavador de carros chamado Paulo Marco Vit, a quem o Esquadrão da Morte matara por engano.

Novas dificuldades

A denúncia sobre esta sindicância estava prestes a ser apresentada quando se renovaram as pressões, no sentido de que estávamos levando um pouco longe demais as investigações. Tomávamos ciência delas através de colegas, amigos e conhecidos. Era mais uma maneira de transmitir um recado a quem assumira aquele dever funcional.

Como já tinha feito antes, procurei o dr. Júlio de Mesquita Neto e contei-lhe o que se passava. Deu-me ele o conselho de entrar em contato com o Coronel do Exército Rubens Resstel, o que podia fazer por intermédio de um amigo comum, o dr. Flávio de Almeida Prado Galvão.

Graças à boa vontade do dr. Flávio Galvão tive o ensejo de ser recebido por aquele brilhante oficial na biblioteca da sede do Comando do II Exército, a quem expus as implicações do Esquadrão da Morte com a atitude de certas autoridades, que não logravam ver os malefícios que ao bom nome do País causava a manutenção nos quadros policiais de tantos membros daquela *societas sceleris*, e em contrapartida hostilizavam um servidor da Justiça que apenas procurava cumprir o seu dever da melhor forma possível.

Falei ao coronel Resstel com absoluta franqueza, numa exposição inteiramente aberta, como hoje se diz, interessado em patentear-lhe a gravidade dos fatos e a posição que nessa conjuntura cabia ao Ministério Público. O Coronel, que pela sua formação militar teve de início dificuldades em conceber o quadro que se lhe descrevia, logo o aprendeu em toda a sua extensão e profundidade, tanto assim que foi o primeiro a alvitrar que o assunto tinha de ser levado ao conhecimento direto do Sr. Presidente da República ou, no mínimo, por intermédio do general Fontoura, chefe do Serviço Nacional de Informações (SNI).

Para chegar até lá, aconselhou-me a procurar o nosso conhecido coronel Faustini, a quem ele próprio falaria a respeito de suas preocupações.

À longa entrevista com o coronel Rubens Resstel assistiu desde o princípio ao fim o dr. Flávio Galvão, além de um outro oficial com a patente de capitão, o militar Ruy Machado Guimarães.

E lá fui eu novamente entrevistar-me com o coronel Faustini, que tornou a falar do limitado âmbito de suas atribuições, as quais consistiam apenas em informar. Se o chefe do SNI achasse conveniente conversar comigo, ou levar-me ao Presidente da República, ele me avisaria. De qualquer modo, podia eu ficar certo de que tudo quanto lhe transmitia nesse instante, em decorrência da palestra com o coronel Resstel, seria superiormente comunicado.

Aproveitando a oportunidade, historiei ao coronel Faustini os fatos que iam levar a uma nova denúncia contra o delegado Fleury, a qual, pela reiteração dos processos contra ele movidos, seria agora acompanhada de um pedido de prisão preventiva. E ele voltou a confiar-me as preocupações que já antes me revelara, a saber, que a prisão daquele policial podia constituir um alento para a subversão. No entanto, compreendia muito bem a atitude que eu estava disposto a tomar nesse caso[17].

•

Seis meses se tinham passado desde que me fora atribuída a supervisão das investigações sobre o Esquadrão da Morte. Mentiria se dissesse que foi um período livre de atribulações. Faço mesmo um pequeno parêntese para dar uma idéia de como as pressões feitas contra a minha pessoa me levaram a extensos prejuízos de ordem financeira, para falar somente destes.

17. Cf. apêndice – Denúncia de Barueri.

Ao fim da minha experiência na Administração Pública, onde exerci mais de um cargo de confiança, era natural que tentasse aproveitar o cabedal de conhecimentos que reunira para obter um nível de vida compatível com as necessidades de uma família numerosa. Entrei então no campo da iniciativa privada e, ao ser designado para deslindar os crimes do Esquadrão, era diretor de uma sociedade de crédito e financiamento e de uma empresa industrial que se implantava em Salvador, Bahia. Além disso, mantinha estreitas ligações com um grupo de economistas que dirigiam uma empresa de planejamento, que foi, sem favor nenhum, a de maior nível técnico então existente no País.

As pressões a que aludi, e que não podiam nunca ser comprovadas, mas apenas sentidas, dirigiam-se exatamente contra as minhas atividades privadas, embora eu as desenvolvesse ao abrigo pleno da lei. Por exemplo, para me afastar da empresa de crédito e financiamento, chegou o Governo do Estado, dentro de um projeto maior, a remeter à Assembléia Legislativa um dispositivo legal que vedava a membros do Ministério Público o exercício de diretor de empresas daquele ramo. Por isso mesmo, não me restava alternativa. Já que a minha participação estava incompatibilizando essas firmas com os setores governamentais, tinha de retirar-me. E foi o que eu fiz.

Relativamente à empresa de planejamento as coisas eram mais difíceis, porque eu não podia sair de lugar para onde nunca entrara. Era apenas um acionista que, como amigo do grupo técnico que a dirigia, me interessava naturalmente pela sua expansão. Mas ela, por um motivo ou por outro, sentiu em certa altura necessidade de apoio oficial. Em condições normais, não faltaria o apoio oficial para a preservação de um grupo de tão alta qualificação técnica. Mas as condições não eram normais e, à míngua de recursos, a sociedade acabou por entrar em liquidação judicial.

Até hoje não sei em que medida a minha posição no problema do Esquadrão da Morte levou os governos do Estado e da União, contrariando praxes havia tanto estabelecidas, a desinteressar-se de auxiliar de qualquer forma uma empresa que nos seus dez anos de existência prestou, sem dúvida alguma, relevantes serviços à causa do desenvolvimento do País.

Suportei todos esses reveses como o preço da minha devoção ao serviço público da Justiça, pois na verdade nunca me interessou o acúmulo de bens materiais, bastando-me os que chegassem para proporcionar aos meus filhos uma educação que os armasse para a luta pela vida.

Foi então que pensei seriamente em voltar às minhas antigas funções de redator de *O Estado de S. Paulo*, das quais me afastara para atender às minhas ocupações na área privada.

Fosse como fosse, de tudo restava a certeza de que o mais importante na verdade era prosseguir no caminho que desde o início havia traçado, ao me alertarem no Colégio de Procuradores para o fato de que o encargo somente não seria meu se acaso prejudicasse as minhas atividades particulares. Cada vez mais me convencia de que a minha decisão, a despeito de tantos prejuízos que se iam avolumando, era a única que eu poderia tomar, porque somava mais uma página ao patrimônio moral que eu desejava transmitir a meus filhos.

A propósito, quase me esquecia de contar o roubo de dois automóveis que me pertenciam, tudo a somar-se aos telefonemas ameaçadores, às informações inquietantes, aos avisos sobre uma próxima investigação de toda a minha vida. Eis aí o quadro em que minha mulher, meus filhos e eu passamos a viver por me prestar ao serviço de membro do Ministério Público do Estado de São Paulo.

•

Por outro lado, também não faltavam palavras de alento. A essa altura dos acontecimentos, alguns colegas do Ministério Público estavam realmente preocupados com a minha situação e resolveram armar uma moção de solidariedade do Colégio de Procuradores, ao mesmo tempo que pressionavam a Associação Paulista do Ministério Público para que saísse a campo em defesa não de uma pessoa, mas da liberdade e autonomia da própria instituição.

Decidiu-se no âmbito do Colégio de Procuradores, em reunião ordinária do órgão, que eu fizesse um relato do que sucedia no plano das investigações, o que se deu na reunião do dia 1º de setembro de 1970. Nesse instante levantaram-se alguns colegas para aplaudir o trabalho em andamento, louvando publicamente a atuação dos representantes do Ministério Público designados para as sindicâncias e processos contra o Esquadrão da Morte.

A moção então proposta não recebeu, apenas, o voto do Procurador-Geral da Justiça, que alegou a sua qualidade de representante do Governo na instituição. Com isso, duas coisas ficavam claras: primeiro, que o Procurador-Geral se divorciava do Colégio que o indicara para o cargo; segundo, que se comprometia o Governo, porque se o seu representante se negava a apoiar os que apontavam à Justiça os membros do Esquadrão da Morte, era porque o Governo estava do lado destes e não daqueles[18].

Quase ao mesmo tempo, a Associação Paulista do Ministério Público adotava idêntica posição e enviava-me ofício hipotecando total solidariedade ao trabalho que a minha equipe desempenhava.

Estes fatos, tornados públicos, eram de grande valia para o esquema da persecução penal movida aos membros do Esquadrão, porque ficava evidente que todo o Ministério Público Estadual fazia ponto-de-honra das investigações e cerrava fileiras em torno dos que as impulsionavam. Significava isso que daí por diante seria muito difícil alijar-se qualquer um de nós de suas relevantíssimas funções públicas.

Por outro lado, a Igreja Católica, a princípio tímida, começava a tomar consciência da gravidade do problema e a manifestar-se publicamente a respeito, profligando os escandalosos crimes.

Ainda recordo uma primeira conversa que tive no Palácio Episcopal com o Cardeal-Arcebispo de São Paulo, dom Agnello Rossi. Eu tinha ido lá para tomar o depoimento do frade beneditino a quem já me referi e, durante o almoço que se seguiu, expendeu-me Sua Eminência com a timidez e a candura que lhe são próprias a sua opinião contrária às violências de que São Paulo fora palco. Mas, em público, a opinião do clero só veio bem mais tarde, quando dom Paulo Evaristo Arns assumiu a chefia da Arquidiocese, com a remoção de seu eminentíssimo antecessor para a direção da Congregação para a Evangelização dos Povos, no Vaticano. Enquanto S. Excia. Revma. não titubeava em manifestar-se sobre o problema do Esquadrão da Morte, o clero inteiro, por intermédio da Conferência Nacional dos Bispos do Brasil (CNBB), também tomava posição para clamar pela completa apuração dos crimes.

Além da solidariedade dos colegas, da Igreja e do Poder Judiciário, que por meio de seus máximos representantes sempre me estenderam a mão quando eu a pedi, confortavam-me as cartas que recebia pelo Correio, vindas um pouco de toda a parte do País, encarecendo a necessidade de prosseguir na faina saneadora.

---

18. Cf. apêndice – Solidariedade do Colégio de Procuradores.

No Presídio Tiradentes

Cartas de presos, recebi inúmeras. Mas uma delas, particularmente, deu uma grande contribuição para a apuração dos delitos praticados pelo Esquadrão da Morte.

Quem a assinava era um rapaz preso no Recolhimento Tiradentes que, por ter certos dotes de cultura – era contador –, trabalhava na carceragem, onde tudo observa.

Começamos recebendo, por meio de terceiros, alguns documentos de grande relevância, indicativos de alguns dos crimes cometidos pelos policiais engajados naquela súcia de delinqüentes. A pessoa que os trouxe não quis desde logo adiantar o nome do informante, mas afirmava que, se nós tivéssemos condições de o proteger, receberíamos mais e melhor material documentário.

Não tardou que se identificasse o informante, um jovem franzino de nome Wagner da Costa. Graças às precisas informações que por várias vezes nos transmitiu, realizamos algumas diligências no Presídio Tiradentes, onde apreendemos documentos que comprometiam a direção desse estabelecimento carcerário na retirada de presos para serem mortos nas estradas.

Por essa época estávamos empenhados em deslindar a autoria da morte de cerca de dez marginais, assassinados durante o mês de julho de 1970, em represália pela morte, às mãos do delinqüente Adjuvan Nunes, do investigador de Polícia Agostinho de Carvalho. O trágico fim deste agente policial despertou nova onda de histeria na Secretaria da Segurança Pública, de tal modo que voltou a soar a promessa de que, a cada investigador morto, dez marginais pelo menos deviam pagar o crime com a própria vida.

Como era mais fácil matar pessoas incapazes de resistência, escolhiam os detidos no Presídio Tiradentes. Pelo menos, oito foram mortos, e quase sempre de maneira cruel.

As coisas foram feitas como em geral as fazia o Esquadrão da Morte: sem as devidas cautelas, pelo fato de se achar com as "costas quentes". Por isso deixaram uma série de pistas, que não escaparam à argúcia de Wagner da Costa. Um dos delinqüentes, Benedito de Morais, tinha sido recolhido ao Presídio Tiradentes na posse da quantia de 80 cruzeiros. Por causa desse pormenor, seu nome constava do livro de registro de valores da Carceragem. As importâncias que lá davam entrada eram em seguida encaminhadas à Tesouraria, sendo devolvidas ao preso apenas no momento da sua liberdade, mediante recibo.

Confrontando as datas dos registros – pois que na Tesouraria havia o recibo assinado pelo preso – com as constantes nas grades, que provavam a sua permanência no Presídio durante aquele período, verificava-se que Benedito de Morais já estava morto na data da assinatura do dito recibo.

Mediante o relato de Wagner da Costa, fomos ao Presídio Tiradentes, na companhia do juiz dr. Nélson Fonseca e do promotor dr. Dirceu de Mello. Sabíamos exatamente o que íamos fazer, mas ainda não queríamos que ficasse claro o nosso intuito.

Examinando o livro de registro de valores da Carceragem, certificamos desde logo a precisão das informações dadas por aquele preso. Solicitei que me fosse confiado esse livro, porque precisava de o submeter a exame mais atento. O diretor Olintho Denardi não se opôs.

Dali fomos à farmácia do presídio e arrebanhamos todas as receitas prescritas nos meses de maio, junho e julho e, na Tesouraria, todos os recibos correspondentes aos mesmos meses. Estava assim camuflada a nossa intenção.

Partimos então para o Deic e pedimos as fichas de uns cento e cinqüenta delinqüentes, entre os quais figuravam aqueles que, segundo tudo o indicava, haviam sido retirados do Presídio para a matança do mês de julho de 1970.

Comprovar o fato mencionado por Wagner da Costa foi mais fácil do que se pensava. A permanência no Presídio daquele preso que tinha sido retirado na leva maior ficava demonstrada, sem haver explicação para o seu desaparecimento. Foi até possível averiguar a falsificação de sua assinatura na Tesouraria. Um dos carcereiros confessou que a tinha feito e o laudo pericial, cuidadosamente elaborado pelo Instituto de Polícia Técnica, confirmava a falsificação e apontava a autoria.

Para esta última prova contei com a dedicação de um velho amigo da Polícia, o delegado Coriolano Nogueira Cobra, que então se achava à frente da direção do Instituto. O dr. Coriolano teve o maior escrúpulo na execução da perícia, de maneira a impedir interferências estranhas.

A evidência da retirada desse preso, que não podia ser contestada sequer pela direção do Presídio Tiradentes, levou-nos à identificação dos demais delinqüentes retirados e à denúncia dos responsáveis pela sua morte[19].

Aí chegados, os marginais dispersos pelo sistema carcerário do Estado que tinham presenciado a retirada de presos do Tiradentes por membros do Esquadrão da Morte começavam a ganhar ânimo para apontá-los, porque também começavam a crer que a Justiça não agia apenas contra eles, mas tinha em vista o restabelecimento de um equilíbrio rompido pelo Esquadrão.

---

19. Apêndice – 2ª denúncia de Guarulhos.

Escaramuças judiciárias

Logo que as primeiras denúncias foram oferecidas, num movimento natural, procuraram os réus impedir a iniciativa da Justiça Pública, mediante a impetração de *habeas corpus* ao Tribunal de Justiça de São Paulo. A alegação era da inépcia das denúncias, que por isso mesmo estariam impondo aos réus uma coação ilegal.

Os juízes que receberam as denúncias e mandaram instaurar os competentes processos informaram ao Tribunal de Justiça dando conta da legalidade das medidas. Em conseqüência, o Tribunal negou as ordens impetradas.

Dessa decisão recorreram os acusados para o Supremo Tribunal Federal, como lhes facultava a lei.

O pedido que mais chamava a atenção era aquele impetrado pelo delegado Sérgio Fernando Paranhos Fleury. Era por assim dizer um pedido-piloto, que a ser concedido abriria caminho para os demais. Contudo, o Tribunal de Justiça de São Paulo, por votação unânime de sua Secção Criminal, denegou a ordem, motivo pelo qual o réu foi o primeiro a recorrer ao Supremo.

Ao mesmo tempo, armou-se um processo na Justiça Militar cuja origem não se sabe bem qual tenha sido e que somente foi possível conhecer quando um Procurador da Justiça Militar requereu, e o Juiz-Auditor deferiu, a remessa pelos tribunais civis dos processos à

Auditoria castrense, a qual seria a única competente para julgar os crimes, uma vez que estariam eles enquadrados na Lei de Segurança Nacional.

Nos ofícios endereçados pelo Juiz-Auditor aos magistrados civis constava um parágrafo segundo o qual, caso estes se negassem a abrir mão dos processos, a Justiça Militar daria início a um conflito positivo de jurisdição perante o Tribunal Federal de Recursos, para chamá-los a si.

Veio então à tona a manobra inteira. O Secretário da Segurança, coronel Danilo Darcy de Sá da Cunha e Melo, que estava em fins de sua gestão, oficiara ao Comando do II Exército pedindo a instauração de um Inquérito Policial-Militar (IPM) para averiguar a morte de três pessoas cujos cadáveres foram encontrados na Via Dutra.

Ordenada a instauração do IPM, nada se apurou. Tratava-se de crime misterioso, mas sem as características próprias aos crimes do Esquadrão. No entanto, o representante do Ministério Público militar denunciou por essas mortes os mesmos policiais – exceto um – já denunciados no processo-crime em que figurava como vítima o marginal "Nego Sete". Mas teve o cuidado, ao menos esse, de não denunciar o investigador Ademar Augusto de Oliveira, "Fininho", que naquela altura já estava foragido.

As premissas para a denúncia daqueles policiais tinham o seu quê de estrambóticas. Afirmava o Procurador que os três mortos tinham sido abatidos por armas de calibre normalmente adotado por agentes de Polícia, a saber, calibre 38, que, no entanto, as lojas de artigos de caça e pesca vendem a quem as quiser comprar. Ora, como os policiais denunciados pelo crime de Guarulhos tinham fama de pertencer ao Esquadrão da Morte e a execução dos três marginais encontrados na Via Dutra parecia coisa do Esquadrão, vai que a eles também era lícito atribuir, por inferência, a autoria deste triplo homicídio.

O ridículo deste raciocínio era tão evidente que custava a crer a posição que haviam sido levados a assumir os membros daquela Corte de Justiça Militar.

Naturalmente, nenhum juiz atendeu à solicitação da Auditoria. A propósito, nessa oportunidade fui chamado a proferir um parecer em que examinava detidamente a questão, para distinguir os crimes comuns praticados pelo Esquadrão da Morte daqueles inscritos na Lei de Segurança Nacional.

Por motivos burocráticos, o recurso de *habeas corpus* do delegado Fleury e os conflitos suscitados pela Justiça Militar subiram quase ao mesmo tempo, e esperava-se com ansiedade a palavra dos altos tribunais do País.

Na Procuradoria-Geral da Justiça de São Paulo aguardava eu que chegasse o recurso de *habeas corpus* dirigido ao Supremo Tribunal Federal a fim de que sobre ele se manifestasse, como manda a Lei, o Ministério Público local. Pois bem, qual a minha surpresa ao saber que os autos, em vez disso, tinham sido diretamente remetidos por engano pela Secretaria do Tribunal de Justiça de São Paulo ao Supremo Tribunal Federal, em Brasília.

Ainda forcei um telefonema do Procurador-Geral da Justiça de São Paulo ao Procurador-Geral da República. Mas a resposta deste foi que o Ministério Público era uno, de maneira que não via inconvenientes em pronunciar-se desde logo sobre o recurso do Delegado Fleury.

Como a resposta não me satisfez, liguei diretamente para o Procurador-Geral da República, para lhe dizer que, dada a complexidade da matéria, gostaria de levar-lhe um parecer sobre o caso, com o à-vontade de quem o fazia de Ministério Público para Ministério Público.

Ficou assim marcada uma audiência com o dr. Xavier de Albuquerque em Brasília, para daí a três ou quatro dias. E numa terça-feira, à uma e trinta da tarde, lá estava eu na ante-sala do Procurador-Geral da República, com um *dossier* relativo ao processo do delegado Fleury.

O sr. Xavier de Albuquerque não demorou a atender-me. Gentil de maneiras, após as primeiras amenidades foi direto ao assunto: infelizmente, já tinha dado o seu parecer no recurso de *habeas corpus*, mas estava assim mesmo disposto a ouvir-me. Lamentava, mas fora obrigado a manifestar-se pela concessão do pedido porque entendia que não era legítima a minha investidura no processo!

Nada, portanto, tínhamos a conversar, retruquei-lhe. Uma vez que S. Exa. já proferira o seu parecer, os esclarecimentos que lhe pudesse prestar seriam de todo em todo inócuos. Só deplorava que me houvesse obrigado a tal viagem se já sabia que ela não tinha objetivo.

A entrevista não durou mais que dez escassos minutos e, ao trocarmos os cumprimentos de despedida, o dr. Xavier de Albuquerque mostrava-se completamente *gauche*[20].

---

20. Esse procurador foi, alguns meses depois, nomeado ministro do Supremo Tribunal Federal, onde se encontra.

Ia eu saindo do seu gabinete, naturalmente aborrecido, quando de súbito me vi interceptado por um cavalheiro que emergia de uma das salas que defrontavam o corredor. Era o Subprocurador-Geral da República e precisava muito falar comigo. Tinha-me reconhecido ao entrar no prédio e estava ansioso por uma troca de impressões.

Como não podia deixar de ser, acedi ao seu convite e penetrei com ele no gabinete que lhe pertencia. Revelou-me então que tinha sido ele o Subprocurador designado para emitir parecer no recurso de *habeas corpus* e que, procurado por elementos estranhos ao quadro do Ministério Público Federal, lhes externara opinião desfavorável à concessão da ordem.

Não passou muito tempo e o processo, antes que ele exarasse o seu parecer, foi avocado pelo Procurador-Geral da República. E com tanta proficiência se houve o sr. Xavier de Albuquerque que, recebendo-o numa sexta-feira à noite, na terça-feira seguinte, pela manhã – isto quando marcara a entrevista comigo para essa mesma terça-feira, à tarde –, baixava os autos com um parecer cuja primeira e única falta era de substância jurídica, salvo pela demonstração de plena ignorância do que fossem as funções do Ministério Público.

Perplexo, pois o Ministério Público de São Paulo não tinha podido sequer manifestar-se. A partir deste fato, não alimentava já a menor esperança de êxito no prosseguimento das responsabilidades de que fora investido. Mas o Subprocurador era combativo, insistia para que eu não desanimasse e acabou por me dar o conselho de procurar naquele instante mesmo – pois era hora do lanche no Supremo Tribunal Federal – o ministro Luís Gallotti, relator do feito, abrindo-me com ele.

Despedi-me do amável conselheiro e parti imediatamente para o Supremo. Não me foi difícil abordar o ministro Luís Gallotti.

Descrevi-lhe o que se passava e ponderei que, embora respeitável a opinião do Procurador-Geral da República, achava que ao argüir uma ilegalidade praticada pelo Ministério Público de São Paulo, não se podia negar a este a possibilidade de dizer de si nos autos. Era o mínimo que eu pleiteava.

O Ministro compreendeu de imediato o problema e sugeriu-me fazer um requerimento aludindo à omissão e solicitando a devolução dos autos a São Paulo, a fim de receber o pronunciamento do Procurador-Geral da Justiça. Respondi-lhe que gostaria de fazer o requerimento em São Paulo e que lho mandaria com a maior brevidade possível.

Mas o ilustre magistrado foi ainda mais expedito. Despachou naquele mesmo dia os autos para São Paulo, cujo Procurador da Justiça acabou falando depois do próprio Procurador-Geral da República, para demonstrar a sem-razão das conclusões por este apresentadas ao Supremo Tribunal Federal.

E assim o rumoroso caso entrou em julgamento.

•

Os votos não foram colhidos num só dia. O do ministro Gallotti marcava a posição do Poder Judiciário Brasileiro em face do Esquadrão da Morte. Não era admissível que a Justiça barrasse *in limine* o seu próprio pronunciamento a respeito dos crimes que lhe eram imputados. Ela devia uma satisfação à opinião pública e não poderia negá-la por nenhuma espécie de artifício processual.

O julgamento não foi unânime, mas a maioria de seis votos contra três dava a medida da disposição que animava o Judiciário no combate ao Esquadrão[21].

Depois desse julgamento, outros houve, relativos a *habeas corpus* pedidos por outros réus. Tiveram o mesmo desfecho. As denúncias eram legítimas, legítimas eram as partes, e os processos iriam até o fim, com a absolvição ou a condenação dos indiciados.

Logo após a decisão do Supremo, recebia o Tribunal Federal de Recursos o processo de conflito de jurisdição proposto pela Justiça castrense, com vistas a chamar a si os feitos que corriam na Justiça comum contra o Esquadrão da Morte paulista. Na verdade o conflito já não tinha razão de ser, depois que o Supremo Tribunal Federal considerara legítimas as denúncias e legítima a atuação do Ministério Público civil. A questão estava prejulgada, pois não era concebível que uma instância hierarquicamente inferior pudesse reformar um acórdão vindo do alto, transferindo aos tribunais militares a missão de julgar crimes que a suprema magistratura judiciária tinha implicitamente declarado comuns.

Seja como for, porém, o Tribunal Federal de Recursos tomou conhecimento do conflito, mas, por votação unânime, decidiu pela competência da Justiça Civil[22].

---

21. Apêndice – Decisão do S.T.F.
22. Apêndice – Denúncia da Justiça Militar, manifestação do M.P. sobre a correição pretendida, despacho dando pela competência da justiça civil e decisão do T.F.R., no mesmo sentido.

Foram dois julgamentos que encerraram um dos mais importantes capítulos da luta contra o Esquadrão da Morte, pois fixaram definitivamente que não havia na espécie motivos para enquadrar os crimes por ele praticados na Lei de Segurança Nacional. O pretendido golpe que se escondia por trás do conflito de jurisdição restava literalmente desmoralizado. E do episódio saiu mais engrandecido que nunca o Poder Judiciário do País, que decidiu como verdadeiro Poder, com liberdade e autonomia.

As repercussões, como é óbvio, foram enormes.

•

O esquema montado para as investigações ficou assim grandemente fortalecido. Do ponto de vista técnico, as denúncias receberam o aval do Supremo Tribunal Federal; do ponto de vista moral, nossas tarefas passaram a ser encaradas pela opinião pública como uma autêntica cruzada contra a violência e o crime. Foi o estímulo dado por aquelas duas altas Cortes que permitiu desvendar o que tinha acontecido no mês de junho de 1970 no Presídio Tiradentes, quando de lá foram retirados aqueles oito detentos cujos cadáveres apareceram em seguida na estrada. A sanção moral e ao mesmo tempo jurídica que daí nos advinha é que deu à Polícia condições para suportar as investigações então feitas dentro do próprio Presídio e nos arquivos do Deic e da Secretaria da Segurança.

Com a denúncia subseqüente à sindicância que apurou esses fatos, tínhamos a certeza de que não ficava de fora nenhum dos policiais que facilitaram ou participaram diretamente das violências saldadas com a morte de dezenas e dezenas de delinqüentes. Todos iriam comparecer aos tribunais, para serem julgados de acordo com as provas exibidas primeiro ao Juiz e depois ao Júri.

•

Foi nessa ocasião que um policial, recolhido aliás irregularmente ao Deops, conseguiu ganhar a liberdade, desaparecendo por completo. Tratava-se do ex-guarda civil Ademar Augusto de Oliveira, o "Fininho", que respondia pela morte de um barbeiro por ele esfaqueado numa das praças da cidade em razão de questões pessoais. Além disso, também tinha a sua prisão preventiva decretada em alguns processos instaurados contra os membros do Esquadrão.

Foragido, apresentou-se mais tarde à prisão, disso fazendo alarde à imprensa. Recolheram-no a um estabelecimento militar, de onde não demorou a escapar. Passado algum tempo, voltou a apresentar-se, sendo então encaminhado à Penitenciária do Estado. Dada a sua qualidade de agente da Polícia, com direito a prisão especial, segundo a lei, considerou o Tribunal de Justiça que a sua detenção na Penitenciária era ilegal e que, portanto, devia ser removido para uma das celas da sua própria repartição. Mas, um dia, sem que disso tivesse conhecimento o Poder Judiciário, deslocaram-no para o Deops, onde estavam lotados seus amigos e cúmplices, o delegado Fleury e os investigadores "Campão" e "Tralli".

Veio a saber-se, depois, que "Fininho" gozava de plena liberdade naquele departamento, com livre trânsito para entrar e sair à vontade. Na verdade, não estava preso e, por isso, não fugiu: afastou-se apenas, com a ciência e a conivência dos funcionários policiais do Deops. Há até quem diga que ele participava de diligências comandadas então no setor da Segurança Nacional pelo delegado Fleury.

A versão da sua fuga foi apenas a maneira de se explicar, em determinado instante, a sua ausência do local onde deveria estar detido. É que chegou ao nosso conhecimento, do juiz corregedor Nélson Fonseca e do meu, que em certo dia "Fininho" deveria ser apresentado ao Juiz Instrutor da II Vara do Júri da Capital, mas, embora lá não tivesse comparecido, foi dado como presente!

Conhecendo os rumores a respeito da situação irregular em que ele se encontrava, sugeri àquele magistrado que enviasse um telex ao Deops pedindo a apresentação de "Fininho" à Vara da Corregedoria dos Presídios e da Polícia Judiciária em prazo não superior a uma hora.

No momento aprazado, qual a nossa surpresa quando surge um Delegado de Polícia com um ofício curiosíssimo, comunicando a fuga do preso. Estava claro que as autoridades responsáveis do Deops, apanhadas em falta, escapavam-se pela única válvula possível.

Pressões redundam na minha exoneração

Nessa ocasião comecei a sentir, por parte do Procurador-Geral da Justiça, agora, o sr. Oscar Xavier de Freitas, algumas reservas relativamente à minha posição na chefia das investigações.

O inquérito aberto para apurar a responsabilidade dessa fuga não foi por mim acompanhado, isto por determinação do chefe do Ministério Público. Mesmo a sindicância que a respeito se fez na Vara da Corregedoria não contou por igual com a minha assistência e sim com a de outro representante, que instaurou depois a competente ação penal.

•

Contemporaneamente, outras investigações prosseguiam. Por essa altura, conseguimos reunir elementos que identificavam os autores da morte de "Neizão", o primeiro marginal a ser executado com publicidade pelo Esquadrão da Morte. Também ficou assente a autoria da morte do delinquente "Pirata", ambos retirados das celas do Presídio Tiradentes.

Nessas denúncias apareciam sempre as figuras do delegado Fleury e as de seus colaboradores mais chegados.

São coincidentes com essa data as primeiras notícias segundo as quais o Governo Federal ia chamar a si a responsabilidade das apurações dos crimes não só do Esquadrão de São Paulo mas de todos os seus congêneres estaduais.

No Rio de Janeiro a situação realmente se tornara insustentável, de tal modo que o Governo, a exemplo do que se fizera em São Paulo, se viu na contingência de nomear um membro do Ministério Público para a chefia das investigações. Da mesma sorte, na Bahia as atrocidades cometidas por policiais arregimentados em bando idêntico ecoavam dolorosamente em todo o País.

Dentro de toda essa problemática do Esquadrão da Morte, surgiu a denúncia de uma violência policial praticada por aqueles dias e que tinha todas as características de um crime do mesmo Esquadrão. Teria ele voltado a agir, não obstante a série de medidas adotadas para a apuração de suas atividades?

A resposta exigia cuidadosa investigação.

A polícia de Queluz, orientada pelo Promotor Público local, tinha encontrado três cadáveres na estrada que vai daquela cidade a Engenheiro Passos, em circunstâncias que denotavam a mesma violência que fizera a triste celebridade do Esquadrão. A alguns quilômetros do referido local, encontrou-se um Volkswagen incendiado.

Fomos procurados por familiares das vítimas, que nos ajudaram a levantar pistas e, ao fim de algum tempo, pudemos reconstituir os crimes. Tratava-se de pequenos ladrões, que haviam assaltado um banco em Campinas e que haviam sido apanhados pela Polícia.

Não se sabe se confessaram ou não a autoria do assalto, mas o certo é que estiveram nas celas do Deic, para depois serem daí levados em três viaturas. Dois dos presos foram executados nas proximidades de Queluz; o terceiro já chegara lá morto, em conseqüência de sevícias recebidas naquele departamento policial.

Tudo indicava que ao calor dos "interrogatórios" o mais fraco partira desta para melhor vida, o que induziu a solução de eliminar os outros dois, para não darem com a língua nos dentes. Alguns dos policiais implicados nisso foram identificados. Fez-se a prova de que haviam conduzido os dois infelizes marginais numa perua oficial, sendo o cadáver do terceiro levado no porta-malas de outro carro. O período de tempo escoado entre a retirada e a morte dos presos denunciava a violência e a autoria.

Pormenor curioso do macabro episódio: os policiais que os mataram queriam deixar os cadáveres em território do Estado do Rio de Janeiro. No entanto, enganaram-se, porque a estrada era um verdadeiro meandro – saía do Estado de São Paulo, entrava no Estado do Rio, para logo adiante penetrar de novo em território paulista. Não percebendo esses sucessivos retornos de jurisdição, acabaram por deixar os "presuntos", eufemismo que na gíria do submundo significa cadáver, dentro das divisas do Estado de São Paulo.

Era apenas mais uma violência policial a somar-se a tantas outras, desta vez inspirada na necessidade de ocultar a violência anterior, de que resultara a morte do primeiro assaltante. Por esse motivo, abstive-me de oferecer denúncia neste caso e remeti os autos à Comarca de Queluz.

•

O Governo Federal, que pelo menos publicamente, mediante repetidas manifestações de seu Ministro da Justiça, sempre manifestara repulsa aos atos do Esquadrão, julgava-se compelido a converter esse estado de espírito em atitudes concretas. Mas, enquanto se adotavam medidas nos outros Estados, em São Paulo objetivava-se o afastamento de quantos se dedicavam à missão de esclarecer semelhantes delitos! A alegação era a de que o excesso de publicidade que cercava as apurações não favorecia a imagem do País no Exterior.

Surgiram então comentários e boatos, naturalmente nos meios forenses e políticos, de harmonia com os quais eu e meus companheiros de equipe já tínhamos cumprido a nossa missão. Daí em diante, tudo seria mais fácil, e a Justiça prosseguiria o trabalho com o seu costumeiro recato.

Particularmente, chegavam-me indicações de que a minha vida estaria sendo esquadrinhada. Segundo me constou, avolumava-se na Comissão Estadual de Investigações um processo em que me eram imputados fatos que jamais soube quais fossem mas que de antemão se considerariam irregulares. Ouvi falar mesmo numa viagem em que o Presidente da CEI, então o promotor público Italo Bustamante Paolucci, levaria ao Ministério da Justiça a proposta da minha aposentadoria, com a conseqüente cassação dos meus direitos políticos! Rumorejava-se ainda que o Imposto de Renda estava vigilante e que eu poderia sofrer represálias por esse lado. Outro boato corrente dizia respeito a um seqüestro de pessoa da minha família!

Enfim, armava-se um quadro de pressões diversas para que eu, atendendo aos bons conselhos de bons amigos, naturalmente preocupados com tantas insinuações, apresentasse o meu pedido de exoneração. Foi assim que recebi em minha casa a visita de pessoas, algumas bem-intencionadas, que esperavam obter a minha exoneração voluntariamente, crentes de que, se não a pedisse, poderia ser objeto de represálias que eles conjecturavam, mas não sabiam enunciar com exatidão.

Por fim, o próprio Procurador-Geral da Justiça me adiantou que, embora eu não as requeresse, ia conceder-me férias, maneira de me afastar temporariamente do encargo. Pensava ele encontrar durante esse período a solução definitiva.

Fiz-lhe então uma contra-proposta: eu pediria exoneração dentro de trinta dias, prazo em que estaria habilitado, ainda à frente do *affaire*, a apresentar um relatório apontando as responsabilidades daqueles que na Polícia propriamente dita, na Secretaria da Segurança Pública e no Governo do Estado em si acoroçoavam as atividades do Esquadrão da Morte, permitindo o infindável número de crimes até então praticados.

A proposta, naturalmente, não foi aceita. Na verdade, o acúmulo de pressões a que vinha sendo submetido tinha justamente origem na circunstância de, não havendo mais elementos para a indicação dos principais executivos do bando celerado, ter considerado encerrada essa fase das investigações para passar à seguinte, que implicaria a descoberta dos autores intelectuais da matança. Era essa perspectiva que provocava inquietações e estava na base da campanha de intimação que me cercava.

Foram trinta dias de conversas, de solicitações, de ameaças veladas, que apesar de tudo não conseguiram abalar a minha decisão, desde o início tomada, de não abandonar por um ato de vontade própria o encargo que não desejara, mas que assumi por designação funcional.

Numa dessas ocasiões, cheguei a fazer sentir não só a amigos pessoais que procuravam obter a minha exoneração como ao próprio Procurador-Geral, que a minha saída naquele instante e sob tal clima daria ensejo a toda uma série de represálias, como depois o futuro se encarregou de confirmar. O único óbice às represálias estava na minha designação. Sem ela, eu ficaria completamente indefeso ante a tentativa de desmoralizar o autor das provas e, com isso, desmoralizá-las perante o juízo dos tribunais. Tudo, evidentemente, ao lado da intenção alimentada por muitos de aniquilar alguém que, hipoteticamente, contestava com a sua atitude o próprio regime político vigente.

Em face da conjuntura, solicitei novamente o auxílio dos drs. Júlio de Mesquita Neto e Ruy Mesquita, diretores de *O Estado de S. Paulo* e do *Jornal da Tarde*. Pu-los a par das dificuldades que atravessava e confiei-lhes que na minha opinião somente um diálogo franco – objeto aliás de tentativas anteriores – com assessores imediatos do Sr. Presidente da República poderia impedir o esperado desenlace.

Por essa ocasião, o Presidente Médici visitava a capital paulista e da sua comitiva fazia parte um distinto oficial do Exército, justamente considerado um dos homens de prestígio do regime, o coronel Manso Neto. O dr. Ruy Mesquita disse-me que tinha uma entrevista aprazada com ele e que ia procurar persuadi-lo da conveniência de me ouvir. Julgava que o coronel Manso Neto, então considerado homem de altas qualidades morais e intelectuais, estaria em condições de obstar à manobra em preparação, manobra aliás sem nenhum sentido, quer do ponto de vista estritamente político, que do ponto de vista jurídico-penal.

Do ponto de vista político, porque a minha saída seria interpretada como uma intervenção indevida do Poder Executivo nas coisas da Justiça, com repercussões negativas tanto no plano doméstico como no foro internacional. Do ponto de vista jurídico-penal porque, estando os processos sob a orientação de um membro da Segunda Instância do Ministério Público, tramitariam como estavam tramitando com mais segurança e celeridade. Em casos assim entrelaçados, a prova obtida num processo fatalmente repercutiria em todos ou em alguns e só quem centralizasse as informações poderia usar com oportunidade e eficiência o conjunto probatório.

Mas, não obstante os bons ofícios do dr. Ruy Mesquita, não se deu a esperada entrevista. O coronel Manso Neto, invocando a falta de tempo, adiou *sine die* o nosso encontro.

Quase ao mesmo tempo, os jornais davam eco de sucessivas conferências entre os ministros da Justiça e do Exército e de idas e vindas daquele membro do Governo ao Gabinete da Presidência da República, tudo alimentando um noticiário segundo o qual o Governo da União se preparava para assumir o comando das investigações contra o Esquadrão da Morte, com a intenção de as levar até o fim.

Era paradoxal, porque as coisas em São Paulo caminhavam inteiramente a contento sob esse ângulo e, na Guanabara, o Promotor Silveira Lobo desempenhava brilhantemente o encargo, levando aos tribunais alguns elementos da Polícia já identificados como membros do Esquadrão da Morte daquele Estado.

No entanto, as notícias continuavam a fervilhar, para logo serem muitas vezes desmentidas. Mas, fosse como fosse, estava desde já lançado o pano de fundo da minha saída e da de meus companheiros do tormentoso processo. Indubitavelmente, o que se procurava era desviar a atenção da opinião pública dessa manobra, dando-se a impressão de que Brasília adotaria severas medidas contra a existência infamante do Esquadrão.

Por esse tempo, voltava o Procurador-Geral à carga, tentando ainda uma vez obter a minha exoneração a pedido. Tudo indicava que ele tinha prazo marcado – diz-se que ele assumiu o cargo com a condição, aprazada, de exonerar-me – porque ante as sugestões que eu lhe fazia e que demandavam certa espera, ele se mostrava aflito e insistia numa saída imediata. Fiz-lhe ver, de novo, os perigos que me aguardavam com a minha exoneração, ao que me retrucou que o Governo de São Paulo me daria todas as garantias quanto à incolumidade da minha pessoa. Falava em seu nome e em nome do Palácio dos Bandeirantes.

Estava claro que a minha saída era exigida por altos escalões da Administração, pois não se compreende que, podendo o Procurador-Geral exonerar-me mediante simples portaria, se sentisse na obrigação de me dar garantias para a minha demissão. Aliás, deixava-lhe claro que, se acaso fosse alvo de alguma represália, não teria dúvidas em levar desde logo toda a história ao conhecimento público.

Em meio dessas pressões chegamos ao dia dois de agosto de 1971. Acabava eu de fazer a que seria a minha última denúncia contra os membros do Esquadrão – oferecida mais tarde, a segunda em São Bernardo do Campo, SP – atinente à morte de um delinqüente alcunhado de "Pirata", retirado à noite do Presídio Tiradentes[23]. Fui chamado então à Procuradoria-Geral da Justiça e, nesse dia, comunicou-me o dr. Oscar Xavier de Freitas que na reunião do Colégio

---

23. Apêndice – Denúncias S. Bernardo.

de Procuradores a realizar-se daí a horas iria anunciar à Instituição que me substituía, entregando a responsabilidade das investigações e processos a vários Promotores Públicos da Capital e das comarcas onde seguiam os feitos já ajuizados, muito embora a coordenação final ficasse em suas mãos.

Ponderei-lhe então que a portaria somente entraria em vigor a partir do dia seguinte, após a sua publicação no *Diário Oficial*, de sorte que, ainda investido do mandato conferido pelo seu antecessor, ia oferecer a denúncia já elaborada, sem atentar para o que se desse na reunião do Colégio de Procuradores aprazada para a tarde daquele mesmo dia. Segundo lhe declarei, não tinha no momento nada a observar, a não ser repetir que a minha exoneração constituía um erro político e um prejuízo para a normalidade dos processos. A decisão era dele e, como Procurador-Geral, ele devia assumir a responsabilidade do ato que ia praticar perante a instituição e a opinião pública nacional[24].

E foi assim que no dia seguinte me vi restituído às minhas simples e antigas funções de Procurador da Justiça do Estado de São Paulo. A repercussão alcançada pela minha exoneração está estampada, com clareza meridiana, nos jornais da época.

---

24. Apêndice – Notícias e editorial de *O Estado de S. Paulo,* a respeito e noticiário sobre a exoneração.

Solidariedade tardia

Só depois de ter deixado a supervisão das apurações relativas ao Esquadrão da Morte é que tive a satisfação de receber os votos de solidariedade de gente de todas as camadas, desde homens simples do povo a altos dignatários civis e eclesiásticos[25]. Particularmente, a Associação dos Advogados de São Paulo, o Instituto dos Advogados, os Tribunais de Alçada Civil e Criminal, apressaram-se em congratular-se comigo pelos serviços que me foram dados prestar[26].

Também não me faltou o conforto das manifestações da classe a que pertenço, a qual ainda cerrava, até aí, fileiras a meu lado[27].

Mas, embora deixando os processos do Esquadrão com a certeza de haver cumprido à risca o meu dever, ainda não era chegado o momento de descansar. Primeiro, porque havia pela frente um extenso relatório a redigir, na intenção de deixar roteiro seguro aos que me sucediam para que não se estabelecesse um hiato na apuração dos crimes. Segundo, porque não tardaram as represálias pelas quais tive de passar e que somente alguns anos após se desvaneceram.

---

25. Apêndice – Manifestações mencionadas.
26. Apêndice – Manifestações mencionadas.
27. Apêndice – Manifestação do M. P.

Na elaboração do relatório contei ainda com o prestimoso auxílio dos Promotores que me acompanharam durante todo esse tempo. Montamos o relatório com uma primeira parte expositiva e uma segunda documental. Ao historiar os principais episódios do nosso mandato, deixamos clara a intenção – uma vez que praticamente já estavam denunciados todos os membros executivos do Esquadrão da Morte – de partir para uma etapa subseqüente, a fim de trazer à luz do dia os nomes daqueles que inspiraram ou estimularam tão clamorosos delitos.

Estávamos justamente reunindo os primeiros elementos para esse trabalho quando se intensificaram as pressões que levaram o Procurador-Geral a dispensar-nos do encargo.

Chegado o dia 1º de setembro de 1971, compareci à sessão atrás mencionada, aguardando o instante em que pudesse proceder à leitura da peça que tinha em mãos.

Não se sabe bem por que, o Procurador-Geral, nessa sessão, tomou a palavra e nela se demorou duas longas horas, cansando o auditório com informes totalmente desprovidos de sentido numa reunião do Colégio de Procuradores. Por exemplo, elucidou-nos sobre a aquisição de máquinas de escrever do último tipo, de escrivaninhas e coisas que tais.

Não tive alternativa e, na primeira interrupção daquela algaravia, pedi a palavra e procedi à leitura do relatório.

A repercussão dessa leitura foi muito boa, chegando alguns colegas a propor votos de louvor ao meu trabalho. Tudo ficou constando de ata[28].

---

28. Apêndice – Relatório mencionado.

Surgem as represálias e o desencanto

Pensava eu que a partir desse instante, com o dever cumprido, já poderia voltar tranqüilamente às minhas atividades normais, confiante, aliás, na palavra empenhada pelo próprio Governo do Estado através do Procurador-Geral. Pouco mais de um mês entretanto se passara e já eu recebia uma notificação do Serviço Especial de Investigações da Secretaria da Recebedoria Federal, órgão do Ministério da Fazenda, que apurava alegados crimes de sonegação fiscal por mim praticados[29].

Queriam uma cópia de minha última declaração de renda – como se a não tivessem – com a indicação dos bancos onde mantinha conta corrente.

Sem outros dados para aquilatar das intenções da fiscalização, achei de bom alvitre nada dificultar, oferecendo os elementos pedidos.

Essa notificação vinha mascarada com outras, em nome dos diretores de uma firma de planejamento que já tive ocasião de mencionar e à qual estivera ligado como mero acionista. Segundo elas, estavam sujeitos a investigação os diretores da empresa e eu, como presumível membro da diretoria. Contudo, à medida que os dias pas-

---

29. Apêndice – Notificação mencionada.

savam, fui tendo notícia, através de diretores de bancos com os quais mantinha relações, que somente as minhas contas estavam sendo devassadas.

Comecei então a pensar que se tratava de uma represália. Estava claro. Por que – perguntava eu – me incluíam como diretor de uma firma da qual era apenas acionista e por que se fixava essa fiscalização única e exclusivamente na minha pessoa?

Por intermédio de amigos, soube que a fiscalização obedecia a uma solicitação vinda do Ministério da Justiça. Inferia-se claramente que ela partia do próprio Serviço Nacional de Informações (SNI), que é órgão subordinado à pasta da Justiça. Inerme ante qualquer surpresa, fiquei aguardando os resultados da investigação.

Sentindo, então, pisar em terreno movediço, pelos sinais evidentes de próxima vingança, procurei o apoio do senador Carlos Alberto Alves de Carvalho Pinto, a quem servira durante longos anos, quando ocupou ele a Governança do Estado e, depois, o Ministério da Fazenda, expondo-lhe a situação com realismo, aliás, numa repetição de informações anteriores a ele por mim transmitidas. Afinal não achava justo que, tendo prestado um serviço e por tê-lo querido prestar bem, passasse a ser alvo das irritações de certos setores da Administração. Antes que viessem as represálias, conviria que a opinião pública ficasse informada a respeito de minha pessoa e da minha formação moral. Melhor do que ninguém, o senador Carvalho Pinto estava em condições de dar esse testemunho, em discurso que ficasse transcrito nos anais do Senado, servindo para o presente e para o futuro. Cordial como sempre, Carvalho Pinto declarou que não acreditava em represálias, pois, afinal, prestara eu um serviço público e o Governo não poderia permitir semelhante conduta a dependentes seus. E, assim, não via ele, senador da Arena (Aliança Renovadora Nacional), condições para semelhante fala na Câmara Alta. Talvez, ponderou, o senador Franco Montoro, do MDB (Movimento Democrático Brasileiro), se eu achasse imprescindível essa manifestação, poderia fazê-lo com maior desenvoltura. Aceitei o alvitre, observando, embora, que não poderia ter recorrido àquele senador, sem que antes falasse ao meu amigo Carvalho Pinto. No dia seguinte fui recebido por Franco Montoro que, sem mais, concordou na apresentação de um depoimento a respeito de minha pessoa, o que realmente fez, alguns dias depois, em breve discurso pronunciado perante seus pares, no que foi secundado, para agradável surpresa, pelas palavras também respeitáveis do senador Carvalho Pinto[30].

Nesse meio tempo tinha alugado uma sala em certo edifício da alameda Santos, na qual montei um gabinete de trabalho para dar prosseguimento às atividades que alimentava junto de instituições financeiras do Exterior. Pois bem, na madrugada de terça para quarta-feira, dia 15 de setembro de 1971, recebi um telefonema do Delegado do 4º Distrito Policial, Pedro José Liberal, a informar-me de que o meu escritório havia sido varejado, mas que não se notava nele nada que denunciasse um assalto.

Era 1h30 da madrugada. Vestindo-me apressadamente e deixando atrás de mim o alvoroço em minha casa, como é natural, dirigi-me à alameda Santos. Soube então que a arrumadeira do escritório, que não tinha horário fixo de trabalho, ao chegar lá por volta das 9 horas, um pouco antes do costume, encontrou para surpresa sua três homens no recinto.

No entanto, os homens procuraram tranqüilizá-la, dizendo-lhe que eram meus amigos e estavam ali a trabalhar.

A mulher chegou a servir-lhes café, mas começou a ficar desconfiada porque o trabalho deles se fazia na penumbra, à luz escassa do abajur existente sobre a minha mesa. Depois, reparando bem – embora a furto – viu que os homens reuniam uma série de papéis e os guardavam numa pasta. Tinham terminado o trabalho – disseram eles – e já se retiravam.

Com a saída dos estranhos, a arrumadeira excogitou que poderia ter sido um assalto e foi avisar o zelador, que por sua vez entrou em contato com a Polícia.

Subimos, então, eu e o Delegado do 4º Distrito, e verificamos que os visitantes da noite haviam ingressado no escritório por uma área de serviço, depois do que abriram a porta da pequena cozinha com chave falsa. As marcas deixadas na parede e o fato de o escritório estar fechado à chave denunciavam facilmente o modo pelo qual haviam entrado na minha sala de trabalho.

Como já era madrugada, sugeri aos policiais que voltassem durante o dia para apurar o que realmente tinha acontecido.

Algumas horas depois, nesse mesmo dia, porém, tornei ao escritório e, com a ajuda da minha secretária, descobri que todos os documentos relativos à minha vida financeira, inclusive todas as có-

---

30. Apêndice – Manifestações referidas.

pias de declarações do Imposto de Renda, com a documentação anexa, tinham desaparecido de seus arquivos.

Comuniquei o incidente ao Procurador-Geral e solicitei-lhe a requisição de inquérito policial e a designação de um Promotor Público para acompanhar as investigações[31]. Já abrigava o pressentimento de que a autoria da invasão, que evidentemente não era um assalto, jamais seria estabelecida. De qualquer modo, o inquérito valeria *ad perpetuam rei memoriam*...

O Delegado que presidiu ao inquérito não me pareceu interessado em descobrir fosse o que fosse. Importava-lhe muito mais encontrar elementos que definissem uma simulação de assalto. E o Promotor Público, talvez por ingenuidade, deixou-se afinar pelo mesmo diapasão. Foi o que eu deduzi à vista das declarações prestadas pela minha secretária, às quais tive acesso quando chegou a minha vez de falar no inquérito.

Com efeito, antes de iniciar o meu depoimento, li o que dissera a funcionária do meu escritório e fiquei surpreendido ao verificar que se lhe tinha perguntado, entre outras coisas, sem mais interesse, quais as fontes de renda com que eu contava. Em face desse questionário, e antes de prestar as declarações que me eram solicitadas, interpelei o Delegado e o Promotor sobre a condição em que eu ia depor – se como indiciado, se como vítima. Porque – foi o que lhes disse – não podia aceitar insinuações como as que se depreendiam claramente da forma pela qual fora tomado o depoimento da minha secretária. As minhas fontes de renda eram assunto de minha exclusiva alçada e para nada interessavam à polícia.

Nas declarações – que, segundo o Delegado e o Promotor, prestei como vítima – deixei claro que entendia tratar-se de um desdobramento da investigação a que eu estava sendo submetido pelo Imposto de Renda, embora não soubesse de onde procedia a iniciativa[32].

Para precaver-me, obtive cópia de todas as declarações prestadas nesse inquérito – que até hoje, decorridos alguns anos, ainda não chegou a termo. Deve estar num dos arquivos do Deic, porque se trata de delito de autoria incerta. O promotor designado, Guido Meinberg, várias vezes por mim indagado, saiu-se sempre com evasivas relativamente ao destino dado ao inquérito.

•

31. Apêndice – Comunicação referida.
32. Apêndice – Declarações referidas.

Foi este o primeiro fato a evidenciar que as represálias que eu temia se estavam concretizando. O Imposto de Renda é a via fácil para se comprometer qualquer cidadão desta República. Talvez nem o próprio Ministro da Fazenda ou o Presidente da República consigam sair imunes de uma fiscalização feita com vontade de embaraçar o contribuinte. É que são tantos os alçapões escondidos numa declaração de Imposto de Renda, são tantas as exigências e as interpretações possíveis do formulário, que dificilmente haverá um entre os 100 milhões de brasileiros capaz de jurar que ninguém lhe pode descobrir uma falta.

Mas as coisas não ficaram apenas na área do Imposto de Renda. Pouco antes, no dia 5 de setembro de 1971, fui com minha esposa ao Rio de Janeiro, numa viagem de descanso. Já na ex-capital da República, resolvemos visitar uns parentes meus que residem na Zona Norte.

No Leblon, tomamos um táxi para ir até o Meyer. Pelo caminho, comecei a perceber que o motorista estava inquieto, olhando constantemente pelo espelho retrovisor. Chegou a ultrapassar dois sinais vermelhos.

Quando já estávamos perto da casa de minha irmã, o homem alertou-me: estávamos sendo seguidos. Quem nos perseguia eram três homens dentro de um Volkswagen vermelho, ano 1971, chapa de Niterói AB-7090. Não tinha dúvidas – assegurou-me – porque já ultrapassara dois sinais proibidos, como eu notara, e o carro não se descolava de nós.

Para comprovar o fato, instruí o motorista no sentido de entrar numa rua lateral, contornando o quarteirão até voltarmos ao nosso caminho. Realmente, não havia dúvidas. Ao voltarmos à via principal, o carro não estava à nossa retaguarda, mas não tardamos a cruzar com ele, ocasião em que fez no meio do trânsito uma rápida e perigosa conversão em plena avenida, para se colocar atrás de nós.

Nessa altura, o motorista do táxi, apavorado, começou a ziguezaguear pelo trânsito, fazendo manobras arriscadíssimas, para enfim ingressar na rua onde mora a minha irmã. No instante em que nos detínhamos em frente à residência dela, vimos que o carro vermelho parava no início da rua.

O motorista, intrigado, perguntou-me se eu era militar ou coisa semelhante, porque era certo que os ocupantes do Volkswagen queriam alguma coisa comigo.

Acalmei-o, dei-lhe uma boa gorjeta e convidei-o a entrar, para esperar um pouco a ver o que sucedia.

Por felicidade, tenho um parente que é Delegado de Polícia na Guanabara. Tomei pois o telefone e informei-o do que se passava, dando-lhe as características do carro, a procedência e o número da chapa, para que ele verificasse quem o ocupava e quais as suas intenções. Entretanto, o motorista que me trouxera, aproveitando um colega que estacionara nas imediações, arrancou na sua esteira de volta à cidade. O próprio Volkswagen vermelho também desaparecia pouco depois.

A breve trecho o meu parente Delegado entrava em contato comigo e deu-me uma versão explicativa deveras curiosa: realmente, quem me perseguia eram policiais, mas estavam para me dar proteção...

Evidentemente, não fiz fé na explicação – quem sabe se piedosa – pois a tratar-se efetivamente de um trabalho de proteção era crucial que os policiais se apresentassem previamente a mim, informando-me da sua missão.

Seja como for, daí em diante não percebi que continuasse a ser objeto de vigilância e o resto da nossa viagem decorreu sem incidentes.

•

Em São Paulo, contudo, vinham até mim de vez em quando notícias segundo as quais a fiscalização do Imposto de Renda prosseguia, até se chegar a um ponto em que era imperioso tomar-se uma decisão. Ou pela fiscalização, ou por mim.

Data dessa época o desencanto que me inspirou a maioria de meus colegas de Colegiado. Era óbvio que eu estava sendo sujeito a um processo de intimidação, misturado com a tentativa de uma desmoralização pública da minha pessoa. Desmoralização que em decorrência desmoralizaria todo o árduo trabalho que eu e meus companheiros havíamos feito para apurar os delitos do Esquadrão da Morte. Comuniquei as minhas preocupações, com os documentos que as fundamentavam, ao Procurador-Geral da Justiça, na intenção de obter a solidariedade da classe. Julgava que, estando ela unida em torno da minha pessoa, talvez esmorecessem as pressões.

Alguns amigos tentaram levar o Colégio de Procuradores a um pronunciamento de repulsa às perseguições que eu sofria, mas logo concluíram que era difícil. Para muitos, valia mais preservar a própria pele do que solidarizar-se com problemas pessoais meus, segundo alegavam, quando na verdade ninguém se preocuparia comigo se eu não tivesse participado dos primeiros embates que trouxeram a lume as atividades do Esquadrão da Morte.

Decorridos alguns meses, recebi dos fiscais do Imposto de Renda solicitações, se bem que informais, para comparecer à repartição competente a fim de ser ouvido. À pessoa que me transmitiu a solicitação respondi que iria desde que recebesse uma notificação formalmente emitida pelo Fisco, do que daria conhecimento ao Ministério da Fazenda.

Antes de prosseguir, lembro que, tendo informado o Procurador-Geral da Justiça do início da fiscalização, pouco depois recebia ele um ofício da Delegacia da Receita Federal em São Paulo asseverando que nada existia relativamente à minha pessoa, não havendo portanto nenhuma investigação em curso. Como o ofício era posterior à data de início da aludida fiscalização, ficava claro que se tratava realmente de questão política, de uma tentativa de desmoralizar o agente do Ministério Público nos processos do Esquadrão[33].

A esse tempo já era público e notório que eu estava sendo vítima de perseguições deliberadas e disso daria eco a imprensa responsável. Foi assim com uma sensação de conforto – a sensação afinal de que não estamos abandonados – que um dia, ao desdobrar *O Estado de S. Paulo* e o *Jornal da Tarde*, vi a minha causa defendida em dois editoriais a que não faltava o vigor da espontaneidade nem a cristalinidade da argumentação. Não resisto à tentação de transcrever para aqui a opinião desse jornal que, através de um século de existência, se tornou como que a voz profunda e austera do próprio Brasil independente e livre. É este o editorial, publicado a 26 de janeiro de 1972, sob o título *Desprezando a imagem do regime*.

"Na sua concisão, a notícia dada ontem por *O Estado* e segundo a qual o procurador da Justiça Hélio Pereira Bicudo foi convidado por agentes fiscais a prestar declarações na Delegacia da Receita Federal em São Paulo, em prosseguimento a uma investigação desenvolvida pelo Serviço Especial de Fiscalização do Ministério da Fazenda, é tão insólita e ao mesmo tempo tão elucidativa que seria imperdoável deixá-la passar em branco.

---

33. Apêndice – Ofício mencionado.

Quando o sr. Hélio Bicudo foi dispensado do honroso mas penosíssimo encargo de superintender aos procedimentos penais movidos contra o Esquadrão da Morte, em agosto do ano transato, fez-se constar que na origem da decisão de exonerá-lo estariam dois motivos igualmente ponderáveis. O primeiro seria a conveniência de preservar a própria pessoa do procurador, que, tendo semeado por incumbência oficial o vento da inquirição implacável dos crimes atribuídos àquela sociedade de celerados, viu depois cercá-lo de perto a tempestade das represálias dos criminosos que apontava à Justiça, muitos deles membros de prestígio do organismo policial paulista. O segundo seria, por estranho que pareça, a necessidade de preservar o Ministério Público como instituição.

Aos observadores externos parecia lógico que a dispensa do combativo procurador no momento crucial das investigações o deixava perigosamente exposto às represálias do bando perseguido. Enquanto o revestia a condição especial de chefe da *persecutio criminis*, era natural que o ódio que lhe tinham tantos homens empedernidos no crime se traduzisse apenas em telefonemas ameaçadores, em promessas veladas de vingança ou em 'campanas' sinistras – para usar o calão do meio – à sua pessoa e às de seus filhos e demais familiares. Mas, uma vez despido de tão respeitável autoridade, havia fundadas razões para crer que o cerco redobraria de audácia, porque é próprio dos fenômenos antinaturais procederem por saltos.

O sr. Hélio Bicudo não tardou a colher indícios do que o esperava. Um dia, melhor, certa madrugada, uma novidade o desperta: seu escritório particular, localizado num edifício comercial situado em plena cidade, tinha sido assaltado por malfeitores de colarinho e gravata, malfeitores em tudo diferentes da espécie, porque vinham armados de máquinas de microfilmagem em vez de pés-de-cabra e porque preferiram roubar documentos a carregar consigo os utensílios lá existentes. A muito custo, conseguiu a vítima que se instaurasse o competente inquérito policial para apuração do delito e de seus autores. Vai isso há meses, há três ou quatro meses, se não laboramos em erro. Mas, até agora, o inquérito, que saibamos, ainda não produziu frutos, se é que realmente teve condições para se desenvolver normalmente. Como o crime é de autoria desconhecida, deve a esta altura fazer parte dos arquivos do Deic. No entanto, conclua a autoridade policial que o réu é este ou aquele ou conclua pela impossibilidade de o descobrir, não lhe assiste em qualquer hipótese o direito de arquivar o inquérito. A lei é clara nesses casos: manda que a peça seja tempestivamente remetida ao Judiciário, único Poder apto a decidir do seu destino.

Surge agora o 'convite' do Serviço Especial de Fiscalização do Ministério da Fazenda. Sabe-se que a Delegacia da Receita Federal escolhe a esmo uma pequena percentagem de contribuintes para estudo das suas declarações ao fisco, a qual, salvo erro, representa uns 10 por cento do total. Essa amostragem é considerada suficiente para a disciplinação do conjunto. Pois bem, a inclusão do sr. Hélio Bicudo nessa diminuta amostragem, exatamente do sr. Hélio Bicudo, figura que se tornou notória como procurador da Justiça encarregado dos procedimentos penais contra o Esquadrão da Morte e como vítima de temíveis ameaças deste, constitui uma coincidência que nos faz desconfiar da probabilística.

Trata-se, com certeza, de um equívoco. Evidentemente, o alvo de tão insólito convite tem o direito de recear por aquela preservação da sua pessoa que se alegou estar na origem da medida que o dispensou dos inquéritos sobre o Esquadrão da Morte. Mas, há mais e pior. A tentativa de intimidação não o atinge apenas a si, mas ameaça até a preservação do próprio Ministério Público como instituição. Ela significa que uma obrigação exclusivamente social, como é o pagamento de impostos, pode transmutar-se em objeto de perseguições políticas, assim como a fiscalização tributária pode sair da alçada administrativa para o âmbito das atividades da Polícia secreta. Nessas condições, erguido o problema dos crimes do Esquadrão da Morte ao foro das considerações políticas, perdem os promotores de Justiça encarregados desde agosto de 1971 dos competentes inquéritos acusatórios aquela independência de julgamento sem a qual a lei passa a ser instrumento de arbítrio. A provocação, que ora atinge o seu antecessor, pode amanhã atingi-los com a mesma sede de vingança. Diante de semelhante perspectiva, como falar-se em preservação do Ministério Público Paulista?

O governo federal deve cumprir as leis fazendárias e punir aqueles que as infringem, sonegando impostos. Dentro desse critério, as repartições competentes podiam perfeitamente glosar as declarações de renda do sr. Hélio Bicudo e até mesmo aplicar-lhe as sanções competentes, que são de ordem administrativa. O que não podiam nem podem é discriminar a sua pessoa entre centenas de milhares ou mesmo de alguns milhões para alvo de uma investigação especial. Nesse caso, a sanção deixará com todas as probabilidades de ser uma multa, caso haja o que punir, o que não parece certo, para configurar uma insinuação infame e atemorizadora. Claro que a infâmia se volta para quem excogitou o expediente da investigação especial, coisa que igualmente acontece com a tentativa de atemorização. Quem mais deve temer na hipótese é o próprio governo, pois que uma medida dessa ordem não pode senão ser entendida como uma perseguição de fundo político, movida deliberadamente para aniquilar um servidor da lei e que em nome da lei procedeu como devia contra o Esquadrão da Morte. Para a opinião nacional e mesmo a internacional, ficará a impressão de que o governo acha que o sr. Hélio Bicudo não devia proceder como a lei lhe mandava – e por isso o persegue. Chama-se a isso desprezar a imagem pública do regime."

Depois disto, fiz sentir aos fiscais que não atenderia ao seu "convite", mas que não deixaria de dar uma satisfação ao Ministério da Fazenda, através de memorial que entregaria ao próprio Ministro explicando a minha atitude, memorial que me reservava o direito de tornar público.

Sensação de insegurança

As coisas serenaram a partir daí*.

No entanto, a sensação de insegurança, muito maior depois de efetivada a minha exoneração, perdurou e ainda perdura. É que desconheço a solução dada a esse caso, assim como ignoro o andamento de outras investigações que se estavam processando sobre a minha pessoa. Ainda em novembro de 1971, efetivamente, como já tive a oportunidade de lembrar, recebia a notícia de que o presidente da Comissão Estadual de Investigações promotor público Italo Bustamante Paolucci levava ao Ministro da Justiça as conclusões de um inquérito – prodigiosa obra de muitos volumes – que me apontaria como réu de pretensos crimes funcionais.

Decorridos quase quatro anos, a contar da data em que fui exonerado, poucos têm sido os dias despreocupados.

Afora os sucessos já narrados, outros merecem, por igual referência. Assim, alguns meses depois de ter deixado o comando das

---

* Contrariamente ao que esperava, não tem tido tranqüilidade o procurador Hélio Pereira Bicudo. Convalecia de uma delicada intervenção cirúrgica, no interior do Estado, num sítio a oitenta quilômetros da Capital, quando sua residência nesta cidade foi violada, no dia 17 de janeiro deste ano de 1976, depois que as autoridades da Secretaria da Segurança Pública do Estado, dali retiraram os agentes que velavam pela sua integridade.
Como de outras vezes, pois a casa que possui naquele sítio já fora também submetida ao mesmo tratamento, objetos de valor ali existentes permaneceram intocados.

apurações dos crimes do Esquadrão, o então secretário da Justiça de São Paulo, Osvaldo Muller da Silva, em entrevista a jornalistas, quando de uma viagem a Fortaleza, em dezembro de 1971, emitiu, a meu respeito, conceito de conteúdo evidentemente injurioso.

Estava eu, realmente, resolvido a pedir-lhe contas em Juízo. Mas, ao mesmo tempo, desejava comprovar a existência de censura telefônica relativamente ao aparelho que possuo em minha residência, e, assim, resolvi oferecer-lhe a oportunidade de retratar-se.

Chamei, então, um amigo ao telefone. Falando de minha casa, expus o problema e disse da minha intenção de convocar o secretário para um confronto judicial, a não ser que ele se retratasse formalmente. E logo a seguir solicitei de um repórter de *O Estado de S. Paulo* que, a propósito, o interpelasse. A retratação não se fez esperar, desmentindo o sr. Muller da Silva as aleivosias que os jornais de Fortaleza estamparam como conteúdo de entrevista sua à imprensa local.

Com a publicação dessa retratação nos jornais de São Paulo e a transcrição, nos jornais de Fortaleza, de editorial a respeito estampado no *O Estado de S. Paulo*, dei por encerrado mais esse desagradável incidente, a demonstrar, ainda uma vez, as verdadeiras intenções do sistema, relativamente ao episódio do Esquadrão da Morte[34].

E mais proximamente, o mesmo presidente daquela Comissão Estadual de Investigações, em processo-crime movido contra Sérgio Fernando Paranhos Fleury, pela 2ª Vara do Júri de São Paulo, fazia-se ouvir na qualidade de testemunha de defesa de um dos réus, para veicular torpes inverdades a respeito de minha pessoa, dentro da linha de pensamento de que será possível safar as principais figuras do Esquadrão da Morte das malhas da Justiça, desde que se comprove que participei de movimentos subversivos.

As insinuações feitas por esse promotor, que dão bem uma idéia de seu estofo moral, foram objeto de representação que encaminhei ao Procurador-Geral da Justiça, na qual ficaram demonstrados os aleives praticados por esse funcionário, em benefício do Esquadrão da Morte. Coerente, entretanto, com a política de panos quentes que vem adotando, relativamente aos processos do Esquadrão da Morte, o procurador-geral Oscar Xavier de Freitas recusou o meu

---

34. Apêndice – Documentação referida.

pedido de processo-crime contra aquele promotor, repetindo essa mesma conclusão em reiteração feita à primeira representação[35].

Essa sensação de insegurança não era nem é apenas minha, mas atinge toda a minha família, justamente receosa de que a má interpretação dos atos funcionais que desempenhei possa levar, de súbito, a um gesto de violência da parte dos que se sentem prejudicados.

Relativamente aos membros do Esquadrão, além da fuga de Ademar Augusto de Oliveira, vulgo "Fininho I", a qual se deu evidentemente com a cumplicidade dos encarregados da sua segregação temporária, outras se verificaram, e de elementos dos mais perigosos do bando criminoso.

A prisão preventiva, afinal, atingiu mais três de seus componentes, entre os quais se destaca "Correinha". Este réu conseguiu permanecer em regime de prisão especial na sala de uma Delegacia Distrital, onde gozava de todas as regalias e usufruía plena liberdade, tanto que, segundo informações posteriormente confirmadas, saía e voltava quando bem entendia. Em face de tais irregularidades, o Juiz decretou a sua remoção para um dos presídios estaduais. Pois bem, o réu muito simplesmente rebelou-se, afastando-se do local de detenção. Pouco depois retornava, para logo em seguida voltar a ausentar-se fazendo exigências incompatíveis com a própria dignidade da Justiça. Mas, percebendo a inocuidade da sua encenação, desapareceu de uma vez por todas.

Em liberdade esses dois meliantes, ficava sempre a suspeita da possibilidade de uma vingança, porque na verdade eles tiveram livre trânsito em todo o território do Estado e, segundo se sabe, recebiam proteção policial sempre que resolvessem passear por aqui.

Presos os foragidos, eles passaram a ter um álibi quase perfeito. A propósito, vale a pena lembrar o acidente sofrido por uma das testemunhas principais do caso de "Nego Sete", o padre Monzeroll, que caiu de um andaime da obra da igreja de Nossa Senhora de Fátima, em construção.

Acidente ou atentado?

É pergunta que até agora não teve resposta concludente.

A versão do acidente é pouco provável, porque o Padre Monzeroll era jovem, vigoroso, tinha os sentidos em perfeito funcionamento e estava afeito a trabalhos manuais. Já a hipótese de um

---

35. Apêndice – Peças indicadas.

atentado é bem mais plausível. Um policial que estivesse preso nas condições em que se achava então Ademar Augusto de Oliveira, o "Fininho I", podia muito bem deixar o recinto da prisão, cometer o atentado e regressar ao ponto de partida como se nada fosse. Um álibi perfeito, tão perfeito que seria sustentado por todos os responsáveis pela sua detenção.

Puro ato de vingança, porque o sacerdote já tinha prestado depoimento na instrução do processo e suas declarações não podiam ser invalidadas por fatos ulteriores. A eliminação dessa testemunha só seria realmente valiosa antes de seu depoimento judicial.

O padre Monzeroll não faleceu em conseqüência dos ferimentos, mas ficou durante muito tempo com as faculdades mentais abaladas. Tive oportunidade de o visitar no hospital onde o internaram. Foi uma cena patética. De olhar perdido na lonjura, aquele homem fino e sensível, aquela inteligência aprofundada na exegese teológica e filosófica, ali estava, inerte, a repetir como um autômato os números dígitos em francês:

– *Un, deux, trois, quatre, cinq...*

Conseguiu, contudo, recuperar-se. Estive com ele, demoradamente, em Montreal. Nas conversas que trocamos, mais se acentuou em mim a certeza de um atentado. E o padre Monzeroll ainda hesita em recordar-se do que aconteceu naquela madrugada trágica.

O que tudo isto significa é que somente após o julgamento dos componentes do bando intitulado Esquadrão da Morte, com a imposição da pena que mereçam, é que se poderá pensar num futuro tranqüilo.

Posteriormente, "Correinha" entregou-se à prisão, ficando sob a custódia do delegado Ernesto Mílton Dias, como ele denunciado como membro do Esquadrão da Morte. E, afinal, foi condenado em um dos processos a dezesseis anos de reclusão, condenação essa confirmada pelo Tribunal de Justiça de São Paulo.

Nessa ocasião, tornou ele a "fugir", para logo após tornar a entregar-se, sendo recolhido, irregularmente, aliás, a um presídio especial, a que ele já perdera direito, como conseqüência da condenação que por último lhe fora imposta.

Quanto a "Fininho", aliou-se a marginais, matou, traficou tóxicos, vendeu proteção, tudo às escâncaras, sem que a Polícia, durante vários anos, adotasse qualquer atitude séria para cumprir a ordem judicial de há muito expedida para seu encarceramento.

Mas o escândalo era muito grande.

E, afinal, por determinação expressa do Secretário da Segurança, o coronel Antônio Erasmo Dias, foi ele surpreendido, preso e encarcerado em cela da Penitenciária do Estado.

•

Todavia, as investigações prosseguiram durante todo um ano, coordenadas por dois ilustres Promotores Públicos, que indicaram à Justiça os autores de cerca de sessenta e cinco mortes, aumentando assim o número daqueles já antes apontados como membros do Esquadrão paulista. Essas investigações trouxeram uma satisfação pessoal a quantos as iniciaram, porque a indicação – com algumas exceções, é certo – dos réus anteriormente denunciados vinha confirmar que tínhamos aberto a senda correta.

Uns poucos julgamentos preliminares já celebrados, é verdade, demonstraram que as provas oferecidas à Justiça tinham realmente conteúdo verossímil. O fato é que algumas pronúncias já foram tomadas e o Tribunal do Júri teve a oportunidade de condenar vários dos comparsas do Esquadrão. O Ministério Público, que sempre foi impessoal, vinha cumprindo a tarefa que lhe cabia nas investigações e nos processos ajuizados, dando com isso um exemplo de eficiência ao substituir a própria Polícia no deslinde de crimes notórios.

Mas a imparcialidade e a eficiência do Ministério Público não puderam vencer a fraqueza do Procurador-Geral da Justiça.

Este, pressionado evidentemente pelas cúpulas administrativas, não soube, no momento oportuno, renunciar ao cargo. Nele permaneceu e com isso desmereceu a confiança que toda a Instituição a ele hipotecara, quando o indicou à nomeação pelo Governo do Estado.

Procurou e conseguiu que aqueles dois promotores públicos – Djalma Lúcio Gabriel Barreto e Alberto Marino Júnior – abandonassem os processos do Esquadrão da Morte, após uma entrevista a portas fechadas, reproduzida, porém, pelos dois membros do Ministério Público, em documento entregue a terceiros para natural resguardo da integridade física e moral daqueles representantes do Ministério Público.

E para o lado do Judiciário, as coisas não caminharam de maneira mais suave.

Avolumavam-se as pressões para que o juiz José Fernandes Rama deixasse a presidência do II Tribunal do Júri de São Paulo, Corte que passara a julgar grande número de processos promovidos contra os membros do Esquadrão da Morte, fazendo-o de modo imparcial, e que, por isso mesmo, vinha acarretando a condenação sistemática e exemplar dos culpados.

Armou-se contra ele uma verdadeira cilada.

Advogados interessados criaram um incidente, no qual se diziam ofendidos pelo Juiz. Pediram e obtiveram o apoio da Ordem dos Advogados. Fez-se um ato público de desagravo...

Não decorreu muito tempo e o juiz Rama deixava, por "ato voluntário", o II Tribunal do Júri, para refugiar-se no anonimato de uma das Varas Criminais da Capital.

Hoje encontra-se no II Tribunal do Júri um juiz simpático à causa do Esquadrão da Morte, assessorado por um promotor que, nesses casos, faz o jogo da defesa...

Como pano de fundo desse triste espetáculo, o Governo Federal, em dezembro de 1973, fazia passar uma reforma de dispositivos do Código de Processo Penal, que permitia que os réus pronunciados, sob certas condições, aguardassem em liberdade o pronunciamento do Júri.

É que o delegado Sérgio Fleury havia sido pronunciado por acórdão unânime da 1ª Câmara Criminal do Tribunal de Justiça e, por força de lei, encontrava-se preso, recolhido ao Deops, a aguardar o julgamento pelo Tribunal Popular.

A "Lei Fleury", como ficou conhecida, foi o passo inicial para uma verdadeira limpeza de área. Em seguida, vieram os afastamentos de promotores e juízes. Tudo pronto para o julgamento do homem símbolo do Esquadrão da Morte, ato que não passou de uma farsa, pois a sua absolvição, dentro do quadro descrito, era decorrência inarredável e serviu, apenas, para reforçar a convicção generalizada de que não falharia o esquema armado para sua absolvição.

Seria evidentemente ocioso proceder à análise das provas desse processo, no qual o Tribunal de Justiça reformara a decisão de impronúncia anteriormente proferida pelo mesmo juiz que atualmente preside o II Tribunal do Júri e funcionou no aludido julgamento público do réu.

Mais oportuno se afigura lembrar, ainda uma vez, os antecedentes desse ato e mostrar a perplexidade com que o público recebeu o noticiário da imprensa sobre a atitude assumida pelas autoridades presentes ao julgamento, as quais acumularam o réu de elogios e deferências impróprias à majestade e dignidade da Justiça.

As coisas começaram com a pronúncia daquele delegado pelo Tribunal de Justiça, em conseqüência da qual seria, como então dispunha o Código de Processo Penal, decretada a sua prisão preventiva, como realmente o foi, sendo ele recolhido a uma sala especial do Deops. O inexplicável prestígio que o beneficia, como já se assinalou, determinou a edição daquela lei, que lhe permitiu permanecer em liberdade, contrariando toda a nossa melhor tradição jurídica.

Isso não seria, entretanto, suficiente. Ainda havia outros escolhos a remover. Pouco depois, efetivamente, o promotor público titular da II Vara do Júri, que contava expressivo número de vitórias como acusador, foi pressionado e teve de afastar-se de todos os processos do Esquadrão da Morte, alegando que o fazia por "motivos íntimos". Igual sorte coube ao juiz presidente do mesmo Tribunal, magistrado rigoroso na aplicação das normas legais, incapaz de admitir chicanas e de fazer acepção de pessoas. Removeram-no, convenientemente, para uma vara comum.

Mas o julgamento ainda demandaria tempo. Seria acintoso realizá-lo de imediato. Para guardar as aparências era, porém, necessário levar em conta a pauta do II Tribunal do Júri, que não permitia maiores dilatações. Pois bem, da resolução da dificuldade se encarregaria o Ministério Público, oferecendo requerimentos protelatórios, que ficariam muito bem na pena de um advogado chicanista.

E, assim, o tempo foi decorrendo, até que, cerca de um ano depois da pronúncia, fato inusitado no II Tribunal do Júri, aprazou-se o julgamento. Não faltou, sequer, nos últimos dias, a reafirmação de que se iria julgar um cidadão acima de qualquer suspeita, graças a fartos elogios de que o cumularam no mesmo instante em que era decretada a sua prisão – também não efetivada – em outro processo[36].

No plenário, respondeu ao interrogatório sentado, dele saiu e entrou quando e como quis, e recebeu do juiz a informação de que lhe mandara preparar um "lanchezinho". No curso do que deveria

---

36. Apêndice – Pronúncia em Guarulhos (processo "Nego Sete").

ser a acusação, o próprio promotor público se encarregou de fazer a apologia de sua atuação, de cumprimentá-lo, ao final, pelo resultado e, *mirabile visu*, de lhe solicitar desculpas por palavras menos felizes, acaso usadas.

Foi, sem dúvida, uma lição eloqüente e dolorosa. Ao próprio acusado não aproveita uma absolvição assim obtida. E à Justiça resta o julgamento da opinião pública.

•

Em Suzano, onde se abrira processo contra policiais, dentre os quais contava-se o Delegado Fleury, que, sob seu comando, haviam fuzilado o marginal Aylton Nery Nazaré, vulgo "Risadinha", depois de quatro anos, em que a prova da acusação se completara há três, o desfecho encontrado, com a impronúncia dos réus, revela, ainda uma vez, a intenção de diluir e obscurecer os elementos levados ao feito pelo Ministério Público, mediante toda a sorte de artimanhas.

É certo que, no caso, a decisão, permitindo que o Ministério Público recorra, não é definitiva e pode ser reformada pelo Tribunal de Justiça. Mas não se pode esquecer o fato de ser este o primeiro de vários processos que foram, por assim dizer, paralisados há três anos e que agora encontra o final da instrução.

Mas existem outros, submetidos à mesma forma de solapamento – solapamento ao qual o Ministério Público assiste impassível, negligenciando as obrigações que lhe competem na defesa dos impostergáveis direitos da pessoa humana diante da violência, venha de onde vier.

Não se pode admitir, com efeito, que um processo-crime, numa comarca de São Paulo, possa ser estendido e diluído com o intuito visivelmente imoral de favorecer o desfecho politicamente mais vantajoso e conveniente, ou de esperar por novos elementos que possam surgir por emendas legislativas ou pela deterioração das provas, da qual se encarrega, sozinho, o tempo.

Muito embora o Código de Processo Penal estivesse sendo reformulado no momento em que o delegado Fleury era recolhido à prisão, os demais capítulos dessa lei, que permanecem em vigor, estabelecem prazos para os atos processuais e princípios para sua apreciação.

Ora, não é possível concluir que inexistem indícios de autoria num processo cuja prova de acusação rapidamente se aperfeiçoou e que demandou três anos de protelação para que se pudesse montar o esquema no qual se baseou a sentença para decretar o *non liquet*.

Mas ainda falta alguma coisa para completar-se o quadro de desmoralização da Justiça, imposto pelo delegado Fleury.

Para isso, existem, ainda, os processos de Guarulhos, de Barueri, de São Bernardo do Campo e tantos outros.

Aguarda a maioria deles, na poeira dos cartórios, o desgaste do tempo, para que, no momento oportuno, possam vir a ser apreciados em condições mais favoráveis aos réus.

Um ou outro já conta com os réus pronunciados. Mas permanecem eles em liberdade, não obstante convençam-se os juízes do contrário, mesmo diante dos novos textos legais.

Nuns e noutros, juízes e promotores, esquecidos da relevância das funções de seus cargos, naturalmente intimidados pelo que vem acontecendo, preferem cruzar os braços, deixando que o tempo se incumba de resolver os problemas que têm em mãos.

À guisa de conclusão

Resta, porém, a esperança de que a Justiça Popular, representada pelo Júri, saiba cumprir a sua parte, que é, sem dúvida, ingrata, pois à medida que se aproxima a hora da punição desses temíveis bandidos *doublés* de policiais, tudo farão, ainda, para impedir um julgamento sereno.

•

Depois deste triste episódio do Esquadrão da Morte, expurgada a Polícia de elementos que a conspurcaram ao praticar atos de violência e de corrupção, é perfeitamente válido supor um futuro mais promissor e mais digno a uma instituição que em São Paulo sempre mereceu o respeito da coletividade e que não pode responder pelos erros de uns poucos. Possa o trauma que a corporação sofreu ao choque de novas técnicas de crime para as quais não estava preparada – e que a levou à reação logo degradada das execuções de criminosos, e daí a solidariedades compreensíveis, embora dignas de melhor causa –, possa esse trauma, repito, servir-lhe de exemplo, e de exemplo e estímulo para encontrar os fundamentos necessários à sua reestruturação plena, cabal, eis os votos com que, igualmente na qualidade de agente da Lei, me é grato encerrar este despretensioso relato de meus 364 dias de luta contra o Esquadrão da Morte, e dos fatos posteriores, que ainda toldam uma visão de maior esperança, relativamente à integridade de nossa Justiça.

É que, se a Polícia se deixou envolver nas tramas do Esquadrão da Morte, o Ministério Público e a Magistratura paulista não mais se mostram à altura da missão que lhes é atribuída pela ordem institucional vigente.

Membros do Ministério Público de primeira e de segunda instância e dentre eles o próprio Procurador-Geral da Justiça, e, bem assim, juízes de Direito, se deixaram, num dado instante, acovardar pelo prestígio demonstrado pelos partícipes do Esquadrão da Morte e pelos seus protetores, levando irrecuperável deslustre a ambas as corporações.

Não basta, para a situação a que se chegou, argumentar com a falta de garantias para o exercício de seus cargos, em conseqüência do que dispõe o Ato Institucional nº 5. É que tudo o que antes se fez foi feito sem esse tipo de consideração, mas com a consideração maior de que Ministério Público e Magistratura vivem enquanto bem exercerem suas atribuições, pois, de que valerão se apenas servirem, como já sucedeu, para a preservação de uns tantos privilégios de alguns poucos, em detrimento da verdadeira finalidade da Justiça?

Apêndices

APÊNDICE 1

MINISTÉRIO PÚBLICO DO ESTADO DE SÃO PAULO
PROCURADORIA GERAL DA JUSTIÇA DO ESTADO

São Paulo, 13 de março de 1969

N.º 508

Senhor Secretário:

Durante a reunião ordinária do Colégio dos Procuradores da Justiça, efetuada no dia 3 do corrente, um dos Procuradores, considerando que uma revista de larga difusão publicara uma reportagem sôbre homicídios praticados contra marginais, identificando os respectivos responsáveis, lembrou que tais fatos constituem crimes de ação pública, razão pela qual o Ministério Público não deveria se omitir no tocante a eles.

Venho, por isso, solicitar de V. Excia., para transmití-las ao Colégio dos Procuradores, possíveis informações a respeito de medidas oficiais, já concretizadas ou em andamento, relativas ao caso.

Valho-me da oportunidade para apresentar a V. Excia., meus protestos de estima e alta consideração.

DARIO DE ABREU PEREIRA
Procurador Geral da Justiça do Estado

A S. Excia. o DR. HELY LOPES MEIRELLES
DD. Secretário de Estado dos Negócios da Segurança Pública
CAPITAL

SECRETARIA DA SEGURANÇA PÚBLICA
GABINETE DO SECRETÁRIO

LV/mc.
Ofício nº 418/69-GS

São Paulo, 21 de março de 1969.

Senhor Procurador

    Acuso o recebimento do ofício nº 508, de 18 de março fluente.
    Esclareço a Vossa Excelência que ao tomar conhecimento pela imprensa das entrevistas determinei as providências disciplinares cabíveis junto ao Senhor Comandante da Fôrça Pública, que as tomou incontinente, punindo o Major P.M. SIDNEY GIMENEZ PALÁCIOS.
    Anexo cópias xerografadas dos expedientes sôbre o assunto.
    Nesta oportunidade apresento a Vossa Excelência os protestos de consideração.

                                    HELY LOPES MEIRELLES
                            Secretário da Segurança Pública

A S. Exa. o Senhor
Doutor DARIO DE ABREU PEREIRA
DD. Procurador Geral da Justiça do Estado
CAPITAL

RESERVADO

246/69-GS

São Paulo, 14 de fevereiro de 1969

Senhor Comandante Geral:

Para as providências disciplinares cabíveis, passo às mãos de V. Sª recorte de "A Gazeta", de 3 do corrente mês, e a edição semanal de "O Cruzeiro", datada de 20 p. futuro.

Naquele jornal, e à página 114 e seguintes da revista, estão publicadas duas entrevistas atribuídas ao Major PM Sidney Gimenez Palácios, que afirma comandar um "pelotão da morte" e tece outras considerações prejudiciais ao conceito dessa corporação policial.

Necessária se torna, por isso, a apuração da autenticidade de ambas as matérias, inclusive quanto à identificação dos elementos que posaram para a revista "O Cruzeiro", e a informação de que o referido oficial é "advogado", lembrando que, de acôrdo com o Estatuto da Ordem dos Advogados do Brasil, o exercício da profissão é vedado a policiais.

Recomendo, desde logo, o afastamento do mesmo de comando que eventualmente venha exercendo.

Desejo ser informado do resultado da apuração – cujo rigor creio ser desnecessário recomendar a V. Sª – inclusive quanto ao descumprimento da minha Portaria nº 27/68, publicada no "Diário Oficial" de 31 de maio daquele ano, e das penalidades que forem aplicadas ao referido oficial.

Reitero a V. Sª as minhas expressões de consideração e aprêço.

HELY LOPES MEIRELLES
Secretário da Segurança Pública

Ilmo. Sr.
Coronel Antonio Ferreira Marques,
DD. Comandante Geral da Fôrça Pública.

FORÇA PÚBLICA DO ESTADO DE SÃO PAULO
QG-SEC GERAL – EXP

São Paulo, 27 de fevereiro de 1969

OFÍCIO Nº 61 – RESERVADO

Comandante
Exmo. Sr. Secretário da Segurança Pública

I – Acusando o recebimento do ofício nº 246/69-GS, de 14/2/69, reservado, de V. Exa., informo que este Comando Geral tomou as seguintes providências:

a) apurou a autenticidade de ambas publicações e responsabilizou o Major PM Sidney Gimenez Palácios, desta Corporação, o qual já se encontra recolhido ao 1º Batalhão Policial "Tobias de Aguiar", cumprindo o corretivo de 20 dias de prisão.

b) foi providenciada a transferência do referido oficial do 9º para o 15º Batalhão Policial.

II – Reitero a V. Exa. os meus protestos de respeito e consideração.

ANTONIO FERREIRA MARQUES
Coronel Comandante Geral

JPS/EPCC/WAA

APÊNDICE 2

NOTA OFICIAL DA PROCURADORIA GERAL DA JUSTIÇA

Tendo alguns jornais desta Capital e do Rio de Janeiro publicado notícias deturpadas a respeito de deliberação do Colégio de Procuradores da Justiça, o Procurador Geral da Justiça entende de seu dever prestar os seguintes esclarecimentos:

1. Durante a reunião ordinária do Colégio, efetuada no dia 3 do corrente, um dos Procuradores, considerando que uma revista de larga difusão publicou reportagem em que são identificados elementos do chamado "esquadrão da morte", lembrou que os fatos praticados por esse grupo constituem crimes de ação pública, razão pela qual o Ministério Público não deveria se omitir no tocante a eles.

2. O Procurador Geral, ponderando que os órgãos competentes do Poder Judiciário já tomaram as providências cabíveis, havendo sindicância em andamento, declarou, após ouvir a manifestação favorável dos Procuradores, que recebia a proposta do ilustre colega como uma representação encaminhada ao Chefe do Ministério Público. Declarou ainda que na ocasião oportuna, dentro das atribuições que lhe são conferidas, adotaria as medidas que viessem a ser julgadas convenientes.

3. Finalmente, o Procurador Geral da Justiça esclarece não haver concedido nenhuma entrevista a qualquer órgão de divulgação a respeito da matéria.

São Paulo, 5 de Maio de 1969.

DARIO DE ABREU PEREIRA

APÊNDICE 3

PODER JUDICIÁRIO
SÃO PAULO

TÓPICO DA ENTREVISTA CONCEDIDA PELO EXMº SR. GOVERNADOR NO PROGRAMA "PINGA FOGO" DA TELEVISÃO TUPI, CANAL 4, NO DIA 8, ÚLTIMO, A RESPEITO DAS INVESTIGAÇÕES QUE ESTÃO SENDO REALIZADAS NA CORREGEDORIA DA POLÍCIA.

Repórter: "Governador: Para milhões de tele-espectadores em todo o Estado de São Paulo: a verdade sobre o "Esquadrão da Morte".

Governador: "Faz-se uma onda muito grande com relação ao "Esquadrão da Morte". "Esquadrão da Morte" não existe como organização. Isto é invenção, isto é promoção, isto é oposição à polícia que muitas vezes é sacrificada e injustiçada; e ela é injustiçada no mundo inteiro. A polícia não é simpática. Não sei por quê razão, mas não é. Mas ai de nós sem ela. Bom, o que existe é o que existe em qualquer parte do mundo. Quem é que está no "front", quem é que está na frente da briga, quem é que sobe numa favela para pegar um marginal "É... o Juiz togado, é um promotor pequeno, grande, seja do tamanho que tiver, pra ir lá? Não. Quem sobe é um policial da polícia militar ou um da polícia civil, que arrisca a sua vida, o sustento da sua família, porque geralmente são pobres, para tirar um marginal dentro de uma favela, escondido, encurralado, para dar tranqüilidade à cidade. Este marginal, por ser marginal, reage. Então queria que o policial dissesse: "Não, não atire em mim, vamos fazer aqui um arreglo, você vai para a cadeia direitinho, eu trato você bem...", Evidentemente, na hora em que o outro puxa o revólver, o soldado ou o inspetor de polícia reage, porque, ou ele reage ou morre. E tá morrendo todo dia. Porque ele não tem assim uma segurança tão grande quanto aqueles que têm esse pundonor, dizendo que o policial deve morrer e não matar. Pois o policial, quando acuado, para cumprir o seu dever, pode matar para defender a sociedade".

Repórter: "Então não existe o "Esquadrão da Morte?"

Governador: "Não existe como forma, como dizem, organizada. Isto é sensacionalismo: o que existe é como existe em qualquer parte do mundo: a polícia precisa se defender em termos de não morrer para que nós não morramos nas mãos dos marginais. Porque na hora que a polícia não fizer isto, os marginais entram na nossa casa para violentar nossos lares. É muito fácil atacar a polícia, ficando dentro de casa com dez guardas na porta, para ser valente".

Repórter: "Mas o "Esquadrão" surgiu, Governador, ou o mito do "Esquadrão" surgiu, inclusive com comunicados aos jornais, telefônicos, de membros que se diziam integrantes do "Esquadrão da Morte", anunciando a morte de marginais. Isso seria invenção de quem?"

Governador: "Isso pode ser até tática policial, pra criar clima, porque você não cria paz apenas com revólver. Você cria paz com clima de temor, porque um marginal, o criminoso, é um homem que se ele não sentir que existe uma polícia disposta a enfrentá-lo, a ousadia dele não tem limites. Pois ele é um anormal. Então, o que precisa é fazer criar um clima de quem cometer crimes, ele vai ser preso e quem reagir terá alguém pra enfrentá-lo".

Repórter: "Então, só para complementar: o senhor crê que as investigações presididas pelo Juiz Nelson Fonseca, não chegarão a nada?"

Governador: "Eu tenho convicção plena e conheço o assunto de que não existe isso como forma de vindita e como desrespeito à lei. Existe como forma de legítima defesa de homens tão honrados como qualquer um de nós, mas que escolheu, como profissão, defender a sociedade, para que as nossas filhas possam andar na rua sem ser violentadas ou mortas pelos marginais".

Repórter: "Governador, e nos casos já investigados e já comprovados de transferência de presos da Penitenciária para as estradas onde teriam sido fuzilados?"

Governador: "Eu não vi essa prova, ainda, meu caro Reale. Esse negócio, a invencionice, vai crescendo, vai crescendo, vai crescendo, não vi. É evidente que quando a polícia chega para pegar um criminoso de muitas mortes, um facínora, não vai um soldado só para prendê-lo, não vai um inspetor de polícia civil para prendê-lo. É evidente que eles juntam quatro, cinco, seis, dez, uma ronda, para cercar uma casa, pois que se for um só, morre. Pois eles estão entrincheirados, sabem às vezes atirar até muito melhor e são muito mais ousados. Eles têm gana da morte e a nossa polícia não tem gana de matar. Ela, se mata, é para não morrer. E quem tem gana para matar, toma a iniciativa de atirar. Por isso que vê-se muito mais policiais morrerem, do que criminosos serem mortos. Porque eles têm como profissão no sangue, matar. Então quando vão... ou quando vai um grupo de policiais, quer da militar ou da civil, para prender um homem perigoso como esse, é evidente que é um tiroteio ferrado em cima da... do criminoso. E daí aparecer com muitos tiros. Então, aí inventam que fazem aquilo em termos de presunto, essas coisas.

Repórter: "Muito bem. Estamos apresentando..." (Governador interrompe).

Governador: "Quisera... se nós não tivéssemos a polícia, muita gente corajosa no jornal não saía na rua".

Repórter: "Estamos apresentando o "Pinga Fogo", série 70". Governador, peço licença ao senhor e ao telespectador para suspender por um instante o nosso programa para que possamos levar uma mensagem dos nossos patrocinadores".

> CERTIFICO e dou fé que o tópico acima transcrito é cópia fiel da gravação obtida da Emissora inicialmente referida. São Paulo, 10 de dezembro de 1970. Eu, Yara de Nolla, escrevente, subscrevi.
> VISTO:
> NELSON FONSECA, Juiz da Vara das Execuções Criminais e da Corregedoria dos Presídios e da Polícia Judiciária de São Paulo.

"O GLOBO" – 11/12/70

JUIZ ACUSA SODRÉ DE DEFENSOR DO ESQUADRÃO DA MORTE

SÃO PAULO (O GLOBO) – Conforme O GLOBO antecipou ontem, as autoridades judiciárias que investigam as atividades do Esquadrão da Morte formularam representação contra o Governador Abreu Sodré pelas suas declarações feitas durante um programa de televisão, quando negou a existência daquele grupo como organização ligada à polícia paulista. O Juiz-Corregedor Nelson Fonseca, falando aos jornalistas, afirmou "estar coligindo os elementos de prova que demonstram os motivos pelos quais o Governador de São Paulo defende intransigentemente essa vergonhosa instituição que tanto denigre a dignidade e a honra da polícia de São Paulo".

INJÚRIA

As declarações feitas pelo Governador provocaram imediata reação na área da Corregedoria dos Presídios, que investiga a atuação do Esquadrão da Morte. O Juiz Nelson Fonseca informou ainda que compareceu ontem aos estúdios da emissora de televisão que transmitiu o programa, acompanhado do Procurador Hélio Bicudo. Ouviu a gravação da entrevista e recebeu cópia das declarações do chefe do Executivo.

– De minha parte – prosseguiu – entendo que houve, na referida declaração, expressões injuriosas ao Poder Judiciário, mas, o que é mais grave é a interferência pública e ostensiva do Senhor Governador em atividade própria do Poder Judiciário, que poderá, inclusive, dificultar o andamento das sindicâncias e, o que é mais sério, à própria instrução dos processos que estão em curso.

A seguir, justificou essa afirmativa dizendo que ainda ontem, recebeu de um dos advogados de defesa de um réu do processo de Guarulhos, seu colega de turma, pedido para que oferecesse cópia das declarações do Governador, para serem juntadas ao processo, demonstrando, efetivamente, a procedência dessa sua observação. Por fim, disse que está aguardando audiência com o chefe do Poder Judiciário, o que deverá ocorrer ainda hoje, para entregar-lhe representação por ele formulada a respeito do incidente.

APÊNDICE 4

11-03-69

DESLIZES NUM ASSUNTO POLÊMICO

A atividade, que é pública e notória, de um agrupamento secreto a que se deu o nome de "Esquadrão da Morte", dedicado à caça e eliminação, por fuzilamentos, de criminosos que proliferam sobretudo na área densamente povoada e escassamente policiada da Grande São Paulo, vem provocando no exterior comentários desairosos sobre a situação vigente no Brasil, o que tem estimulado a reação que entre nós mesmos desde o início se esboçou contra esse processo bárbaro de combate à criminalidade. Trata-se, não se pode negar, de uma espantosa anomalia, mas não se pode negar também que uma parcela, e não pouco numerosa, da opinião popular vem aceitando sem maiores protestos a selvageria dessa luta contra a marginalidade.

Como explicar esse fenômeno, particularmente chocante numa comunidade, como a paulistana, de natural morigerada e, sobretudo, incruenta? Só o compreendemos como um fenômeno correlato ao vertiginoso, desordenado, incontrolado crescimento da Capital. A expansão demográfica de São Paulo e das entidades que integram o que se convencionou chamar a nossa Área Metropolitana se tem processado em grande parte a expensas da canalização, a essa área, da intensa, prolongada, ininterrupta migração de naturais dos sertões nordestinos em sua dramática busca de melhores condições de vida. Esse afluxo de novos habitantes de São Paulo é engrossado por migrações de outras procedências, mas constituídas igualmente de homens despreparados para a vida numa grande cidade, cujas atividades produtoras já exigem, pelo seu adiantamento, mão-de-obra especializada ou que, pelo menos, se distinga por conhecimentos, por costumes e por qualidades inteiramente ausentes nos que, tendo nascido e crescido em invias regiões sertanejas, passam abruptamente a tentar a vida numa grande cidade altamente civilizada. Miseráveis, freqüentemente enfermos e caindo "ex abrupto" num meio hostil que lhes cresta as infundadas esperanças de uma vida melhor, passam esses homens, com suas desamparadas famílias, a constituir a marginalidade da metrópole, povoando as nossas favelas, escolas de vícios e de crimes que agravam a sua insuficiência para a nova vida com que sonharam. E daí, a expansão também da marginalidade criminosa que vem tornando a vida paulistana uma das mais inseguras do planeta, dada a incapacidade policial para combatê-la já que esse serviço público figura entre os que menos lograram acompanhar, em desenvolvimento e aperfeiçoamento, o crescimento da Capital.

Apavorada de início, indignada depois, com a multiplicação da criminalidade e com a audácia sempre crescente de criminosos nos quais a ferocidade corre parelhas com a infâmia, a população paulistana, a despeito de sua jamais desmentida humanidade e dos seus pendores legalistas, passou a aplaudir a anomalia representada pelos fuzilamentos do "Esquadrão da Morte", resultantes de condenações sumárias por parte de um tribunal secreto autor de suas próprias leis. Compreendemos, embora não justifiquemos, tal atitude popular, pois o desespero da insegurança e a revolta contra o crime impune produzem, fatalmente, reações dessa natureza. Nem por isso, contudo, podemos deixar de compreender também, e de justificar desta vez, a reação contrária dos inconformados com o processo de combate ao crime pelo próprio crime. Um minuto de reflexão bastará para chegarmos a previsões inquietadoras sobre possíveis desvios e agravamentos de um processo de repressão já de si ilegal e repelente pela sua sanguinolência.

Seja como for, compete-nos a todos nós, quer laboremos na vida pública, quer labutemos na vida privada, revestir de bom senso as análises, a que nos entreguemos, das manifestações contrárias à grave anormalidade a que nos referimos. Como, por exemplo, a do Ministério Público, que a respeito distribuiu recentemente um comunicado à imprensa, assinado pelo Procurador-geral da Justiça. Como as manifestações sobre a questão vêm assumindo natureza polêmica, é possível que, conforme o ponto de vista em que nos coloquemos, esse pronunciamento do Ministério Público tenha pecado por exageros suscetíveis de conter injustiças para com determinados homens públicos e mesmo para com membros do governo estadual. Isso não obstante, parece-nos que o Colégio de Procuradores, ao examinar o problema e ao sobre ele se manifestar cumpriu o seu dever, pois seria inadmissível que silenciasse em face de desmaios tão sérios da legalidade, como os resultantes dos fuzilamentos decretados e executados pelo "Esquadrão da Morte". Admitimos que a critiquem as insuspeitas autoridades que se julguem atingidas pelo que entendam por excessos daquela manifestação. Mas é sempre com desprazer que a opinião pública assiste a polêmicas susceptíveis de levar autoridades públicas a deslizes num terreno em que devem prevalecer a serenidade, o equilíbrio, a elegância e a justiça. Não acreditamos que o procurador da Justiça cuja proposta deu em resultado a manifestação de que tratamos houvesse tido a intenção de provocar uma questão que descambasse até esses exageros. Trata-se, com efeito, do sr. Hélio Bicudo, nome familiar a todos nós pelas delicadas funções públicas que com brilho já exerceu e que o projetaram a postos de relevo, inclusive o Ministério da Fazenda, cuja pasta assumiu interinamente como chefe de Gabinete do professor Carvalho Pinto. Professor de Direito, assessor do então Governador Carvalho Pinto e chefe de sua Casa Civil, membro da diretoria de importante empresa estatal, ex-chefe do Gabinete do Ministério da Fazenda, membro do Ministério Público e representante, tantas vezes, da Procuradoria da Justiça perante os Tribunais, tem-se revelado o sr. Hélio Bicudo um cidadão exemplar e um modelar servidor do Estado. Com a sua proposta, cumpriu um ato de ofício. E como tal é que merece ser analisada a sua atitude. Analisada e julgada!

APÊNDICE 5

EXMO. SR. DR. PROCURADOR GERAL DA JUSTIÇA

Responda-se, e a seguir, arquive-se.
S. Paulo, 31/7/970.

DARIO DE ABREU PEREIRA

Conforme noticiário inserto nos jornais de hoje, o chamado "esquadrão da morte" continua a exercer suas atividades, tendo sido cometidos, em data recente, vários delitos de homicídio, ao que tudo indica, por seus componentes.

Nestas condições, reiterando representação anterior, acolhida pelo douto Colégio de Procuradores, encareço a V. Excia. a necessidade de que o Ministério Público tome a posição que lhe cabe no episódio em apreço, como órgão fiscal da lei e titular da ação penal, afim de que se apure a responsabilidade dos partícipes desse bando, cuja atuação vem sendo profligada por altos representantes da sociedade.

Observo a V. Excia. que a resposta então encaminhada a essa chefia pelo sr. Secretário da Segurança não envolvia o mérito da matéria, mas apenas a irrelevante inconveniência, para o Poder Público, de uma entrevista. Mas, tenho para mim que a intenção do Ministério Público ao representar a V. Excia. não fôra a de obter a punição do autor da entrevista, mas, isto sim, a apuração dos fatos ali mencionados, para que se ponha termo à vergonhosa situação em que nos encontramos – hoje repetida – perante a consciência mundial, que dela já tomou conhecimento, consoante publicações em revistas de circulação internacional.

Sobreleva notar que a matéria, face à inação dos poderes públicos, é daquelas que devem ser levadas à consideração do comitê de Direitos Humanos das Nações Unidas, hipótese que merece a maior atenção de V. Excia., como um desdobramento natural do problema, uma vez que se conclua inócua a atuação do Ministério Público.

Sendo o que me cabia expor e na expectativa de medidas úteis dessa ilustre Procuradoria, receba V. Excia. os meus protestos de maior apreço.

São Paulo, 21 de julho de 1970.

HÉLIO PEREIRA BICUDO
Procurador da Justiça do Estado

MINISTÉRIO PÚBLICO DO ESTADO DE SÃO PAULO
PROCURADORIA GERAL DA JUSTIÇA DO ESTADO

São Paulo, 31 de julho de 1970

Senhor Procurador:

Acuso o recebimento do ofício em que V. Exa. faz sentir sua preocupação, ao mesmo tempo em que sugere medidas a propósito das atividades do chamado "esquadrão da morte".

A esta altura torna-se desnecessário qualquer pronunciamento meu a respeito da matéria, uma vez que esta, posteriormente ao seu ofício foi objeto de manifestação do E. Colégio de Procuradores da Justiça, em reunião extraordinária por mim presidida e da qual participou V. Exa.

Aproveito o ensejo para reiterar a V. Exa. meus protestos de estima e elevada consideração.

DARIO DE ABREU PEREIRA
Procurador Geral da Justiça

À S. Exa. o DR. HÉLIO PEREIRA BICUDO,
M.D. Procurador da Justiça do Estado
CAPITAL

APÊNDICE 6

PODER JUDICIÁRIO
TRIBUNAL DE JUSTIÇA DO ESTADO DE SÃO PAULO

GP-331   São Paulo, 23 de julho de 1970

Senhor Procurador:

    Devidamente autorizado pelo plenário do Egrégio Tribunal de Justiça, tenho a honra de encaminhar a Vossa Excelência, para os fins que reputar pertinentes, cópia da representação encaminhada a esta Presidência pelo Dr. NELSON FONSECA, MM. Juiz de Direito Corregedor dos Presídios e da Polícia Judiciária de São Paulo, sobre as atividades do chamado "Esquadrão da Morte".

    Aproveito o ensejo para reiterar a Vossa Excelência os protestos de minha elevada estima e distinta consideração.

                            CANTIDIANO GARCIA DE ALMEIDA
                                   Presidente do Tribunal de Justiça

Ao Excelentíssimo Senhor
Doutor DARIO DE ABREU PEREIRA,
Digníssimo Procurador Geral da Justiça do Estado de
SÃO PAULO

PODER JUDICIÁRIO
SÃO PAULO

Senhor Presidente:

. Como é do conhecimento de V. Excia., tramitam por esta Vara inúmeras sindicâncias objetivando apurar as atividades do bando de homicidas conhecido por "Esquadrão da Morte".

Inobstante haver assumido a jurisdição da Vara há pouco mais de um mês, venho acelerando os trabalhos, pois pretendo, com a urgência que se faz mister, submeter à elevada apreciação do E. Tribunal de Justiça, dentro do mais breve lapso de tempo possível, os resultados dessas sindicâncias, para a adoção das providências legais.

Ocorre, todavia, que os gravíssimos fatos acontecidos nesta capital, estão a exigir rápidas, enérgicas e decisivas providências por parte do Poder Judiciário, pois que a ordem social se encontra seriamente ameaçada pela fúria dos marginais que compõem o malsinado bando, inicialmente referido, sem que as autoridades responsáveis pela segurança pública esbocem a adoção de quaisquer medidas para coibir a matança indiscriminada de meliantes.

Na madrugada do dia 17 último, o policial Agostinho Gonçalves foi morto por Adjovan Nunes, contra quem existia mandado de prisão expedido por um dos magistrados das Varas Criminais da Capital, ocasião em que também saiu ferido Paschoal de Carvalho, colega do primeiro. Ambos empreendiam diligência para deter o marginal, quando foram por ele agredidos por arma de fogo.

Segundo as notícias veiculadas nos jornais, policiais exaltados, na ocasião em que era sepultado o bravo policial, prometiam vingança, com o reinício de novos fuzilamentos, em represália ao lamentável acontecimento.

Com efeito, Senhor Presidente, essas manifestações não ficaram apenas em ameaças. Já ascende a mais de 10 (dez) o número de marginais encontrados mortos, todos nas mesmas circunstâncias, em menos de três dias, havendo, segundo as notícias, promessas de continuação da chacina.

O mais estranhável, porém, é o silêncio e a inanição da cúpula responsável pela Segurança Pública, que a tudo assiste, sem esboçar a menor reação, ostentando, com essa omissão, apoio e estímulo aos crimes que vêm sendo praticados impunemente por aqueles que, por dever legal, têm a obrigação e a responsabilidade de manter a ordem.

Ora, Senhor Presidente, em todos os setores foi lamentada a morte do heróico policial, particularmente no Poder Judiciário, responsável pela aplicação da lei. Todavia, não são só os integrantes da Polícia Civil que tombam no cumprimento do dever. Tanto na ex-Fôrça Pública, como na ex-Guarda Civil, que compõem a atual Polícia Militar do Estado, são numerosos os policiais que, com bravura e amor à Pátria, deram suas preciosas vidas, quando no exercício do nobre mistér de manter a ordem pública. O próprio Exército Brasileiro, dês que foi iniciada a luta contra a subversão, tem sido alvo da investida traiçoeira dos representantes da baderna, os quais, na calada da noite, agridem e matam jovens patrícios que servem à Pátria. Nem por isso, todavia, os componentes dessas corporações saem às ruas em manifestações de vingança. Mesmo aqueles que praticam os crimes mais graves contra as nossas instituições, quando presos, são levados a julgamento regular, com ampla possibilidade de defesa e com as garantias que a atual Carta Magna lhes outorga.

O próprio Poder Judiciário, no exercício de suas funções de aplicador da lei, não ficou, ao longo de sua história, isento de tais sacrifícios. Inúmeros são os casos de mortes no cumprimento do dever, inclusive entre magistrados, como, por exemplo, o do saudoso juiz de Mirassol, Jaime Garcia Pereira, assassinado na presença do filho, sendo importante se assinalar que a mandante e principal responsável pelo crime foi regularmente julgada pelo mesmo Poder Judiciário do Estado, cumpriu sua pena e hoje goza de liberdade.

O precedente que se verifica hoje em São Paulo, sobre ser condenável, por partir daqueles que têm a grave responsabilidade de manter a ordem, poderá conduzir a ordem social ao cáos, se imitado pelas demais instituições.

Além do mais, esses deploráveis fatos, que já ganham repercussão internacional, comprometem seriamente o país, justamente no instante em que o honrado Governo Federal se preocupa em demonstrar ao mundo da inexistência de violências em nossa Pátria, que não são próprias da boa formação e cultura do povo brasileiro.

Nessa conformidade, e sem prejuízo de novo pronunciamento deste juízo, quando da conclusão das sindicâncias, represento à V. Excia., dada a alta gravidade dos acontecimentos, para que o Poder Judiciário requisite urgentes providências do Poder Executivo ou dos Órgãos de Segurança Nacional, se fôr o caso, para pôr cobro à proliferação dos crimes atribuídos, pela imprensa, a membros da Polícia Civil, ditos integrantes do "Esquadrão da Morte" que vêm ocorrendo nestas últimas horas.

Renovo a V. Excia. os protestos de elevada estima e distinta consideração.

NELSON FONSECA
Juiz de Direito Corregedor dos Presídios
e da Polícia Judiciária

APÊNDICE 7

DECRETO DE 11 DE AGOSTO DE 1970

Constitui Comissão Especial de Investigação

RETIFICAÇÃO

ROBERTO COSTA DE ABREU SODRÉ, GOVERNADOR DO ESTADO DE SÃO PAULO, usando de suas atribuições legais e
Considerando a conveniência de se apurar amplamente as atividades criminosas atribuídas a elementos da Polícia do Estado;
Considerando o comunicado da Presidência da República, constante do telex n. 846, de 7-8-70, dirigido em circular a Governadores de Estado, verberando a conduta de policiais que "a pretexto de eliminar marginais praticam homicídios e outros atos de barbárie";
Considerando que o Governo do Estado se acha igualmente empenhado em punir exemplarmente os responsáveis por esses atos;
Considerando, finalmente, que além dos inquéritos e investigações já instaurados pela Polícia, pela Justiça e pelo Ministério Público, é de toda conveniência ampliar-se a apuração dessas acusações, por um órgão inteiramente desvinculado da Secretaria da Segurança Pública, como sugere o seu Titular,

Decreta:
Artigo 1º – Fica constituída Comissão Especial de Investigação, para apurar atividades criminosas que têm sido atribuídas a elementos da Polícia do Estado, caracterizada pela eliminação sumária de marginais.
Parágrafo único – A Comissão será integrada pelo General R.1 Luiz Phelipe Galvão Carneiro da Cunha, como Presidente, pelo Procurador da Justiça, Dr. Durval Cintra Carneiro, e pelo Procurador do Estado, Dr. Ulisses Fagundes Neto.
Artigo 2º – A Comissão poderá realizar suas investigações em qualquer órgão do Estado e entender-se diretamente com as autoridades estaduais e federais para o fiel desempenho de sua missão.
Parágrafo único – As investigações serão feitas independentemente dos procedimentos de outros órgãos empenhados na apuração dos fatos criminosos.
Artigo 3º – O local, o material, o pessoal e os recursos necessários ao funcionamento da Comissão serão fornecidos pela Casa Civil.

Artigo 4º – Concluídas as investigações, o Presidente da Comissão encaminhará as suas conclusões acompanhadas dos elementos que as instruírem diretamente às autoridades competentes para as providências sugeridas.

Artigo 5º – Todos os órgãos da administração centralizada e descentralizada do Estado deverão prestar, com prioridade, a colaboração que lhe for solicitada pelo Presidente da Comissão, nos limites de sua competência.

Artigo 6º – Este decreto entrará em vigor na data de sua publicação.

Palácio dos Bandeirantes, 11 de agosto de 1970.

ROBERTO COSTA DE ABREU SODRÉ
Carlos Eduardo de Camargo Aranha, Secretário de Estado – Chefe da Casa Civil

Publicado na Casa Civil, aos 11 de agosto de 1970.
Maria Angélica Galiazzi, responsável pelo S.N.A.

DECRETO DE 9 DE OUTUBRO DE 1970

Extingue Comissão Especial

ROBERTO COSTA DE ABREU SODRÉ, GOVERNADOR DE SÃO PAULO, no uso de suas atribuições legais,

Decreta:

Artigo 1º – Fica extinta a Comissão Especial de Investigação criada pelo decreto de 11 de agosto do corrente ano, publicado no Diário Oficial de 12 do mesmo mês.

Artigo 2º – Este decreto entrará em vigor na data de sua publicação.

Palácio dos Bandeirantes, 9 de outubro de 1970

ROBERTO COSTA DE ABREU SODRÉ

Carlos Eduardo de Camargo Aranha, Secretário de Estado – Chefe da Casa Civil
Publicado na Casa Civil, aos 9 de outubro de 1970
Maria Angélica Galiazzi, responsável pelo S.N.A.

SERVIÇO DE DOCUMENTAÇÃO JURÍDICA DO MINISTÉRIO PÚBLICO

ESTADO DE SÃO PAULO
QUARTA-FEIRA, 14 DE OUTUBRO DE 1970

COMISSÃO ESPECIAL DE INVESTIGAÇÃO É EXTINTA

Em decreto assinado sexta-feira, o governador Abreu Sodré extinguiu a Comissão Especial de Investigação, constituída dia 11 de agosto, para apurar os crimes atribuídos ao Esquadrão da Morte. No decreto, publicado sábado, o governador não explica os motivos desse ato. Ontem, não quis declarar nada aos jornalistas credenciados no Palácio dos Bandeirantes. **O chefe da Casa Civil, Camargo Aranha, falou em seu lugar:**

– "O governador Abreu Sodré – disse – sensível à campanha contra o Esquadrão da Morte, constituiu uma comissão com o fim específico de apurar a suspeita participação de elementos da polícia nesse grupo: Inicialmente, foi também oficiado para constituir essa comissão um elemento do Ministério da Justiça e outro do Judiciário paulista. Tanto um quanto outro declinou o convite. O primeiro, por achar que seria intromissão indevida de um órgão federal e, o segundo, por pertencer a um órgão judicante, não achava oportuna a sua participação numa comissão de investigação".

– "Dessa forma, o governador constituiu, por decreto, uma comissão sob a presidência do general Luiz Phelipe Galvão Carneiro da Cunha, e integrada pelo procurador da Justiça, Durval Cintra Carneiro e pelo procurador do Estado, Ulisses Fagundes Neto. A referida comissão foi de imediato empossada e iniciou os seus trabalhos preliminares. Estava em pleno exercício da sindicância quando o Ministério Público apresentou denúncia arrolando diversos elementos que seriam os responsáveis pelo Esquadrão da Morte, denúncia essa recebida pelo digno magistrado da Vara que a mandou processar. Diante dessa denúncia e seu processamento, a comissão, caso continuasse em seu trabalho, **estaria conflitando** com o processo judicial, motivo porque o senhor governador extinguiu a referida comissão".

O ESTADO DE SÃO PAULO – 23/7/70

JUSTIÇA DENUNCIA ESCALADA

A escalada do Esquadrão da Morte está preocupando o Poder Judiciário de São Paulo a ponto deste solicitar providências urgentes, antes que os hoje matadores de bandidos voltem-se, amanhã, contra o próprio Ministério Público, tão impunemente quanto vêm agindo. Em síntese, foi assim que se manifestou o desembargador Cantidiano Garcia de Almeida, presidente do Tribunal de Justiça do Estado de São Paulo, na sessão plenária de ontem, na qual o problema do Esquadrão mereceu destaque. Na íntegra, o discurso do presidente do Tribunal é o seguinte:

Como é do conhecimento dos srs. desembargadores, notório que se oferece o problema, investiram-se elementos da polícia do Estado, a despeito das negativas paralelas, no poder de vida e morte dos habitantes da cidade de São Paulo, que apodam de marginais. Possível que o sejam. Mas a não ser que o sistema político do País tenha, sem nosso conhecimento, se transformado, ainda restaria ao Judiciário o julgamento das infrações penais por aqueles cometidas. Nunca sobraria a meros policiais subalternos mesmo acobertados pelos respectivos superiores imediatos. Aliás, subalternos que, do alto de sua sabedoria, se erigem em críticos do Poder Judiciário, sem qualquer reprimenda de parte de quem os supervisiona. Ao contrário, segundo à imprensa, dos jornais de hoje, colhe-se verdadeira cobertura aos atos, esses sim, de verdadeiros marginais e, pasme-se, a quem estão entregues a segurança de nossas vidas, de nosso bem-estar. O Poder Judiciário nunca se omitiu, sem embargo do que afiança uma parte da imprensa, que o faz, desconhecedor de ocorrências anteriores. Nem se cala, no momento, frente ao que se lhe apresenta. Verdadeira selvageria, patrocinada por algo forte, que não a esclarece, nem procura esclarecê-la. Muito ao revés, avoca-a, a pretexto de vingança, como se a lei do talião fosse a lei a reger nosso direito individual. Nem se procure isentar de responsabilidades, negando a evidência. Evidencia que reflete, às claras, de mostras de uma real expedição punitiva, visando, não a captura de criminosos, sim, o respectivo extermínio, sem apêlo, como Deuses, a punir, o erro, os pecados dos perseguidos. O telespectador de ontem, de um dos jornais da televisão, apurou, com os olhos, a cena da qual resultou mais uma morte, decretada e executada, com publicidade revoltante, por componentes da polícia, armada esta de revólveres e carabinas, na busca de um único elemento, por ela procurado. Era uma vintena de policiais nas condições acima, encaminhados para a execução. E lograram-na, parece, sem qualquer reação da cupula policial, até este instante. Mais que isso, a lançar os respectivos maiorais a ocorrencia, antecipadamente, na vala comum dos casos insolúveis. É de hoje a fala do presidente Médici, a estrangeiros, componentes de um congresso jurídico, mostrando-lhes o que, na verdade, se passa no Brasil, em contraste com o que dele se diz por aí afora. Mal sabia o ilustre presidente da República que justamente o Estado de São Paulo, Estado **leader** da Federação, iria trazer, a esses graduados visitantes, um retrato desajustado da índole do povo, do proceder dos governantes. É o que evidencia essa morte indiscriminada de pessoas, sem julgamento, ou antes, com julgamento de quem se vê autorizado, pela impunidade que depara agora, como antes a encontrou, a manifestá-lo dessa maneira. Ao Poder Judiciário não toca investigar crimes. Nem sequer a iniciativa da ação penal, para puni-los. Enxergando, todavia, que não são investigados, por quem caberia proceder as diligencias necessárias, e, consequentemente, não chegar ao Ministério Público, para a atividade dêste, resta-lhe tão-sòmente clamar, pela aplicação da lei antes que, contra ele próprio se voltem, soberanos, hoje os matadores de marginais e, amanhã, quem sabe, impunes, aqueles que não enxergarão tropeço algum para mais um passo nessa escala ascendente que percorrem. Aliás, já se dão ao desfrute, sempre apadrinhados, sem reação dos órgãos superiores, de espesinhá-lo, pisá-lo, tecendo-lhe críticas acerbas, como razão de substituíremno, na tarefa constitucional que lhe é atribuída. Resta-lhe, pois, clamar, e clamar, para que todos ouçam a **notitia criminis**: a maior autoridade executiva do País: a do Estado; e todas aquelas que, de alguma maneira, possam dar remédio à situação, a reclamar a medicina com urgência, sob pena de deteriorá-la, de todo. Então, sem qualquer cura possível. Antes que isso aconteça, ao menos ao Poder Judiciário do Estado de São Paulo não se poderá imputar, com o silêncio, tenha contribuído para o **caos**, que se sinaliza no horizonte. Ou somos um País, sob regime legal, ou não. Em ambas as hipóteses, que respondam os responsáveis pela ordem pública. Proponho, assim, que se remeta copia da representação do sr. juiz de Direito Corregedor dos Presídios às seguintes autoridades do País: Sr. Presidente da República. Sr. Ministro da Justiça. Sr. Presidente do Conselho de Segurança Nacional. Sr. Governador do Estado de São Paulo. Sr. Secretário da Segurança Pública do Estado. Sr. Procurador-Geral da Justiça do Estado.

O JUIZ CORREGEDOR ACUSA A POLÍCIA

JUIZ: POLÍCIA SÓ ATRAPALHA

"O mais estranhável, porém, é o silêncio e a inanição da cúpula responsável pela Segurança Pública, que a tudo assiste, sem esboçar a menor reação, ostentando, com essa omissão, apoio e estímulo aos crimes que vêm sendo praticados impunemente por aqueles que, por dever legal, têm a obrigação e a responsabilidade de manter a ordem" – é a acusação que o juiz corregedor dos Presídios e da Polícia Judiciária, Nelson Fonseca, faz às mais altas autoridades policiais, na representação que encaminhou ante-ontem ao presidente do Tribunal de Justiça.

– A polícia é a grande responsável por todos os acontecimentos que estamos presenciando. Frequentemente, temos solicitado a ajuda de vários órgãos policiais para o esclarecimento de alguns processos. Entretanto, a polícia sonega informações, dificulta o nosso trabalho, impedindo que a verdade venha à tona.

São palavras do Corregedor dos Presídios, e da Polícia Judiciária, Nelson Fonseca, em entrevista coletiva concedida ontem à tarde.

– É preciso agir com um maior rigor, para que esses fatos tenham um fim. Estamos presenciando uma chacina sem precedentes na história. O Tribunal de Justiça deverá exigir do Poder Executivo providências mais enérgicas. Caso contrário, seria o caso de uma intervenção federal, de acordo com a Constituição.

O juiz Nelson Fonseca ficou bastante revoltado com as declarações do delegado geral Nemr Jorge. Ele afirmou que "o Esquadrão da Morte não passa de uma luta entre marginais".

– São ridículas as afirmações do delegado geral Nemr Jorge. Falou como se tudo fôsse simplesmente um sonho. Não podemos fugir à realidade. Temos elementos que provam que os integrantes do Esquadrão da Morte são mesmo da polícia. Não é possível que uma autoridade faça uma declaração desse jeito.

– Particularmente, não temos a menor dúvida que são elementos da polícia. Temos inclusive depoimentos de várias pessoas que conseguiram escapar das mãos desses marginais. O delegado geral disse que não há Esquadrão não sei mais o que pensar.

– Nós todos lamentamos a morte de um policial. Nós, juízes somos frequentemente ameaçados. Quantos escrivães já não foram vítimas de agressão? Mas é inconcebível uma coisa dessas, principalmente num Estado como o nosso.

No enterro do investigador Agostinho, policiais à beira do túmulo fizeram várias ameaças. Vários tiros foram dados para o ar. O delegado Nemr Jorge diz que não houve ameaça alguma e que tudo não passava de invenção da imprensa. Afirmou que os tiros são uma tradição. Nelson Fonseca, em sua entrevista, referiu-se às declarações de Nemr Jorge:

– Nunca vi algo assim. É uma tradição que se iniciou agora. Foi uma falta de consideração e respeito, até para o policial morto. É um fato lamentável que demonstra um certo clima de indisciplina na polícia. O que fizeram constitui até uma contravenção penal.

– O Poder Judiciário não está omisso e levaremos os fatos até as últimas conseqüências. A declaração divulgada pela imprensa, de que o Poder Judiciário não tem moral, deve ter sido dada por um analfabeto. O Poder Judiciário sempre teve a maior boa vontade para com a polícia. Sou testemunha disso. O próprio delegado Nemr Jorge comparecia diariamente, quando era titular da delegacia de roubos, com os inquéritos debaixo do braço, pedindo providências. Os juízes sempre atendiam. Sempre deram o maior apoio. Só não fariam o impossível. Não podemos permitir o espancamento. Diàriamente recebemos queixas de pessoas que se dizem vítimas de arbitrariedades cometidas pela polícia. Sempre mandamos investigar e abrir processo. Mas não podemos permitir abusos por parte da polícia.

– A declaração do delegado geral é ridícula. Recebí-a a título de gozação. Estamos com cerca de 20 sindicâncias em andamento. Depois, faremos um relatório final de tudo.

– Não temos elementos para investigar. O Poder Judiciário é um poder estático. Evidentemente não há colaboração da polícia. Há sempre desencontros. Outro dia, solicitei informações a respeito de um processo ao delegado de São Roque. Este disse que o processo estava com o delegado de Sorocaba. O de Sorocaba disse que estava no DEIC. O DEIC disse que estava em São Roque. É uma má vontade. Há uma certa tolerância por parte da polícia.

– Todos os crimes do Esquadrão são cometidos sem a presença de testemunhas. Em local êrmo. Mas não podemos fugir à realidade. Hoje ninguém mais pode negar a existência do Esquadrão da Morte.

ESQUADRÃO, EM RESUMO

Os principais fatos de ontem, relacionados com o Esquadrão:
1 – Finalmente encontrado, com mais de 150 perfurações de balas, o corpo de Adjuvan Nunes, o **Guri**, numa mata entre Vila Carrão e Itaquera.

Espera-se que, agora, o Esquadrão, já "vingado" da morte do investigador Agostinho Gonçalves, entre em recesso.

2 – O desembargador Cantidiano Garcia de Almeida, presidente do Tribunal de Justiça do Estado de São Paulo, teceu críticas severas aos componentes do Esquadrão, qualificando seus atos de **"verdadeira selvageria"**. Criticou, ainda, o poder de julgamento de que se investiram, afirmando que esse poder **"nunca sobraria a meros policiais subalternos, mesmo acobertados pelos respectivos superiores imediatos. Aliás, subalternos que, do alto de sua sabedoria, se erigem em críticos do Poder Judiciário, sem qualquer reprimenda de parte de quem os supervisiona"**. Finalmente, pediu providências antes que os matadores de bandidos voltem-se, amanhã, impune e soberanamente contra o próprio Poder Judiciário.

3 – O juiz Nelson Fonseca, Corregedor dos Presídios e da Polícia Judiciária, atribuiu à própria Polícia toda a responsabilidade pela existência do Esquadrão, acusando os organismos policiais de não colaborarem com a Justiça, sonegando informações. Quanto às declarações de que o Esquadrão não existe, tachou-as de **"ridículas"**. Ante-ontem o juiz Nelson Fonseca enviou ao Tribunal de Justiça de São Paulo uma representação, na qual salientava que **"êsses deploráveis fatos, que ganham repercussão internacional, comprometem seriamente o País, justamente no instante em que o honrado Govêrno Federal se preocupa em demonstrar ao mundo a inexistência de violências em nossa Pátria, que não são próprias da boa formação e cultura do povo brasileiro"**. Essa representação será enviada à Presidência da República, ao ministro da Justiça, ao presidente do Conselho de Segurança Nacional, ao secretário da Segurança Pública do Estado e ao Procurador Geral da Justiça do Estado.

4 – A Ordem dos Advogados também se manifestou, solicitando providências urgentes contra os componentes do Esquadrão da Morte.

5 – O professor Basileu Garcia, catedrático de Direito Penal da Universidade de São Paulo, condenou severamente os atos do Esquadrão, afirmando, ainda: **"Não podemos mais cruzar os braços"**.

APÊNDICE 8

PODER JUDICIÁRIO
SÃO PAULO

958/70

TERMO DE DECLARAÇÕES

Aos treze dias do mes de agôsto do ano de mil novecentos e setenta, em diligência no Palácio Episcopal, presentes os Doutores Nelson Fonseca, Juiz Corregedor dos Presídios e da Polícia Judiciária e Hélio Pereira Bicudo, Procurador da Justiça, comigo escrevente da Corregedoria, foram tomadas as declarações do Padre Agostinho D. Oliveira (Marcello Duarte de Oliveira), filho de Luiz A. de Oliveira e Maria Isabel D. de Oliveira, nascido aos 1º de julho de 1931, em São Paulo, portador da cédula de identidade fornecida pela Secretaria da Segurança Pública, nº R.G. 1.331.780, residente à Avenida Padres Olivetanos, 601, em São Paulo, a seguir transcritas:

"durante minha vida sacerdotal, sempre trabalhei, impelido por especial vocação, em contacto com delinquentes. Em 1958, digo, em 1959, ingressei na OAF, quando tive o ensejo de colaborar na Casa de Detenção do Carandirú. Alí prestei assistência religiosa, mantendo contacto com os prêsos, fazendo visitas semanais. Foram poucos meses de trabalho naquele Presídio. Fui obrigado a me afastar, pois que me transferi para Recife para trabalhar com problema de menores abandonados. Em Recife permaneci durante o espaço de um ano e meio, retornando a esta Capital para prosseguir meus estudos teológicos. Aqui entrei em contacto com a OAF (Organização de Auxílio Fraterno) entidade que tem fins próprios de assistência aos mendigos e indigentes. Quando exercia êsse mister na OAF, tomei conhecimento através de noticiário da existência do "Esquadrão da Morte". Essas notícias faziam referências ao delegado Fleury, pessoa a quem estava ligado por laços de amisade desde a infância, uma vez que fomos criados no mesmo bairro, inclusive frequentávamos o mesmo clube esportivo, onde ambos praticávamos bola-ao-cesto. Por êsse motivo, naquela ocasião, procurei entrar em contato com o delegado Fleury. Procurei-o na Secretaria da Segurança Pública. Êle estava de saída da Rádio Patrulha e iniciava suas atividades no DEIC, (Sêtor de Crimes contra o Patrimônio).

Mantivemos inúmeros encontros, tanto no DEIC como em sua residência à rua Dr. Lopes de Almeida, 44, na Vila Mariana. Conheço inclusive os familiares de Fleury, sua espôsa Da. Isabel, sua mãe e seus filhos. Nesses vários contactos em que o assunto era o "Esquadrão da Morte", Fleury nunca afirmou declaradamente ser integrante ou chefe da referida entidade. Apenas dizia que a coisa não era bem como os jornais noticiavam e que, no seu trabalho de caça ou procura aos marginais era obrigado, digo, alguns policiais que participavam das diligências eram obrigados a atirar, quando os meliantes resistiam. Êle procurava sempre desconversar, evitando uma afirmação categórica de partícipe daquêle trabalho e eu, da minha parte, também não insistia, pois que minha intenção, como também fiz vêr a êle, era a de ingressar na Secretaria de Segurança, aceitando êsse ingresso em qualquer situação, pertencendo ou não aos quadros da polícia, fôssem quais fôssem as missões ou trabalho que teria que exercer. Fleury chegou mesmo e se propôs a falar com o Secretário da Segurança, para estudar a possibilidade de atendimento dêsse meu pedido. Aguardei durante três ou quatro mêses uma resposta de Fleury, que não veio. Decidi então agir no sentido de conseguir uma audiência com o Secretário da Segurança. Realmente consegui obter êxito nesse intento, por intermédio do amigo Artur Pinto Chaves e mais Fred Duarte de Araújo. Essa audiência deve ter sido realizada entre 27 e 29 de janeiro de 1969. A ela estavam presentes além dos dois já referidos, o Padre Paulo Ruffler, do Colégio São Luis, além de exercer as funções de capelão do Presídio Carandirú, e o Dr. Lúcio Vieira que na ocasião era o chefe de gabinete do Secretário Hely Lopes Meirelles. Pleiteei a êle a solicitação anteriormente feita a Fleury, salientando que estava disposto a trabalhar em qualquer atividade naquela Secretaria dentro do trabalho a que me propunha. Fiz uma leve referência ao problema do "Esquadrão da Morte". Êle me ouviu longamente, pois que fiz amplo relato de minha vida e de minhas atividades. Mostrou-se o Secretário bastante solícito chegando a afirmar que não poderia recusar um oferecimento tão solícito e gratuíto, aduzindo que teria muito que aprender com pessoas de fora. Indagou-se qual o setor de minha preferência para realizar meu trabalho, como sacerdote. Esclareci ao Secretário que, segundo meu conhecimento, existiam três setores da Secretaria que não tinham assistência religiosa aos prêsos: o DEIC, o DOPS e o Presídio Tiradentes. Salientei que deixava ao elevado critério do Secretário a escolha do local, para o exercício de minhas atividades. O Secretário, mostrando o maior interesse, disse-me que no Presídio Tiradentes haveria um largo campo para o exercício da atividade religiosa. Afirmou-se que ali havia muitos prêsos correcionais e que ficavam "no mofo" (êsses prêsos são os correcionais que ficam por tempo indeterminado no presídio). O Secretário fêz inclusive referência ao trabalho produtivo que Madre Lúcia fazia naquêle presídio, na ala feminina, com amplo apôio do próprio Governo do Estado. Em meio a conversa o Secretário indagou se eu estava disposto a começar naquêle mesmo dia e respondi afirmativamente, pois que estava ávido a iniciar o trabalho. Finalmente mantivemos conversação a respeito do trabalho da OAF, após o que ele Secretário e seu auxiliar Lúcio Vieira encaminharam-se ao Dr. Mário Peres Fernandes, que era, naquela ocasião, o diretor do DEIC, a quem o presídio Tiradentes estava subordinado. Em companhia do Dr. Artur Pinto Chaves fui até ao Gabinete do delegado Mário Peres. Ali mantivemos uma conversação na qual, inclusive, falamos sôbre violências policiais, oportunidade em que o delegado referiu-se ao problema dos "criolos doidos", acrescentando que a polícia procurava agir com certa energia. Disse a êle naquela ocasião que não poderia, concordar, como sacerdote, com certas violências. Ficou marcado um encontro para o dia seguinte, após, o almoço, na porta do presídio, quando o delegado me afirmou que iria pessoalmente ao encontro. Houve muita cordialidade por parte do diretor do DEIC, dada a circunstância de ter eu sido encaminhado pelo gabinete do Secretário. Entretanto, no dia seguinte, Mário Peres Fernandes não compareceu ao encontro, e quando cheguei à porta do Presídio alí deparei com um seu representante, um tal de Sr. Sebastião, homem de côr e muito elegante. Entramos no Presídio e visitamos tôdas as dependências. O Diretor era o delegado Rafael Liberatori, que não se achava presente. Durante essa primeira visita, já fui procurado por um dos prêsos que me entregou um recado, na forma de costume dêles, pedindo qualquer providência. Fiquei sabendo posteriormente que êsse prêso fôra severamente castigado por êsse fato, circunstância que me levou a concluír da impossibilidade de confiar nos funcionários do presídio. Nessa primeira visita constatei que a ala correcional era a que mais carecia de meu trabalho, pois que era desprovida de qualquer assistência de ordem jurídica, social e religiosa, sendo que o número de prêsos era considerávelmente maior do que a ala de prêsos políticos, em relação aos prêsos políticos e as outras alas existentes no presídio, inclusive aqueles à disposição da justiça. Encontrei por parte dos funcionários uma boa acolhida. O Diretor Liberatori logo à minha chegada foi hospitalizado, entregando a direção a um tal de Moacir, o qual permaneceu poucos dias à testa do estabelecimento até à chegada de Hélio Tavares, que levou como seu auxiliar imediato o indivíduo conhecido pela alcunha de "Zé Guarda", cujo nome verdadeiro parece ser José Rosa ou José Silva Rosa. Comecei então a trabalhar em fins de janeiro de 1969 e alí permaneci até 21 de março do mesmo ano, quando reassumindo Liberatori, após alguns dias, fui chamado por êle que me comunicou que minha presença no Presídio, segundo ordens superiores, estava proibida. Durante êsses dois mêses de trabalho visitei intensamente o Presídio, alí comparecendo diàriamente e às vezes duas e até três vêzes por dia, inclusive à noite mesmo nos dias feriados e sábados e domingos. Dentro de minhas atividades religiosas exercia também um trabalho humano e desde o início procurei atacar o sério problema da promiscuidade existente no Presídio, onde criminosos de alta periculosidade estavam misturados a prêsos, detidos por motivos de somenos importância e que às vezes nem apresentavam problemas maiores de formação de caráter ou mesmo de conduta. Nesse sentido, percebi inicialmente, inclusive a simpatia digo, a tolerância dos funcionários, os quais duvidavam que eu pudesse lograr êxito nesse escôpo. Alguns funcionários chegavam entretanto a afirmar que eu estava a perder meu tempo, pois que não conseguiria nada com os delinqüentes, considerados por êles irrecuperáveis. Nesse trabalho humano procedi a inúmeras pesquisas fora do Presídio, indo inclusive à Secretaria da Segurança, para fazer levantamento da situação de cada prêso e seus antecedentes. Aqueles prêsos que estavam "no môfo", mereceram especial atenção e obtive sucesso em inúmeros casos, com contactos diretos com autoridades, obtendo a libertação de presos até por telefone. Sempre contei com bôa vontade por parte das autoridades, pois que a eles expunha meus propósitos, salientando também que estava exercendo aquela atividade autorizado pelo Secretário da Segurança. Evitava, nesse trabalho, aceitar os serviços de alguns carcereiros e funcionários das delegacias, que costumeiramente telefonam aos advogados, indicando os prêsos para que sejam requeridos "habeas-corpus". Nunca aceitei êsse tipo de trabalho. Nesses dois meses que alí estive, tive oportunidade de verificar que do DEIC eram levados prêsos bastante feridos, sendo que alguns eram até carregados, tal seu estado de saúde. Além disso, entre a população carcerária, encontravam-se inúmeros com moléstias infeciosas, com sarna supurada e doenças venéreas. Além do mais, constatei inúmeras vezes, a presença de menores de 18 anos entre os adultos. Poderia citar como exemplo os menores José Rubens Bastos, Adolfo Ananias dos Santos, êste de 16 anos, Raufo ou Ralfe, Inácio, de 17 anos e Antonio Carlos de Souza. À chegada do delegado Hélio Tavares, instalou-se no Presídio um clima de pavor entre os prêsos, pelas violências que começaram a ser praticadas com maior intensidade. As coisas começaram com a ordem de Hélio Tavares para que fôssem raspadas as cabeças e outras parciais. A êsses atos estavam sempre presente Hélio Tavares e um outro funcionário, tudo em termos de "avacalhação". Tive oportunidade de assistir a várias violências praticadas contra presos. Havia à entrada da Ala Correcional um poço de um metro quadrado de largura, digo, de área e um de profundidade, cheio de água, com uma tampa de madeira. Tive oportunidade de, por duas vezes, presenciar torturas a prêsos colocados dentro dêsse poço. Na primeira vêz encontrei um prêso dentro do pôço, o qual era obrigado a se abaixar, digo, um preso dentro do poço, o qual à minha chegada foi retirado pelos funcionários que alí estavam. Soube que a tortura consistia em fazer o prêso mergulhar a cabeça dentro dágua, sob pena de, não o fazendo, levar pancadas na cabeça. Certa feita, assisti quando "Zé Guarda" arremessava pedaços de páu à cabeça de um prêso, colocado naquelas condições. Por informações de alguns funcionários, fiquei sabendo dessas torturas; que delas participavam carcereiros e o próprio Hélio Tavares. Relativamente às atividades do "Esquadrão da Morte" posso relatar o seguinte: mais ou menos na primeira quinzena de fevereiro, fui procurado por um preso correcional que se chamava "Piragibe Marinho", vulgo **"Pirata"**, o qual trabalhava na limpeza e me disse que eu precisava fazer alguma coisa por êle, pois estava ameaçado pelo "Esquadrão da Morte". Indagado, êle me disse que devia alguma coisa, pois praticara alguns erros. Expliquei a ele que deveria ficar tranquilo, pois enquanto ali estivesse não haveria perigo de se efetivar a ameaça. Entretanto, alguns dias depois não mais vi essa pessôa. Fui ao registro da carceragem, onde informaram que Piragibe Marinho fôra libertado. Poucos dias depois fui surpreendido pelo noticiário dos jornais que dava conta da execução de Piragibe Marinho, juntamente com outros marginais, pelo "Esquadrão da Morte". Entre o apêlo de "Pirata" e a morte dêste, cêrca de dez a quinze dias, fiquei sabendo que tinham sido retirados dois prêsos correcionais, cujos nomes constavam das "grades", e que são **Roberto da Silva**, vulgo "Prego" e Antonio Mendes Nascimento, ou **Antonio Fernandes Nascimento**. Êsses presos foram executados, conforme noticiário do jornal, em 14 de fevereiro. Esta última comunicação eu a tive na manhã dêsse dia, pelos prêsos da Ala Correcional que já estavam de posse do jornal que noticiava o fato. A êsse tempo, segundo os prêsos, o "Esquadrão da Morte" era formado pela Equipe 3, do DEIC e de outras Equipes, sendo citados os nomes de João Balduino, Severino Luiz, Trailler, Sub-Tenente Corrêa, os irmãos "Fininho", Campão, Russinho, Fleury, Hélio Tavares, "Zé-Guarda", Ernesto Milton Dias, Balbour, etc. Certa feita, ainda em fevereiro, fui procurado por um prêso, Fernando Barbosa da Costa, bem falante e com senso de humor. Êle abordou-me e disse que era formado em contabilidade, mas que estava metido no tráfico de entorpecentes e como tinha sido ameaçado pelo "Esquadrão da Morte" estava disposto a emendar-se. Pediu meu auxílio para que não fôsse executado. Tambémêste foi executado, depois de transferido para o DEIC, se não me falha a memória. Sôbre ele lí a notícia de que fôra encontrado seu corpo, que fôra enterrado há quinze dias, cheio de lama e cal. Essa notícia consta do "Diário Popular" de 31 de março de 1969 e de "Notícias Populares" de 4 de abril do mesmo ano. Outro caso foi o de **Vivicananda Ignácio de Souza**, vulgo "Vivi". O jornal "Notícias Populares" chegou a publicar com antecipação, a execução dêsse homem. "Vivi" falou comigo e me disse que estava ameaçado pelo "Esquadrão da Morte". Aconselhei-o a que dissesse, ao ser retirado do Recolhimento, que eu estava a par de tudo, pois assim poderia evitar sua execução. Além disso, tomei algumas providências, inclusive fazendo um apêlo ao jornalista Ramão Gomes Portão de "Notícias Populares". Nessa ocasião também pedi por outro detento **Angelo Alphonso Spinoza** ou Ricardo Fernandez, vulgo "El Pibe", também ameaçado pelo "Esquadrão". Nessa ocasião o sr. Ramão respondeu que nada poderia fazer por êles porque isso iria prejudicar sua carreira de jornalista. Êsses dois elementos foram realmente transferidos para o DEIC, circunstância que pude apurar através da informação que me foi dada pelo Sr. Deodato, chefe dos investigadores. "Vivi" e "El Pibe" não morreram, o primeiro pelas providências que tomei e o segundo porque cortou profundamente um dos braços sofrendo forte hemorragia, o que impediu sua saída do Presídio. Sobre o caso de "El Pibe" possuo uma carta, que ora exibo e que é bem expressiva. Acho que êsses dois estarão dispostos a prestar depoimento mais "El Pibe" do que "Vivi". No carnaval do ano passado, dias antes, recebi uma notícia de um elemento que trabalhava no serviço interno do Presídio, de que durante os dias dos festejos momísticos, no período da noite, estava programada a retirada de prêsos para serem levados "para a estrada". Nessa oportunidade procurei o diretor do Departamento dos Institutos Penais, Dr. Fernando José Fernandes, e expus o fato a êle, o qual me prometeu que iria tomar providências, digo, não prometeu providências, mas "tirou o côrpo". Nessa oportunidade entreguei a êle jornais e as "grades" dos prêsos, que não me foram devolvidas até hoje. Por várias vêzes tentei entrevistar-me com o Dr. José Fernandes, para reaver os documentos, porém, sem conseguir qualquer resultado. Procurei Madre Lúcia para que ela intercedesse junto ao próprio Governador, com quem ela tinha fácil acesso, para verificar da possibilidade da adoção de qualquer providência. Também não obtive resultado, uma vez que o Governador estava viajando. Da mesma forma procurei contacto com o Secretário e seus auxiliares. Nada consegui uma vez, que, por ser véspera de carnaval, estavam todos viajando. Baldados êsses esforços, tomei a decisão de ficar de plantão no Presídio, durante a noite, sendo que, inclusive precisei permanecer longas horas em pé, para evitar o cansaço e o sono. Tive o cuidado, durante essas noites, de sair sempre após a saída do delegado Hálio Tavares e de seus auxiliares. Durante o tempo em que estive no Presídio Tiradentes chamou-me particularmente atenção a existência de uma cela na Ala Especial cuja vizeira era tapada por pedaço de madeira. Verifiquei que era levada a comida naquela cela e, certa feita, observei que a cela estava cheia de prêsos. Investigando a respeito, tive a informação de que aquêles prêsos "estavam na ceva", isto é, eram prêsos que aguardavam sua vez de irem "para a estrada". Entretanto, acreditei na versão que me foi dada anteriormente, que se tratava de presos políticos que estavam incomunicáveis. Além dos presos que eram tirados do Tiradentes e do próprio DEIC, para serem fuzilados, os presos comentavam da existência de um outro lugar onde a polícia escondia prêsos, ou seja numa delegacia ou sub-delegacia, situada no **Tremembé**, situada na rua Sezefredo Fagundes, próximo a uns prédios de apartamentos. Além dessas ainda citavam as delegacias de **Itaquera** e **São Miguel**. Durante êsses dois mêses em que permaneci no Presídio tive apenas dois contactos com Fleury. O primeiro dêles foi quando solicitei-lhe a transferência ou soltura de um prêso, de nome Lázaro, que se encontrava doente, esclarecendo melhor, seu nome era Lázaro Rosa Gonçalves. O delegado Fleury tomou as providências cabíveis. O segundo encontro foi rápido, quando, na calçada do DEIC, o encontrei e êle de longe me cumprimentou e disse: "olha que os delegados não estão muito contentes com sua atuação lá, heim". Respondí-lhe naquela ocasião que apenas estava cumprindo meu dever em trabalhar em favôr dos prêsos. Reiterei o que em vêzes anteriores lhe dissera, isto é, que me preocupava muito com a segurança pessoal dêle. Na ocasião em que trabalhei no Presídio, costumeiramente, comunicava-me com Madre Lúcia a quem colocava a par das atividades do "Esquadrão" no Presídio. Tanto assim que ela procurou comunicar-se com o palácio, nas vésperas do Carnaval como acima relatei. Além disso, a meu pedido, ela foi até ao delegado Mário Peres Fernandes para que êle fizesse cessar as violências que ocorriam no Presídio. Além de S. Eminência, o Sr. Cardeal, que me deu a autorização para trabalhar no Presídio, e a quem coloquei ao par dos acontecimentos, outras pessoas de minhas relações acompanharam êsses fatos, desde o início. São elas: Paulo Nogueira Neto, Dr. Joaquim Sylos Cintra, Desembargador e Padre Paulo Ruffier. Relativamente a outros acontecimentos, tanto das origens do "Esquadrão da Morte" do Rio de Janeiro como da participação de outros grupos de São Paulo, inclusive o chamado "Pelotão da Morte", comandado pelo **Major Sidney Giemenes Palácio**, tenho conhecimento pela leitura dos jornais e revistas, do tempo. Na verdade, quando de minha permanência no Presídio Tiradentes não pude constatar participasse do "Esquadrão da Morte" qualquer elemento da Fôrça Militar. Quando fui impedido de prosseguir no meu trabalho, conforme já mencionei, procurei conversar com as autoridades policiais, inclusive com o Secretário Hely Lopes Meirelles. Na impossibilidade de falar com êle na Secretaria, fui a sua casa, sendo por êle recebido. Nessa ocasião o Dr. Hely disse que eu estava criando casos e que à minha palavra êle tinha a de seus auxiliares e que iria mandar fazer uma sindicância em minha vida porque me conhecia de pouco. Disse que se eu desejasse poderia renovar o pedido de permanência no Presídio, por escrito, mas que êle iria mandar que os delegados informassem. Eu fiz êsse requerimento, sem jamais ter recebido qualquer resposta. Tenho em meu poder e passo às mãos dêsse Juízo as grades, digo, algumas grades das muitas que recebi, das quais constam os nomes de alguns detentos que na mesma ocasião foram encontrados mortos, nas circunstâncias que a imprensa atribui ter sido de autoria do "Esquadrão da Morte", bem como alguns outros documentos, inclusive alguns bilhetes de prêsos, alguns que chegaram a ser executados. Quero esclarecer que por todos êsses fatos que são de meu conhecimento e aqui relatados, tenho sofrido uma série de perseguições e ameaças, inclusive estou residindo neste Palácio há vinte dias, pois que estive ameaçado de prisão, por um elemento conhecido por "Marinheiro" que segundo fui informado exerce suas atividades na "Operação Bandeirantes". Além disso, segundo é de meu conhecimento os implicados com as atividades do "Esquadrão", procurando destruir os meus conhecimentos e me neutralizarem de qualquer forma, estão tentando, de qualquer forma, intrigar-me perante as autoridades federais militares, sob acusação de subversão, o que é absolutamente destituído de qualquer fundamento, uma vez que meu trabalho se cingiu dentro daquêle espírito por mim inicialmente referido, ou seja, o trabalho religioso, humano, de assistência aos necessitados, sem discriminação de crimes ou quaisquer outras pessoas. Estou mesmo disposto, a qualquer instante em que for solicitado, a prestar informações sobre minha conduta e meus conhecimentos, às autoridades militares competentes. "NADA MAIS. Para constar, lavrei o presente têrmo que, lido e achado conforme, vai devidamente assinado. Eu (ilegível) esc. datilografei.

NELSON FONSECA
Juiz Corregedor

HELIO BICUDO DE OLIVEIRA
Procurador da Justiça

AGOSTINHO DE OLIVEIRA
Declarante

APÊNDICE 9

MINISTÉRIO PÚBLICO DO ESTADO DE SÃO PAULO
PROCURADORIA GERAL DA JUSTIÇA DO ESTADO

EXMO. SR. DR. JUIZ DE DIREITO

Nos têrmos do presente inquérito policial e documentos anexos, extraídos dos autos de sindicância em andamento na Vara da Corregedoria dos Presídios, denuncio a V. Excia. Nelson Querido, Ademar Augusto de Oliveira e Luiz Carlos Franco Ferreira, qualificados às fls., como incursos nos arts. 121, § 2º, incisos I (motivo torpe) e IV (recurso que dificulta ou torna impossível a defesa do ofendido), combinado com os artigos 12, II e 25 e 148, combinado com o art. 25, todos do CP.

Conforme se verifica das peças acima mencionadas, na madrugada do dia 1º de dezembro de 1968, os referidos Nelson Querido, Ademar Augusto de Oliveira e Luiz Carlos Franco Ferreira, conhecidos pelas alcunhas de "Nelson da Rupa", "Fininho I" e "Bigode" ou "Gaúcho" ou "Gaúcho-Bigode" e mais duas pessoas não identificadas, detiveram Mario dos Santos, vulgo "Mário Ladrão", na altura do bar Kotucão, à rua João Ramalho, nesta Capital, levando-o à casa do denunciado Luiz Carlos Franco Ferreira, à rua Costa Júnior nº 176, onde o submeteram a maus tratos e sevícias as mais abjetas.

Essa detenção de Mário dos Santos e violência subsequentes se deveram ao pretendido conhecimento que, por parte do mesmo, desejavam fôsse revelada do paradeiro dos indivíduos Luciano e "Paraíba", envolvidos de igual forma que os denunciados e a vítima, no tráfico de entorpecentes e outras práticas criminosas, onde policiais e marginais – afora aspectos ligados a um ilegítimo justiçamento de bandidos – disputavam o contrôle da situação, surgindo, daí, rivalidades que evoluíram em sucessivas eliminações, como aconteceu, dias após, com os próprios Luciano e "Paraíba". Aliás, tudo indica que, na localização de Luciano e "Paraíba", outro não era o propósito dos denunciados.

Tais homicídios – assim como o delito praticado contra Mário dos Santos, que obedeciam a um esquema ao qual pertenceriam os denunciados e outros elementos da Polícia ou a ele ligados, – constituem objeto de investigações em curso para apuração integral das atividades em bando ou bandos, da sociedade criminosa que se convencionou chamar de "Esquadrão da Morte".

Relutando Mário dos Santos na indicação desejada, conduziram-no os denunciados, para local que se supõe nas proximidades da BR2, onde mandaram que corresse, enquanto, com evidente intenção de matá-lo e sem que o ofendido, nas circunstâncias, pudesse de qualquer forma se defender, o alvejaram, pelas costas, com suas armas.

Em conseqüência, Mário dos Santos recebeu ferimentos graves por projéteis de armas de fogo, somente não vindo a falecer porque Nelson Querido, por motivos ainda não esclarecidos, mas com a evidente preocupação de não revelar o seu envolvimento no fato, tanto que alegou haver encontrado o ferido na via pública, entregou-o ao Pronto Socorro da Barra Funda que o transferiu à Santa Casa de Misericórdia.

Requeiro, pois, recebida e autuada esta, seja instaurado o competente processo, nos têrmos dos artigos 394 e seguintes, do Cpp., a fim de serem os denunciados pronunciados e, afinal, julgados pelo Tribunal do Júri, ouvindo-se, oportunamente, a vítima e as testemunhas infra arroladas.

1ª – Roberto das Neces, vulgo "Benjamin";
2ª – Raul Cláudio Prates da Fonseca;
3ª – Mário Junqueira;
4ª – Roberto von Haydin;
5ª – João Vieira do Nascimento, com enderêços nos autos, e
6ª – Dirce de tal, a ser localizada.

São Paulo, 24 de agôsto de 1970

HÉLIO PEREIRA BICUDO
Procurador da Justiça, designado

1 – Recebo a denúncia de fls. 2/4 e **defiro a cota do Dr. Promotor,** inclusive quanto à custódia cautelar dos co-réus Ademar Augusto de Oliveira e Luís Carlos Franco Ferreira, nos termos dos artigos 311 e 312, do Cód. de Proc. Penal. O primeiro responde a processo por crime de homicídio; e o segundo, ausentando-se do distrito de culpa em seguida à prática do delito, também não oferece segurança à eventual aplicação da lei penal. 24 de agosto de 1970. Luiz Benini Cabral, juiz de Direito da Vara Auxiliar do Júri.

APÊNDICE 10

RELATÓRIO SOBRE A MORTE DE "NEGO SETE" EXECUTADO PELO ESQUADRÃO DA MORTE

A morte do "Nego sete" foi anunciado pelo relação pública do Esquadrão como tendo sido realizado no quilometro 60 da estrada velha São Paulo – Rio, um pouco além de Mogi das Cruzes, nos primeiros dias de dezembro de 1968.

De fato ele foi executado sumariamente, na entrada da casa dele na Avenida B, nº 30, Vila Barros, Guarulhos, S.P. um sábado às cinco horas da tarde por uma turma de homens, mais ou menos uns quinze dirigidos pelos delegados Fleury e Barbour que pessoalmente reconheci, por ter conversado com êles em frente de minha igreja durante o dia, do assassinato.

Todo o drama dessa vergonhosa execução pelos representantes da lei começou mais ou menos as 9:30 horas da manhã deste famoso sabado quando duas viaturas, placas: 41-0193, e 41-0203 de marca chevrolet, tipo familial, com três bancos dentro, duas cores, verde e branco, vieram estacionar de cada lado da Igreja Nossa Senhora de Fátima, na Vila Fátima de Guarulhos, na rua Otávio Braga de Mesquita n. 800.

Destas duas viaturas e mais um volkswagen branco sem placa desceram homens armados de revolveres, fusis que foram até a casa nº 2, da Avenida Sta. Barbara da Vila Fatima. Naquela casa prenderam um homem que êles pensavam ser o Nego Sete, mas rapidamente notaram o seu engano, mas até quase duas horas da tarde conservaram o homem preso numa das viaturas estacionadas perto da igreja. Consegui conversar com o tal e saber o que estava acontecendo com ele. Até conversei com dois indivíduos que o guardavam o que poderia facilmente reconhecer e que reconhece duas vezes dentro de viaturas oficiais da polícia em São Paulo. Deve se dizer que nenhum dos membros deste esquadrão da morte estava fardado, que êles andavam assim armados nas ruas, procurando a sua vítima e que centenas de pessoas que transitaram pelas ruas e pelo ponto de onibus em frente da Padaria Santo Onofre os viram e reconheceram como tal.

Mais ou menos as 10:00 horas quando vi que estas duas viaturas estavam estacionadas no terreno da igreja e obstruiam o caminho da entrada do nosso próprio carro, fui me informar perto de um homem que parecia o chefe o que mais tarde reconheci num jornal como sendo o delegado Fleury, o que eles estavam fazendo aí. A resposta que me foi dada foi que êles eram da polícia e que estavam esperando um ladrão perigoso que devia passar perto de lá. Então deixei êles ficar onde estavam.

Quando comecei a pensar que êles podiam ser do famoso e triste esquadrão da morte do qual se começava a falar, peguei a minha camera e fotografei os dois carros, alguns dos integrantes do esquadrão e os dois delegados, Fleury e Barbour que estavam sentados esperando nos degraus da porta da igreja, sem êles me verem. Estas fotografias não são mais comigo porque as entreguei a alguem que podia as publicar e não entrei ainda em contato com esse alguém.

Depois de localizarem a casa do Nego Sete na Rua D. Vila Barros, nº 30, que era uma casa alugada e na qual ele morava com a amante dele, prenderam a amante e avisaram o proprietário que morava no mesmo terreno em frente de se trancar em casa e de não sair sobre qualquer motivo. Depois colocaram quatro homens dentro da casa esperando a vinda do Nego Sete, todos êles armados até os dentes.

Houve movimentação de homens assim o dia inteiro, mas um pouco mais discreto do que no inicio da caçada. Vinha regularmente relatorios sobre os movimentos do Nego Sete, até que pelas três horas se falou que ele vinha e ia chegar de onibus. Naquele momento todos os componentes do esquadrão começaram a tomar posições na padaria Santo Onofre, no Bar do Lima em frente do Ponto de onibus e em outros lugares estrategicos.

O Nego Sete chegou mais ou menos as 16:15 horas e desceu em frente a padaria Santo Onofre. Estava com um outro companheiro, falaram um momentinho perto do ponto, seguiram a pé a avenida Otavio Braga de Mesquita em direção a Vila Florida, por uns cem metros depois se separaram, o acompanhante indo para a Vila Florida e o Nego Sete entrando num bazar na Avenida mesmo. Depois de uns quinze minutos, saiu lentamente, pegou uma travessa, chegou a Avenida B. Durante toda esta caminhada o acompanhava pela janela de casa sabendo que era êle pelo movimento dos homens que o acompanhavam de perto.

Chegando a Avenida B, êle tinha uns 60 metros a andar até a casa dele se encaminhou para lá, mas naquele momento um dos membros do esquadrão gritou para êle,: para, polícia! Nego Sete saiu em disparada, correu até a casa dele, abriu a porta e foi fuzilado a queima roupa pelos quatro elementos que estavam dentro de casa. Era quase 5:00 horas da tarde.

Entre o momento onde ouvi os tiros e o momento onde os carros que tinham saido de perto da igreja um pouco antes, passaram em frente da igreja a toda velocidade, cheios de homens e com o corpo do Nego Sete, não se passou mais de dois minutos, que eu verifiquei no meu relógio. Dentro deste intervalo pegaram o corpo jogaram dentro duma das camionetas, subiram e se mandaram. Dia seguinte como anunciavam os jornais, num dia chuvoso depois duma comunicação do relação pública do Esquadrão da Morte, se achava o corpo do Nego Sete no quilometro 60 da antiga Estrada São Paulo-Rio perto de Mogi das Cruzes.

Disso fui testemunha.
(a.) Geraldo Monzeroll

APÊNDICE 11

PARECER DE ARAÇATUBA

I. Estão os réus, sendo acusados, incursos nos incisos VIII, IX e X, do art. 3º, do dec.-lei 431/38, por terem organizado e participado de reuniões de sociedade de fins ilícitos, bem como, distribuido, no bairro Nove de Abril, no município de Guararapes, boletins do teor dos que se encontram nos autos, a fls. 4v. e 20.

Enfrentemos a hipótese **in judice**, sem paixão ou preconceitos, como devem ser encaradas todas as questões em que se debatem problemas sociais e políticos, pois, o prestígio e a autoridade da Justiça estão, justamente, em que ela não faz acepção de pessoas.

II – Realmente, o réu Adécio e os demais acusados, o primeiro promoveu e os outros o coadjuvaram nesse mister, reuniões de que participavam trabalhadores rurais. Não se positivou, porém, que essas reuniões tivessem em mira atentar contra a segurança do Estado, ou modificar, por meios não permitidos em lei, a ordem política e social, e, muito menos, que nelas se incitasse, diretamente, o ódio entre as classes sociais. instigando à luta violenta.

Tais reuniões – ficou esclarecido – se prendiam à questões relativas ao arrendamento de terras, à organização dos trabalhadores rurais do bairro, para a defesa de direitos de que se julgavam titulares.

III – Contudo, o fato da distribuição de boletins, pelos réus, ficou perfeitamente demonstrado, não só, pelas confissões de fls. 14, 40 e 43, como pelas demais provas colhidas no inquérito (fls. 7/9, 12, 38 e 38v.), e na instrução (fls. 78/80). Nem se alegue que, em juízo os réus negaram a prática da infração (fls. 68, 73 e 74). Semelhante retratação, desacompanhada que está, de qualquer elemento de convicção, como de jurisprudência pacífica, não pode ser acolhida.

Nessas condições, resta saber, se tal fato constitui o delito capitulado no inciso IX, do art. 3º, do citado dec-lei 431/38: fazer propaganda ou ter em seu poder, em sua residência ou local, ou deixar escondida ou depositada, qualquer quantidade de boletins, panfletos ou quaisquer outras publicações, com o fim de atentar contra a segurança do Estado, ou modificar por meios não permitidos em lei, a ordem política ou social.

Para a configuração do delito em análise é preciso, pois, que se conjuguem, o elemento material e o elemento moral, intencional, ou seja, que os boletins ou panfletos contenham, em si, caráter subversivo, e que o agente vise, com isso, a modificação violenta do regime legal.

IV – Examinemos os dizeres desses boletins.

O primeiro deles é dirigido aos habitantes do bairro "Nove de Abril", de cunho eminentemente local, em que se contêm um apelo dirigido aos trabalhadores, para que se unam na luta pela posse da terra. Ora, não se pode dizer que esses boletins visem a modificação violenta do regime. As palavras "luta" e "resistência" neles empregadas não implicam, obrigatoriamente, em violência. A "luta" e a "resistência", bem podem significar o exercício de um direito, por exemplo, o direito de defesa, de ver reconhecido determinado direito, através de uma demanda judiciária.

O segundo, de âmbito geral, é um livreto em que se narra a história de um rurícola que, filiando-se ao partido comunista, encontrou o "caminho da libertação".

Também não se pode dizer que vise, essa propaganda, à modificação violenta da ordem constitucional. É verdade que nela se fala em "greves", mas "greve" é direito assegurado pela Constituição Federal (art. 158), não se podendo afirmar seja esse um meio violento de subversão da ordem política e social, que incidiria na proibição do art. 141, § 5º, parte final, do estatuto magno.

V – Nele se critica, entretanto, a atuação do governo dos USA, na guerra da Coréia, bem como a de nossos governantes, em face do mesmo problema.

Poderá parecer que, por esse lado, propagando essas referências, têm os réus violado a lei 431. Entretanto, uma análise, despida de paixão, nos conduzirá a outra conclusão.

Assim, não se concebe como as expressões usadas nas últimas folhas do opúsculo – verdadeiramente anódinas – possam enquadrar-se na lei 431. Agir dessa maneira, seria defender, sem prévio exame, todas as atitudes políticas indiscriminadamente, dos dirigentes da nação. Mas, nesse caso, haveria conflito com o princípio constitucional da liberdade do pensamento. Pode-se expressar, por escrito, por gestos, por gritos, o pensamento, contanto que não se perturbe "a ordem pública estabelecida por lei" (Duguit, "Manuel de Droit Constitutionel", Paris, 1923, p. 239).

Qualquer pessoa, pode, pois, criticar a orientação política e social dos homens públicos, pois, ao contrário dos Estados Totalitários, a democracia, inspirada na filosofia crista, não crê que haja homens infalíveis, "providenciais", que não possam ser criticados.

Saliente-se, ainda, que a exceção de certos períodos especiais, a tradição brasileira, quanto à liberdade de pensamento, tem sido de amplitude e não a do tipo totalitário.

VI – Nem se objete que, tratando-se de comunistas, é preciso agir com rigor. A objeção não colhe, não encontrando apoio em lei, nas ciências sociais e políticas, nem na filosofia cristã. Nas democracias não se admite o princípio – vigente nos Estados Totalitários – de que os fins justificam os meios, donde decorre que se devem tão somente seguir as prescrições da lei. Nenhuma política, portanto, nem mesmo a chamada "política criminal", autoriza o exercício do poder que importe violação de direitos individuais.

Jacques Maritain, o mais pujante pensador católico da atualidade, afirma que usar de força contra os comunistas seria "trair a própria civilização" ("Christianisme et Democratie", New York, 1943, p. 16) porque uma democracia, "plenamente resolvida à justiça social e às mudanças que ela exige, decidida a acabar de uma vez por todas com a hegemônica do dinheiro, e percorrida de todos os lados, por uma chama espiritual heróica, estará não apenas em condições de subtrair ao comunismo, seus pretextos, mas terá força de arrastar em sua esteira e de trazer de novo ao seu ideal, a maioria daqueles que o comunismo atraía" (op. cit., p. 97). E conclui "se quisermos que a civilização sobreviva, a obra a que somos chamados, deverá ter um objetivo – um mundo de homens livres, penetrado em sua substância profana por um cristianismo real e vivido, um mundo em que a inspiração do Evangelho oriente a vida comum para um humanismo heróico" (op. cit., p. 110).

VII – Acrescente-se, outrossim, que mesmo a defesa "teórica" do comunismo não é punível por lei. Em primeiro lugar, o comunismo é antiquíssimo. Platão o preconizou; entre os hebreus, após a conquista de Canaã, era desconhecida a propriedade do solo; é conhecida a experiência dos primeiros cristãos, que tinham tudo em comum (Atos 11/44). Em teoria, pelo menos, os doutores da Igreja condenaram a propriedade, só aceitando o direito relativo de propriedade, devido a novas necessidades sociais. Santo Tomaz faz uma distinção entre a propriedade, como direito de administração e de uso, que é justo, e propriedade, direito de uso exclusivo, que é injusto ("Suma Teológica", 11-11/66-2).

Teoricamente, por conseguinte, pode alguém defender o comunismo, sem que esteja violando a lei. Ademais, raras pessoas sabem que o uso de meios revolucionários é da essência do comunismo marxista. Por outro lado, o próprio Marx afirmou, em discurso em Amsterdã, que em certos países, como, p.e., a Inglaterra, a Holanda, a Suécia, não seriam necessários esses meios para se implantar a justiça social. Logo, não se pode concluir que qualquer defesa teórica do comunismo encerre necessariamente uma ameaça contra o Estado e a ordem constitucional. E esta distinção encontra apoio na lição do eminente jurista Pontes de Miranda, ao afirmar que o direito de defender o comunismo é um direito sagrado, supra-estatal (Com. à Const. de 1946, III/243), sendo apenas proibido por lei "o incitamento direto à violência" ("Democracia, Igualdade, Liberdade", 1945, p. 391).

Essa defesa "teórica" se situa na liberdade científica, que, nas democracias, é ampla. Ou talvez na liberdade de religião, uma vez que, como demonstrou Berdiaef, o mais agudo pensador cristão de hoje, o comunismo, mais do que um sistema econômico, é uma verdadeira religião, com dogmas e até com uma "ortodoxia" ("Les Souces et les Sens du Comunisme Russe", Paris, 1938, p. 228).

VIII – Finalmente, a Lei de Segurança, lei de exceção que é, mais do que qualquer outra lei de cunho penal, deve ser interpretada estritamente, devendo haver absoluta tipicidade entre o fato incriminado e o texto legal, o que não ocorre no caso dos autos.

IX – Nessas condições, opino pela absolvição dos réus, por não se terem configurado os delitos a eles imputados na inicial, por ser medida de JUSTIÇA!

> NOTA: O parecer foi acolhido por sentença, transitada em julgado, da lavra do então juiz de direito da comarca de Araçatuba, João Baptista Marques.

APÊNDICE 12

MINISTÉRIO PÚBLICO DO ESTADO DE SÃO PAULO
PROCURADORIA GERAL DA JUSTIÇA DO ESTADO

Exmo. Sr. Dr. Juiz de Direito da Comarca de Guarulhos

O Procurador da Justiça infra-assinado, nos termos dos documentos que exibe e do inquérito anexo, denuncia a V. Excia. os policiais Ernesto Milton Dias, Sérgio Fernando Paranhos Fleury, Alberto Barbour, Walter Brasileiro Polim (Brasileiro), João Bruno (Bruno), Astorige Corrêa de Paula e Silva (Correinha), Angelino Moliterno (Russinho), Antônio Augusto de Oliveira (Fininho II), Eduardo Xavier (Xavier), Nathaniel Gonçalves de Oliveira (Nathaniel), José Gustavo de Oliveira (Gustavo), Ademar Augusto de Oliveira (Fininho I), Cleómenes Antunes (Goiano), João Carlos Tralli (Trailer), José Campos Corrêa Filho (Campão) e Abílio Armando Alcarpe, qualificados a fls. e fls., como incursos nos arts. 121, § 2º, ns. III (meio insidioso ou cruel) e IV (recurso que dificulta ou torna impossível a defesa do ofendido) e 211, do Código Penal, e art. 4º, letra a, da Lei n. 4.898, de 9/12/1965, c/c o art. 1º, da Lei n. 5.249, de 9/2/1967, todos c/c os arts. 25 e 51, **caput**, do Código Penal, pelos fatos que passa a expor:

1. Na manhã do dia 23 de novembro de 1968, uma caravana, composta dos denunciados e de outros policiais cuja identidade não se logrou apurar, em duas peruas de chapas "frias", de ns. 410193 e 410203, e em dois sedans Volkswagen, chegou ao bairro de Nossa Senhora de Fátima, deste município e comarca de Guarulhos, à procura de Antônio de Souza Campos, conhecido pelo vulgo de "Nego Sete", em prosseguimento à caça, que se fazia, dos componentes do bando do marginal "Saponga" (Carlos Eduardo da Silva), tido como responsável pela morte do policial David Romero Paré, ocorrida a 18 daquele mês. Da mesma sorte que em casos semelhantes, verificou-se, na espécie, autêntica associação dos denunciados, entre si ou com terceiros, compondo o que se convencionou chamar de "Esquadrão da Morte", para a prática de atos criminosos – ilegítimo justiçamento de bandidos, atos de vingança e outros –, cuja apuração, em tempo oportuno e à parte, será providenciada.

No objetivo citado e depois de breve busca, cercaram e invadiram os denunciados a residência de Antônio Marques, apelidado de "Sabiá", na suposição de que fosse ele a pessoa procurada. Antônio Marques e sua espôsa Ana Anita Marques foram, então detidos, maltratados e algemados, recolhido o primeiro a uma das viaturas mencionadas e que se deslocara até sua casa, e a segunda obrigada a descer a rua, a pé, até a outra perua, estacionada, como aconteceu, posteriormente, com a que recolheu Antônio Marques, ao lado da igreja local, onde permaneceram, não obstante revelado o engano, Ana Anita até o final da "diligência", quando foi posta em liberdade, e o marido enviado ao DEIC, onde foi deixado num de seus xadrezes, e ao depois removido ao Recolhimento Tiradentes, tendo ficado preso durante vários dias, ao fim dos quais foi também libertado.

2. Dando prosseguimento à "diligência", por sua forma e em seu desenvolvimento típica manifestação de abuso de autoridade, localizaram os policiais denunciados a residência de Antônio de Souza Campos ("Nego Sete") e de sua companheira, nos fundos da moradia de José Batista de Oliveira, à rua Pedro Cláudio Arenal, n. 30, num pequeno quarto. Procederam, aí, ao esvaziamento de todos os cômodos existentes, fazendo com que seus moradores passassem para a casa de José Batista de Oliveira, com a determinação de que dalí não saissem, já que, como alardearam, eram componentes do "Esquadrão da Morte" e iriam, pela sua condição de perigoso meliante, liquidar Antônio de Souza Campos ("Nego Sete"). A companheira deste, cujo nome, até o presente, não se apurou, foi, nessa mesma ocasião, encaminhada a uma das viaturas citadas e nunca mais se teve dela notícia.

Distribuiram-se, então, os policiais, sob o comando dos Delegados Ernesto Milton Dias, Sérgio Fernando Paranhos Fleury e Alberto Barbour, ficando, alguns, no interior do quarto habitado por "Nego Sete", outros em cima de uma lage que se construía no local, logo acima do conjunto de cômodos, e escondendo-se os demais nas imediações, com o evidente propósito de matar a pessoa visada, tão logo a tivessem ao alcance, circunstância por eles próprios várias vezes enunciada.

3. Por volta das 16,30 horas (ainda 23 de novembro de 1968), surgiu a notícia de que Antônio de Souza Campos ("Nego Sete") chegava em um ônibus de empresa de tráfego local. O alerta foi dado e os denunciados, fortemente armados, aguardaram, nos pontos mencionados, a aproximação de "Nego Sete". Este, desprevenido e sem portar arma alguma, pois estava de camisa esporte e com um pequeno volume de discos nos braços, aproximou-se de sua moradia, quando, no corredor de acesso, recebeu, de alguns dos denunciados, a advertência: "polícia!". Deixou então os discos, levantou os braços e estacou, ensejo em que foi fuzilado pelos policiais que o cercavam. Morto instantâneamente, já que atingido por disparos de diversos calibres, teve seu corpo, a seguir, enrolado em um cobertor, colocado numa das viaturas que se aproximou e transportado para lugar êrmo, à beira da estrada velha São Paulo-Rio, onde, no dia imediato, o localizou

a autoridade policial de Guararema, comarca de Mogi das Cruzes, depois que sinistro e anônimo relações públicas da **societas deliquendi**, personagem que se dá o nome de "Lírio Branco", telefonicamente comunicou a morte à sala de imprensa do Palácio da Polícia.

4. No dia 24 do mesmo mês, seguinte à prática desses crimes, José Batista de Oliveira levou o fato ao conhecimento das autoridades policiais de Guarulhos, que estiveram no local, deixando, porém, de adotar qualquer providência útil, limitando-se ao conselho de que deveria ele queimar aquilo que não lhe conviesse, podendo ficar com o restante.

A esse respeito, solicitar-se-á à autoridade competente a abertura de inquérito para a apuração das responsabilidades ocorrentes.

5. A existência dos crimes apontados está demonstrada nos documentos que a esta acompanham, certificando, de maneira insofismável, as violências praticadas, que culminaram na morte da vítima, e, bem assim, a participação, estreme de dúvidas, dos denunciados, como mandantes e executores dos delitos em tela.

Deixa-se, contudo, de requerer a prisão preventiva dos denunciados, pois que estes são funcionários públicos, com domicílio certo e funções específicas, excepcional medida que o signatário se reserva para pleitear se por parte deles, ou por terceiros de qualquer modo a eles ligados, forem praticados atos ou fatos que importem na coação, intimidação ou mesmo a morte ou o desaparecimento de vítimas ou testemunhas, como é possível que tenha ocorrido em casos, cujas apurações se encontram em curso, ou procurem eles subtrair-se do distrito da culpa, ou de qualquer modo tumultuem a apuração dos fatos ou venham a trazer dificuldades para a aplicação da lei penal.

6. Diante do exposto, requer a V. Excia. que, registrada, autuada e recebida esta, se instaure, contra os denunciados, o competente processo, nos termos dos arts. 395 e seguintes, do CPP, submetendo-os a julgamento pelo Tribunal do Júri, ouvindo-se, oportunamente, as vítimas e as testemunhas arroladas.

7. Requer mais sejam os denunciados encaminhados à repartição competente, para serem identificados, requisitando-se os seus boletins de antecedentes.

Nestes Têrmos
P. Deferimento

São Paulo, 2 de outubro de 1970.

HÉLIO PEREIRA BICUDO

Testemunhas:
1. Geraldo Monzeroll
2. José Batista de Oliveira
3. Tereza Cardoso de Oliveira
4. Arlinda da Silva Bonfim
5. Waldemar Marins de Oliveira
6. Oswaldo Estanislau do Amaral Filho
7. Sérgio Perpétuo de Magalhães
8. Wardy Soares J. dos Santos e

Vítimas:
1. Antônio Marques e
2. Ana Anita Marques, todos com residências nos autos.

APÊNDICE 13

MINISTÉRIO PÚBLICO DO ESTADO DE SÃO PAULO
PROCURADORIA GERAL DA JUSTIÇA DO ESTADO

Exmo. Sr. Dr. Juiz de Direito

1. Com fundamento na sindicância realizada na Vara Privativa da Corregedoria dos Presídios e da Polícia Judiciária, inquérito policial e documentos anexos, denuncio a V. Excia. os policiais Sérgio Fernando Paranhos Fleury, Walter Brasileiro Polim (Brasileiro), Ademar Augusto de Oliveira (Fininho I), João Carlos Tralli (Trailer), Astorige Corrêa de Paula e Silva (Correinha) e José Alves da Silva (Zé Guarda), qualificados a fls., incursos nos arts. 121, § 2º, III (meio cruel) e IV (recurso que dificulta ou torna impossível a defesa do ofendido), c/c o art. 25, do CP., e requeiro que se proceda a formação de culpa, nos termos dos arts. 394 e seguintes do CPP., submetendo-os, oportunamente, a julgamento pelo Tribunal do Júri.

2. No dia 12 de dezembro de 1968, Airton ou Aylton Nery Nazareth, conhecido pelo vulgo de "Risadinha", foi recolhido ao Recolhimento Tiradentes, para averiguações, pela Equipe III, da Divisão de Crimes Contra o Patrimônio.

No dia 18 desse mesmo mês, foi requisitado pelo Departamento de Investigações Criminais, ingressando num dos xadrezes dessa repartição, conhecido como "xadrez do Preto". Aí esteve na companhia dos detentos Marco Antônio Ligabó, Mário Antônio Ricciardi e Antônio Carlos Vilela, onde sofreu, de forma intensa, sevícias de natureza vária, chegando a se apresentar perante terceiros em condições físicas lamentáveis.

3. Finalmente, no dia 27 de dezembro do mesmo ano, foi, na companhia de Marco Antônio Ligabó, retirado do aludido xadrez sob a alegação de que seria posto em liberdade, isto depois de banhar-se e de trocar de roupa.

Algemado a Ligabó estava para ganhar a rua, levado pelos policiais denunciados, quando interferiu a irmã dêste, a qual, obtendo a boa vontade do policial Geraldo Silvério (Meninão) e do delegado José Carlos Baptista, conseguiu obter ali permanecesse Ligabó, sendo que Ayrton Nery Nazareth, depois de se armarem, os aludidos policiais, de armamento pesado, foi conduzido ao sítio Pinheirinho, nessa comarca, onde foi executado a tiros de calibres 38 e 44, vindo, em conseqüência, a falecer, como consta do auto do exame de corpo de delito.

4. Da mesma sorte que em casos semelhantes, verificou-se, na espécie, autêntica associação dos denunciados, entre si ou com terceiros, compondo o que se convencionou chamar de "Esquadrão da Morte", para a prática de atos criminosos – ilegítimo injustiçamento de bandidos, atos de

vingança e outros – cuja apuração, em tempo oportuno e à parte, será providenciada.

5. A Polícia, é verdade, procurou evidenciar que Aylton Nery Nazareth fôra solto em época anterior, numa tentativa de dar contornos de realidade às declarações de certas autoridades, de que a matança que, então se iniciava, não passava de mera disputa entre marginais.

Entretanto, não colheu maior êxito nesse mister, pois, todo o conjunto probatório o desmente.

6. Deixo, ainda nesta oportunidade, de requerer a prisão preventiva do delegado Sérgio Fernando Paranhos Fleury e do investigador Walter Brasileiro Polim, pela circunstância de serem funcionários públicos com domicílio certo, fazendo-o, entretanto, relativamente aos policiais Adhemar Augusto de Oliveira, João Carlos Tralli, Astorige Correia de Paula e Silva e José Alves da Silva. Isto porque, quanto a Adhemar Augusto de Oliveira, trata-se, a presente, da quarta denúncia por crime contra a vida, estando, ainda, esse policial pronunciado pelo Juízo da 1ª Vara do Júri da Capital e com prisão preventiva decretada pelo Juízo da 2ª Vara do Júri, também da Capital; quanto a João Carlos Trailli e Astorige Corrêa de Paula e Silva, trata-se, a presente, da segunda denúncia por crime contra a vida, e quanto a todos finalmente, por estarem acusados, pela Comissão Estadual de Investigações (CEI), pela prática de corrupção ligada ao tráfico de entorpecentes, conforme relatório anexo, que sòmente nesta oportunidade chegou ao conhecimento do Ministério Público. A medida excepcional, **data venia** se impõe, na espécie, porque, de um lado, são os denunciados acusados, reiteradamente, de crimes da maior gravidade e alarma social, e, de outro, submetidos a investigação pela Comissão já mencionada, donde a possibilidade de que venham a ser excluídos do serviço público e, destarte, não oferecendo mais a garantia, presumida, de permanência no distrito da culpa e da devida aplicação de pena.

Reserva-se, no entanto, o Ministério Público, para reformular sua posição, no que respeita aos dois primeiros policiais denunciados, se o panorama ora traçado vier a modificar-se.

7. Acrescente-se que a existência do crime está demonstrada nos documentos que a esta acompanham, certificando, de maneira precisa, as violências praticadas, que culminaram na morte da vítima, através das quais se desume a crueldade do meio e a impossibilidade de qualquer defesa por parte do ofendido, e, bem assim, a participação dos denunciados, como mandantes ou executores do delito.

Nestes termos,
D.A. e A esta,
P. Deferimento
Suzano, 23 de dezembro de 1970.

HÉLIO PEREIRA BICUDO
Procurador da Justiça

APÊNDICE 14

CÓPIA
RUA MARIA PAULA, 35 – 10º ANDAR

OF. Nº 536/70

RELATÓRIO DA CEI

São Paulo, 17 de Agôsto de 1970.

Senhor Secretário:

1. Narram as presentes peças, denúncia contra os policiais Heliodoro Leite Neto, João de Oliveira ("Calango", **Angelino Moliterno, José Giovanini, Adhemar Costa, João Trailer, José Astorige Correia, Nelson Querido, Ademar Augusto de Oliveira, Antônio Augusto de Oliveira, Fernando Valverde** ("Batistaca"), **Ary Salvi, José Alves da Silva** ("Zé Guarda"), **Marcos Paranhos Fleury,** e os conhecidos pelos nomes de **"Bruno", "Meninão", "Campão"** e **"Ubirajara"**, por estarem envolvidos em corrupção e subversão da ordem pública, com abuso da função pública.

2. **Angelino Moliterno, José Giovanini, Adhemar Costa, João Trailer, José Astorige Correia, Ademar Augusto de Oliveira, Antônio Augusto de Oliveira, Fernando Valverde, José Alves da Silva** ("Zé Guarda") e os motoristas **Nelson Querido,** "Bruno", "Campão", e "Meninão" se associaram aos traficantes de entorpecentes **José Iglesias** e **Valdomiro Maia,** para a venda de tóxicos apreendidos pelos primeiros, como também exigiam dos últimos, dinheiro e entorpecentes, como pagamento para não os perturbarem na prática do tráfico.

Com efeito, além de quase todos serem viciados em entorpecentes, tais policiais faziam escorreita repressão aos outros traficantes. Das quantidades de entorpecentes apreendidos, sòmente uma pequena parte era apresentada à autoridade policial, para a lavratura do flagrante. O restante era encaminhado à rêde de traficantes de "Juca" e "Miroca" para ser vendido, auferindo tais policiais, gordos e ilícitos lucros.

Por outro lado, para efeito de exigências de dinheiro para a não interferência no tráfico, os policiais até organizaram uma tabela: Cr$ 600,00 por semana para os lotados na Delegacia de Entorpecentes, e Cr$ 40,00 por noite para os componentes das viaturas da R.U.D.I., R.O.N.E., R.U.P.A. e VADIAGEM.

Tudo correu bem, até que "Juca" e "Miroca" se desavieram, cessando a "societas celeris".

Os policiais, acima referidos, tomaram o partido de "Juca" e passaram a dar proteção a este, em detrimento de "Miroca", suspeitando-se, fundadamente, que chegaram à eliminação dos elementos pertencentes ao grupo concorrente.

Daí a sucessão de mortes de traficantes, cumprindo notar que "Luciano" e "Paraiba", teriam sido os primeiros de uma longa lista, já que Mário dos Santos sobreviveu, a par da luta entre as duas facções, o motivo da morte de Luciano teria sido o fato dele ter escriturado, em uma caderneta, os nomes dos policiais que recebiam as vantagens referidas, bem como as datas e importâncias entregues.

3. Heliodoro, Ary Salvi, João, Ubirajara e Marcos Paranhos Fleury agiriam da mesma forma no tocante ao recebimento de propinas e entorpecentes, para facilitarem o tráfico, não estando, ao que consta, relacionados com os demais policiais na morte de concorrentes de "Juca".

4. Heliodoro Leite Neto, João de Oliveira, Ary Salvi, Ademar Augusto de Oliveira, José Alves da Silva ("Zé Guarda") já estão sendo investigados sobre os mesmos fatos, em outro procedimento, que está em fase final.

Nelson Querido já foi demitido do cargo público e está sendo sindicado por enriquecimento ilícito.

5. Urge, pois, iniciarem-se investigações sumárias para a apuração dos fatos atribuídos aos demais policiais.

Justifica-se tal medida em face da amplitude da corrupção determinante de verdadeira comoção social, quer pelo fato de ficar comprometida a repressão ao tráfico de entorpecentes, quer pela agitação pública motivada pelas mortes atribuídas às atividades perniciosas de tais policiais. É verdade que a esta C.E.I. não caberá determinar a autoria de tais mortes, já que foi criada uma Comissão Especial para tal fim. Entretanto, a corrupção de tais policiais se situa na esfera de atribuição desta C.E.I., pois perfeitamente aparelhada para tal missão.

Ante tais fatos, solicito a V. Exa. seja representado junto ao Exmo. Sr. Governador do Estado para a instauração de investigação sumária contra os policiais ANGELINO MOLITERNO, JOSÉ GIOVANINI, ADHEMAR COSTA, JOÃO TRAILER, JOSÉ ASTORIGE CORREIA, ANTONIO AUGUSTO DE

OLIVEIRA, FERNANDO VALVERDE, MARCOS PARANHOS FLEURY e os conhecidos pelos nomes de "BRUNO", "MENINÃO", "CAMPÃO" e "UBIRAJARA".

Atenciosamente,

LAERTE JOSÉ CASTRO SAMPAIO
Presidente

Ao Exmo. Sr.
Cel. DANILO DARCY DE SÁ DA CUNHA E MELO
DD. Secretário da Segurança Pública
CAPITAL

"O ESTADO DE SÃO PAULO" – 29/12/70

CEI CRITICA HÉLIO BICUDO

"O uso atual de tal documento, ora noticiado pelos jornais, é um rompimento com o compromisso assumido com esta presidência, pois torna pública documento sigiloso, prejudica as investigações em andamento e envolve nomes de policiais cujas responsabilidades ainda não foram definitivamente apuradas". Este é um trecho do ofício enviado ontem pelo presidente da Comissão Estadual de Investigações – CEI – Promotor Público Laerte José Castro Sampaio ao Secretário da Segurança Pública, coronel Danilo da Cunha e Mello, a respeito do relatório da CEI – para apurar casos de corrupção e enriquecimento ilícito na área do funcionalismo – anexado pelo procurador Hélio Bicudo à segunda denúncia contra os policiais acusados de fazer parte do grupo que executou o marginal **Risadinha,** no dia 27 de dezembro de 1968.

Nesse ofício, que foi enviado ao Secretário da Segurança em 17 de agosto, a CEI denuncia os policiais Heliodoro Leite Neto, João de Oliveira **(Calanga)**, Angelino Moliterno **(Russinho)**, José Giovanini, Astorige Correia, Ademar Costa, João Trailer **(Trailler)**, Nelson Querido, Ademar Augusto de Oliveira **(Fininho I)**, Antonio Augusto de Oliveira **(Fininho II)**, Ary Salvi, José Alves da Silva, Marcos Paranhos Fleury e os conhecidos pelos nomes de **Bruno**, **Meninão**, **Campão** e **Ubirajara**, "por estarem envolvidos em corrupção e subversão da ordem pública, com abuso da função policial".

APÊNDICE 15

COMISSÃO ESTADUAL DE INVESTIGAÇÕES
RUA MARIA PAULA, 35 – 10º ANDAR

OF. 930/70

URGENTE E RESERVADO

São Paulo, 28 de dezembro de 1970.

Exmo. Sr. Procurador Geral:

Tendo em vista noticiários de jornais a respeito de documento desta C.E.I. juntado em ação penal ajuizada contra policiais, exercendo o cargo de Presidente deste órgão em face da condição de Promotor Público, vejo-me na contingência de comunicar a V. Exa., para as providências que entender necessárias, o seguinte:

1 – As investigações a cargo deste órgão são de caráter sigiloso conforme lei federal e estadual, sendo certo que, sòmente após suas conclusões finais, é que suas cópias deverão ser remetidas aos órgãos normais de perseguição penal.

2 – Em face do estado de comoção social criado pelo noticiário dos jornais a respeito do envolvimento de policiais em tráfico de entorpecentes e eventual ligação com a morte de marginais, este órgão, que já vinha procedendo investigações a respeito, colocou-se à disposição do Sr. Dr. Procurador da Justiça Hélio Bicudo e de seus assessores para lhes fornecer as informações, que entendessem necessárias, respeitado por S. Exas. o sigilo do procedimento até sua resolução final.

3 – Esta atitude da C.E.I., que é órgão ligado à Secretaria da Segurança Pública e presidida por Promotor Público, visou demonstrar não só que havia o legítimo interesse de serem apurados os fatos, mas também que nunca se pretendeu acobertar quem quer que fosse, além de cooperar com os ilustres membros do Ministério Público.

4 – Dentro dessa linha de conduta foram dadas a S. Exas. facilidades para o manuseio das investigações bem como a cessão de documento, com o solene compromisso de ser aguardada a solução final das investiga-

ções da C.E.I. para o seu uso, evitando-se, assim, qualquer conclusão injusta e precipitada.

5 – O uso atual de tal documento, ora noticiado pelos jornais, é um rompimento com o compromisso assumido para com esta Presidência, pois torna público documento sigiloso, prejudica as investigações em andamento e envolve nomes de policiais cujas responsabilidades ainda não foram definitivamente apuradas.

Atenciosamente,
LAERTE JOSÉ CASTRO SAMPAIO
Presidente

Exmo. Sr.
Dr. DARIO DE ABREU PEREIRA
DD. Procurador Geral da Justiça
CAPITAL

MINISTÉRIO PÚBLICO DO ESTADO DE SÃO PAULO
PROCURADORIA GERAL DA JUSTIÇA DO ESTADO

VISTA

Aos 29 dias do mês de dezembro de 1970, faço vista destes autos ao Dr. HÉLIO PEREIRA BICUDO, Procurador da Justiça.

WANDA DINORAH MIANI GOMES
Diretora Divisão Nível II
Substituta

APÊNDICE 16

MINISTÉRIO PÚBLICO DO ESTADO DE SÃO PAULO
PROCURADORIA GERAL DA JUSTIÇA DO ESTADO

Senhor Procurador:

1. Em obediência a respeitável despacho de V. Excia., manifesto-me, com o presente, sobre ofício dirigido à Procuradoria Geral da Justiça, pelo sr. Presidente da Comissão Estadual de Investigações (CEI).

Na verdade, foi com surpresa que tomei conhecimento da manifestação da presidência daquela Comissão, contendo críticas a atos funcionais praticados no desempenho das atribuições para as quais fui designado por V. Excia., em julho último deste ano. Maior surpresa, ainda, foi a ampla divulgação de ofício de igual teor dirigido ao sr. Secretário da Segurança Pública, numa atitude difícil de entender, não se conhecessem os precedentes desse tormentoso "affaire".

2. Antes de mais, convém assinalar que inexistiu o afirmado compromisso de não utilização do documento em questão, incompreensível, aliás, entre autoridades, que não podem transigir em se tratando de interesse público.

Para o Ministério Público, como se sabe, não há sigilo na *persecutio criminis*. Note-se que o decreto-lei nº 6, de 6 de março de 1969, que instituiu a CEI, fala, apenas, no caráter reservado das investigações e não em sigilo. Aliás, não poderia desconhecer o presidente da CEI, dada sua qualidade de promotor público, que é legalmente reconhecido ao Ministério Público, quer antes, quer no curso da ação penal, o poder de requisitar de qualquer repartição administrativa, e não apenas policiais, os documentos, informações, providências e diligências, que devam, no seu entender, trazer ao processo novos elementos, ou completar os existentes, como fatores úteis à prova (art. 47, do Cpp). Destarte, o sigilo, no caso, sòmente poderia resguardar os implicados – o que é respeitável – circunstância que, entretanto, perde sentido, porquanto são eles réus em processos públicos, por delitos da maior repercussão social.

3. Acrescente-se que o referido decreto-lei n. 6/69 estabelece em seu art. 8º, que "a investigação a que se refere este decreto-lei não prejudicará qualquer outro procedimento, criminal, civil, administrativo ou policial mi-

litar, contra o investigado". E mais: "quando o fato constituir infração penal, as segundas vias da investigação serão remetidas às autoridades competentes para a apuração criminal".

Ora, a entrega pela presidência da CEI, do aludido relatório consubstanciava, como se vê, ato previsto pelo mencionado decreto-lei, atitude cautelar que tem o condão de impedir a consumação, em determinados casos, da prescrição penal.

4. Na espécie, o relatório anexo à denúncia fazia menção a outros fatos cometidos pelos réus, objeto de apuração no âmbito criminal, relativos a crimes cometidos pelo chamado "Esquadrão da Morte", de íntima conexão com os atos de corrupção que indicava, circunstância a recomendar o seu conhecimento pelas autoridades judiciárias, competentes, no momento em que se pleiteava a imposição da medida excepcional de sua prisão preventiva.

5. Em suma, a atitude do sr. Presidente da CEI tecendo, inclusive, comentários inadequados sobre a posição dos réus na instância administrativa, certamente, desserviu a causa pública, podendo parecer, aos menos avisados, uma solidariedade que levada às últimas conseqüências lógicas iria comprometer os princípios de autoridade, hierarquia e disciplina, que devem ser invariavelmente preservados, em favor do bom nome da Administração.

6. Encareço, finalmente, a V. Excia., pela repercussão dada à manifestação em tela, amplamente divulgada pela imprensa oficial e comum, a necessidade de que se dê igual divulgação a este ofício, para que não pairem quaisquer dúvidas sobre a lisura com que sempre agiu este representante do Ministério Público no desempenho de suas funções.

Na certeza de, em nenhum instante, ter comprometido a designação com que fui honrado por V. Excia., subscrevo-me com apreço e alta consideração.

São Paulo, 30 de dezembro de 1970.

HÉLIO PEREIRA BICUDO
Procurador da Justiça

Exmo. Sr.
Dr. DARIO DE ABREU PEREIRA
M.D. Procurador Geral da Justiça

APÊNDICE 17

MINISTÉRIO PÚBLICO DO ESTADO DE SÃO PAULO
PROCURADORIA GERAL DA JUSTIÇA DO ESTADO

Exmo. Sr. Dr. Juiz de Direito

Com fundamento nos autos de sindicâncias C-953/70, inquérito policial em apenso e documentos juntos, denuncio a V. Excia., pelos fatos a seguir expostos, os policiais Sérgio Fernando Paranhos Fleury, Ademar Augusto de Oliveira (Fininho I), João Carlos Tralli (Trailler), Argelino Moliterno (Russinho), Ademar Costa (Ademarzinho), José Campos Corrêa Filho (Campão) e José Giovanini, qualificados a fls. e fls., incursos três vezes, nos arts. 121 § 2º, III (meio cruel) e IV (recurso que torna impossível a defesa do ofendido) e 211 do Cap., c.c. arts. 31, **caput**, e 25 do mesmo estatuto.

1. Existiam, operando em São Paulo, no ano de 1968, duas quadrilhas de traficantes de entorpecentes, comandadas, respectivamente por José Iglésias, vulgo "Juca" e Valdemiro Maia, vulgo "Miroca", os quais, num dado instante, se desavieram, contando, a primeira, com a proteção da maioria dos policiais ora denunciados, consoante faz certo relatório incluso, da Comissão Estadual de Investigações.

Durante a luta que, então se travou, assumiu papel relevante a associação dos denunciados, entre si ou com terceiros, compondo o que se convencionou chamar de "Esquadrão da Morte", para a prática de atos criminosos – ilegítimo justiçamento de bandidos, proteção de uns em detrimento de terceiros, atos de vingança e outros.

2. Foi assim que alguns dos componentes deste bando criminoso tentaram contra a vida de Mário dos Santos, conhecido pelo vulgo de "Mário Ladrão" (cf. documento junto), procurando convencê-lo de que deveria lhes dar os endereços dos marginais traficantes de entorpecentes Domiciano Antunes Filho, "Luciano", e Geraldo Alves da Silva, "Paraíba", pois com o primeiro se encontrava um caderno ou caderneta com indicações comprometedoras, reveladoras de intensa corrupção policial.

É que, esses marginais pertenciam ao grupo adverso no tráfico de entorpecentes, dirigido por "Miroca".

Prosseguindo no objetivo de liquidar os membros da quadrilha contrária, ao mesmo tempo em que se decidia o aniquilamento de "Luciano" e "Paraíba", foi incluído na lista de execuções o "alcagüeta" Odilon Machieroni de Queirós, vulgo "Carioca", cujas indiscrições, àquela altura, já preocupavam os participantes do "Esquadrão da Morte".

3. Na noite de dois para três de dezembro de 1968, o referido Odilon Machieroni de Queirós recebeu um convite do denunciado Ademar Augusto de Oliveira para um passeio no seu carro, de marca Simca. Nesse automóvel, avistaram, nas proximidades do Hospital Clemente Ferreira, os aludidos "Luciano" e "Paraíba". Entretanto, não se detiveram nessa oportunidade, rumando, para a rua Duque de Caxias, onde se encontram com os denunciados Fleury, Tralli, Ademar, Giovanini, Angelino e Campos, em cuja companhia retornaram às imediações daquele local, surpreendendo e detendo, na rua da Consolação, as vítimas "Luciano" e "Paraíba". Em seguida, ocupando quatro carros – num deles viajavam Ademar Augusto de Oliveira, Tralli e Odilon, distribuindo-se Fleury, Ademar, Giovanini, Russinho, Campão, "Luciano" e "Paraíba" pelos demais – rumaram para a rodovia Castelo Branco onde, não obstante os rogos de "Luciano", foram, ele e "Paraíba" sumariamente fuzilados pelos denunciados, com inúmeros tiros de arma de fogo de vários calibres, sendo poupado Odilon, depois de ameaçado de morte nas mesmas condições e local, porque alegou ter deixado em mãos de seu advogado uma lista de nomes, onde os acusava como componentes do "Esquadrão da Morte". Nessa ocasião foi retirado do porta-malas de um dos carros o cadáver de pessoa que os jornais identificaram como sendo Paulo Marco Vit, assassinado pelos mesmos denunciados em condições ignoradas, o qual foi jogado ao solo, no mesmo local, com o fim de ocultá-lo (cf. autos de exames de corpo de delito, no inquérito em apenso).

No homicídio de "Luciano" e "Paraíba", e as evidências são no sentido de que no tocante ao terceiro, assim também ocorreu, os denunciados agiram com requintes de crueldade, não deixando às vítimas, naquele duplo homicídio, a menor possibilidade de defesa, circunstâncias que decorrem da própria descrição do fato, onde se verifica que sete policiais, fortemente armados, tripudiaram sobre suas vítimas, tentando impor-lhes, primeiro, um duelo, e, não o conseguindo, desferindo contra elas – incapacitadas de qualquer defesa – inúmeros disparos, com armas de diferentes calibres.

4. Posto em liberdade, por intervenção do denunciado Ademar Augusto de Oliveira, que afirmou lhe daria uma "colher de chá" e que a ameaça de sua execução não passava de brincadeira, Odilon, apavorado, procurou Roberto Teixeira, vulgo "Robertão", que mantinha relações de amizade com o falecido "Paraíba", a quem entregou uma lista de nomes, indicando os componentes do "Esquadrão da Morte", alguns deles responsáveis pelo homicídio dos aludidos "Luciano" e "Paraíba".

Esse bilhete foi trazido a Juízo por Roberto Teixeira, o qual, tendo sido ameaçado por ter dado, anteriormente, proteção a "Paraíba", resolveu solicitar a proteção da Justiça.

Logo em seguida, Odilon – sentindo-se, por igual, ameaçado e agora em situação mais difícil, face à indiscrição de Roberto Teixeira – compareceu também em Juízo onde formalizou acusação contra os denunciados, descrevendo a cena do fuzilamento das vítimas e a retirada do cadáver tido como sendo de Paulo Marco Vit, fatos que ocorreram nas proximidades do quilômetro 32, da Rodovia Castelo Branco, no Distrito de Jandira, dessa comarca.

5. Tais acusações foram repetidas em programa de televisão veiculado pela TV Tupi, onde Odilon compareceu e respondeu a perguntas formuladas pelo jornalista Saulo Gomes, tudo na conformidade da transcrição da fita magnética então gravada, ora junta a esta.

Odilon, contudo, alguns dias depois, ter-se-ia retratado dessas acusações, através de carta enviada à Corregedoria dos Presídios e da Polícia, e publicada pela imprensa. Essa retratação – se realmente existiu como tal – é, todavia, irrelevante, sendo óbvio que resultou de inequívocas ameaças ou violências policiais. E que o aludido Odilon, conhecido dos denunciados e "alcagüeta" da Polícia, foi preso em condições estranhas, às 3 horas do dia 17 de dezembro e posto à disposição do denunciado Sérgio Fleury, conforme boletim de recolha que instrui a Sindicância anexa, tendo sido retirado do DEIC pelo denunciado Ademar Augusto de Oliveira e levado para a residência deste. Essa retratação, que jamais foi enviada à Corregedoria, como se anunciou, foi publicada pelos jornais da manhã do dia 18, o que importa afirmar fora redigida durante o período de detenção de Odilon ou, logo em seguida, quando se achava sujeito ao denunciado Ademar Augusto de Oliveira, sendo, destarte, inteiramente imprestável ao fim a que se destinava. Aliás, tratando-se de pessoa semi-analfabeta, é evidente que só o conteúdo da peça – vasada em razoável português – esclarece a maneira pela qual foi obtida.

Depois disso, Odilon desapareceu da circulação, tudo indicando que tenha sido também executado, no Estado da Guanabara, onde foi encontrado um corpo que corresponde à descrição física de mais essa vítima das violências policiais, como consta dos autos de sindicâncias juntos.

6. Na oportunidade, havendo provas do crime e de sua autoria, impõe-se, **data venia**, a prisão preventiva dos denunciados, nos termos dos arts. 311 e 312 do CPP.

Quanto aos policiais Ademar Augusto de Oliveira, João Carlos Tralli, Angelino Moliterno, Ademar Costa, José Campos Corrêa Filho e José Giovanini, pela circunstância de responderem a processo por delitos de homicídio a pretexto do exercício da função pública (tendo em conta processos de São Paulo, Guarulhos e Suzano, conforme certidões anexas, Ademar Augusto chega à marca de sete atentados contra a vida, Angelino Moliterno e Campos Corrêa à marca de quatro) e por se acharem envolvidos em atos de corrupção e ligados ao tráfico de entorpecentes.

Relativamente ao delegado Sérgio Fernando Paranhos Fleury por estar denunciado, igualmente, por homicídios cometidos a pretexto do exercício da função pública (tendo em atenção processos em Guarulhos e Suzano, conforme certidões anexas, esse denunciado atinge o total de cinco atentados contra a vida) e pela costumeira prática de violências desnecessárias, como aquela retratada em v. acórdão junto a esta. A atitude desse policial, pela posição que ocupa no aparelhamento repressivo do Estado onde, juntamente com elementos de sua equipe, permanece no exercício pleno de suas atividades, é do mais intenso alarma social, o que, **data venia**, por si só, impõe, nos termos da lei processual penal, a decretação da medida excepcional da prisão preventiva, como imposição de ordem pública. A esse respeito, o Egrégio Tribunal de Justiça, ao apreciar, em acórdão relatado pelo eminente desembargador Hoopner Dutra, o pedido de relaxamento de prisão preventiva formulado por Nelson Querido no "habeas corpus" de São Paulo nº 107.763, assim se manifestou: "Levando-se em conta a gravidade da imputação e a gravidade toda especial, relevada no parecer da douta Procuradoria Geral da Justiça, de estar o réu envolvido nas atividades do denominado "Esquadrão da Morte", fato excepcional que exige o decreto da prisão cautelar para garantia da ordem pública", conclusão que bem se adapta à matéria ora proposta à decisão do ilustre Juízo.

7. Diante do exposto, requeiro que R. e A. esta, decretada a prisão preventiva dos denunciados, se prossiga no feito, nos termos dos arts. 394 e seguintes, do CPP, interrogando-se os réus e ouvindo-se, oportunamente, as testemunhas do rol abaixo e submetendo-se-os, afinal, a julgamento pelo Tribunal do Júri.

Nestes termos
P. Deferimento.

Barueri, 12 de fevereiro de 1971.

HÉLIO PEREIRA BICUDO
Procurador da Justiça do Estado

Testemunhas:
1. Roberto Von Haydin,
2. Saulo Gomes,
3. Gonçalo Parada Vaz,
4. Rachid Aluani,
5. Mario dos Santos,
6. Roberto das Neves,
7. Ernesto Massa Gasparette e
8. Carlos Medeiros Passos, todos com endereços nos autos.

APÊNDICE 18

MINISTÉRIO PÚBLICO DO ESTADO DE SÃO PAULO
PROCURADORIA GERAL DA JUSTIÇA DO ESTADO

CERTIDÃO
SOLIDARIEDADE DO COLÉGIO, 1º/Set./1970

CERTIFICO, para os devidos fins, que revendo o livro de atas das reuniões do Colégio de Procuradores da Justiça, a fls. 95v e 96, reunião do dia 1º de setembro de 1970 consta o seguinte: "Com a palavra, o Doutor Gilberto Quintanilha Ribeiro, que propôs que, a exemplo do que aconteceu nos institutos de classe dos advogados e na Magistratura, o Colégio de Procuradores também se manifeste em relação aos membros do Ministério Público que apuram as atividades do chamado Esquadrão da Morte. Apresentou, para isso, a minuta de u'a moção, nos seguintes têrmos: "O Colégio de Procuradores da Justiça do Estado de São Paulo, em reunião ordinária de 1º de setembro, aprovou moção de solidariedade à atuação do Procurador da Justiça Dr. Hélio Pereira Bicudo e seus auxiliares Drs. José Sylvio Fonseca Tavares e Dirceu de Mello, os quais, designados pelo Dr. Procurador Geral da Justiça, vêm dando pleno e cabal cumprimento à incumbência, que lhes foi deferida, de apurar as atividades do chamado "Esquadrão da Morte" 5. Manifestaram-se, sobre o assunto, os Drs. Onésimo Silveira, Wilson Dias Castejón, Joachim Wolfgang Stein e Dario de Abreu Pereira, tendo sido a moção aprovada por unanimidade, com três votos que faziam restrição à expressão "Esquadrão da Morte". O referido é verdade do que dou fé. Dada e passada na Secretaria do Ministério Público, aos dezesseis de dezembro de hum mil novecentos e setenta. Eu, ... (assinatura ilegível) ...., escriturária, a datilografei e eu, Marolí S. Pereira, Chefe da 1ª Secção Administrativa, Substituta Marolí S. Pereira, a subscrevi.

WANDA DINORAH MIANI GOMES
Diretora Divisão Nível II
Substituta

E.M.

COMUNICADO DIVULGADO PELA PROCURADORIA GERAL DA JUSTIÇA

O Colégio de Procuradores da Justiça do Estado de São Paulo, em reunião ordinária efetuada em 1º de setembro de 1970, aprovou moção de solidariedade à atuação do Procurador da Justiça, Dr. HÉLIO PEREIRA BICUDO e seus auxiliares Drs. JOSÉ SYLVIO FONSECA TAVARES e DIRCEU DE MELLO, os quais, designados pelo Dr. Procurador Geral da Justiça, vêm dando pleno e cabal cumprimento à incumbência que lhes foi deferida, de apurar as atividades do chamado "Esquadrão da Morte".

APÊNDICE 19

MINISTÉRIO PÚBLICO DO ESTADO DE SÃO PAULO
PROCURADORIA GERAL DA JUSTIÇA DO ESTADO

EXM° SR. DR. JUIZ DE DIREITO

O procurador da justiça designado, infra-assinado, com base nas sindicâncias ns. C-714/70, C-22/71, C-1.246/70, inquéritos policiais e documentos que esta acompanham, vem, respeitosamente, denunciar a V. Ex.ª os funcionários policiais Olintho Denardi, Hélio Vicente de Paula, Geraldo de Cavalli Almeida, Orlando Trevisan, Leonildo Tangerino, Sérgio Fernando Paranhos Fleury, Vitor José de Almeida (Cabelo Branco), Wilson Palmeira, Astorige Correia de Paula e Silva (Correinha), Walter Brasileiro Polim, João Surreição Frade, Fortunato Donato, Hélio Tavares, José Alves da Silva (Zé Guarda), Severino Gomes de Queiroz e o "alcagüeta" Vicente dos Santos, qualificados às fls., pelos fatos delitivos a seguir descritos e afinal enquadrados nos dispositivos legais pertinentes.

1. As vítimas, logo a seguir mencionadas, em diversas épocas, no ano de 1970, foram sendo recolhidas ao Presídio Tiradentes, como presos correcionais, conforme se verifica das fichas e documentos constantes das sindicâncias anexas, podendo-se especificar que, respectivamente, deram entrada naquela Casa, João Rosa, a 26/4/70; Benedito de Morais (Lampião), a 6/7/70; Climério Rosa de Jesus, a 7/7/70; Benedito Conceição da Silva (Bodão), a 9/7/70; Rubens Saturnino, Valdevino Lisboa da Costa, Antônio dos Santos e João Piloto, em datas que não puderam ser apuradas com precisão, mas que se situam, seguramente, entre abril e julho do mesmo ano.

2. Elucidativas, a respeito, as medidas que familiares de um deles, Rubens Saturnino, tentaram tomar, sujeitando-se, inclusive, a solicitações de dinheiro por parte do carcereiro Hélio Vicente de Paula, no objetivo de obter, primeiro a liberdade e depois o paradeiro dêsse detento.

3. No dia 17 de julho de 1970, o investigador de polícia Agostinho Gonçalves Carvalho foi morto num encontro com marginais, por Adjuvan Nunes. Movimentou-se, então, o chamado "Esquadrão da Morte" – associação de policiais entre si ou com terceiros, para o ilegítimo justiçamento de bandidos, além de outras práticas ilícitas, cujas atividades como grupo criminoso estão sendo apuradas em sindicância apartada – prometendo, atra-

vés de seu "relações públicas", conforme noticiaram os jornais, a morte de vinte e oito marginais, em desagravo daquela do aludido policial.

Entre os homicídios prometidos e levados a cabo, contam-se, com certeza, os de sete das vítimas mencionadas, retiradas, entre outras, em condições dramáticas do Recolhimento Tiradentes, em duas levas distintas, com o conhecimento e conivência do diretor do estabelecimento, o delegado Olintho Denardi e de funcionários subalternos, prestando-se, ao depois, o mesmo delegado, com alguns desses servidores, sem ignorar o desígnio pretendido, à prática de atos delitivos perfeitamente definidos, no intento de acobertar os homicídios em questão.

4. Assim, no fim da tarde do mesmo dia 17 de julho de 1970, por volta das 18 horas, compareceram ao presídio os policiais Sérgio Fernando Paranhos Fleury, Vitor José de Almeida, Wilson Palmeira, Astorige Correia de Paula e Silva, Walter Brasileiro Polim, João Surreição Frade, Fortunato Donato e mais dois investigadores, um deles conhecido como "Lourival" e outro cujo nome não se poude apurar, alto, vermelho, calvo, com aparência de alemão, os quais – na presença de Olintho Denardi, que assim criou, deliberadamente, condições materiais para a execução das vítimas – solicitaram ao carcereiro Geraldo de Cavalli Almeida lhes fôssem entregues, sem maiores formalidades, os detentos Climério Rosa de Jesus, Benedito Conceição da Silva, João Rosa, Rubens Saturnino e Valdivino Lisbôa da Costa, cooperação que nesse sentido lhes foi dada, informando às vítimas que nada poderia fazer por elas, às quais seria concedida "uma liberdade meio esquisita".

Mais tarde, no mesmo dia, apareceram no aludido presídio os policiais Hélio Tavares, José Alves da Silva e Waldemar, este investigador da Equipe I, da Divisão de Crimes Contra o Patrimônio – os quais ainda na presença do denunciado Olintho Denardi e com seu assentimento, criando-se, assim, deliberadamente, condições materiais para a execução das vítimas – retiraram, com o concurso do carcereiro Hélio Vicente de Paula, os detentos Benedito de Morais, Antônio dos Santos e João Piloto, os quais imploraram por suas vidas, mas, assim mesmo, foram entregues, sendo de notar-se que o carcereiro Hélio solicitou e obteve, na ocasião, de Benedito de Morais, uma japona vermelha à guisa de "recordação".

5. As vítimas Climério, Saturnino, Benedito Conceição da Silva, João Rosa e Valdivino Lisbôa da Costa foram levadas em duas viaturas pelos denunciados Fleury, Vitor, Palmeira, Frade, Correinha, Brasileiro, Donato e aqueles apontados, mas não identificados, como "Lourival" e "Alemão", e por eles fuzilados, os quatro primeiros, por volta das 21,30 horas, nas terras da fazenda "Costa", Bairro das Lavras, nas proximidades de Guarulhos, com inúmeros disparos de armas de fogo de calibres "38" e "45", como fazem certo os autos de exame constantes dos autos em anexo, não se ten-

do, entretanto, até o presente, notícia de que fôra feito com o último deles, que se encontra desaparecido, e, presumivelmente, morto.

6. As vítimas Benedito de Morais e Antônio dos Santos, retiradas e conduzidas, por igual, em viaturas policiais, no mesmo dia 17, foram fuziladas na noite de 17 para 18, numa estrada municipal nas proximidades do quilômetro 132, da estrada, estadual para Poços de Caldas, em Santo Antônio da Posse, comarca de Mogi Mirim, pelos denunciados Hélio Tavares, José Alves da Silva e Waldemar, mediante disparos de armas de fogo de calibres "32" e "38" e cartuchos de 9 mm., como consta dos autos em anexo.

7. Os mesmos policiais citados no item 6, coadjuvados, agora, pelo investigador Severino Gomes de Queiroz e pelo "alcagueta" Vicente dos Santos, conduziram João Piloto, nesse mesmo dia 17, para Ferraz de Vasconcelos, de cuja cadeia foi depois retirado e morto por eles, na noite de 18 para 19, mediante disparos de armas de fogo de calibre "38", vítima essa encontrada no dia 19 desse mesmo mês, em local ermo, na rua Caetano Rúbio, com um pequeno cartaz onde se notam dizeres alusivos às atividades do chamado "Esquadrão da Morte".

8. Na tentativa de encobrir a permanência das vítimas no Recolhimento Tiradentes, funcionários desse presídio e do Departamento Estadual de Investigações Criminais, usaram de vários artifícios, entre os quais se destaca a falsificação de datas nas fichas do DARC (fatos cuja apuração, oportunamente, será promovida), e de documento da Secção de Valores daquele Recolhimento, bem como a subtração, em proveito de alguns deles, de valores de um dos presos.

Possuindo a vítima Benedito de Morais determinada a importância em dinheiro – cerca de oitenta cruzeiros – esta quantia foi apreendida em suas mãos pela direção do estabelecimento e depositada na Secção de Valores do Presídio.

Documentado que ficou, com registro em livro próprio, o depósito do dinheiro, ocorrendo a subseqüente retirada pelos denunciados, de Benedito de Moraes e sua execução posterior, era necessário que se "regularizasse" a escrituração existente, pois, de outro modo, uma pista seria deixada a possíveis investigações.

É que, no sistema burocrático adotado no Recolhimento Tiradentes, os valores arrecadados ao preso no início da detenção, somente são devolvidos, quando em liberdade, mediante recibo, por ele firmado.

Imaginou-se, então, e assim se fez, com a aquiescência e conhecimento do denunciado Olintho Denardi e concurso do chefe da aludida Secção de Valores, Orlando Trevisan, a falsificação da assinatura de Benedito de Morais no recibo ao Presídio, assinatura, afinal, imitada pelo carcereiro Leonildo Tangerino, dando-se sumisso ao dinheiro (cf. laudo pericial do IPT e depoimentos constantes das sindicâncias anexas). Um dos carcereiros –

Geraldo de Cavalli Almeida – blasonou que ficaria com aquela importância. Esqueceram-se, porém, os denunciados, de que a permanência dessa vítima no presídio, depois da data constante do recibo, era certificada por documentos encontrados no próprio estabelecimento carcerário.

9. Restou, destarte, evidenciado o conluio do diretor Olintho Denardi com seus funcionários, que são de sua confiança, para a prática de uma "mise-en-scène" – da qual participaram outros funcionários do DEIC, não identificados, destinada a encobrir a mencionada retirada de presos, conforme se asseverou, numa evidente conivência com a ação dos policiais denunciados, do que resultou o homicídio cruel e por vingança, de homens inocentes da morte do investigador Agostinho Gonçalves de Carvalho, e o desaparecimento de um deles.

10. Os fatos relatados são, como vê, do mais intenso alarma.

Por sua vez, agravados com a situação de servidores públicos dos denunciados, precisam e devem ser encarados com a maior seriedade, decretando-se contra os mesmos a medida excepcional da prisão preventiva, servindo de fundamento ao pedido de aresto imediato, não só as circunstâncias ora expostas, como o fato de que os denunciados, na sua maioria, respondem por grande número de processos por delitos de homicídio, a pretexto do exercício da função pública e vários deles estão implicados em atos de corrupção ligados ao tráfico de tóxicos, tudo nos termos dos arts. 311 e 312, do CPP.

11. Estão, assim, incursos, Olintho Denardi, sete vezes no artigo 121, § 2º, II – (meio cruel) e IV (recurso que torna impossível a defesa do ofendido), pelo homicídio dos detentos Climério Rosa de Jesus, Benedito Conceição da Silva, João Rosa, Rubens Saturnino, Benedito de Morais, Antônio dos Santos e João Piloto, e nos artigos 148, § 1º, III (pelo seqüestro de Valdivino Lisbôa da Costa, 297, § 1º e 312, § 1º, c.c., artigos 51 e 25, todos do CP.; Hélio Vicente de Paula, três vezes no artigo 121, § 2º, III (meio cruel) e IV (recurso que torna impossível a defesa do ofendido), pelo homicídio dos detentos Benedito de Morais, Antônio dos Santos e João Piloto e 317, c.c. artigos 51 e 25, todos os CP.; Geraldo de Cavalli Almeida, três vezes no artigo 121, § 2º, III (meio cruel) e IV (recurso que torna impossível a defesa do ofendido), pelo homicídio de Climério Rosa de Jesus, Benedito Conceição da Silva, João Rosa e Rubens Saturnino, e no artigo 148, § 1º, III, pelo seqüestro de Valdivino Lisboa da Costa; Sérgio Fernando Paranhos Fleury, Vitor José de Almeida, Wilson Palmeira, Astorige Correia de Paula e Silva, Walter Brasileiro Polim, João Surreição Frade e Fortunato Donato, todos, quatro vezes, nos artigos 121, § 2º, III (meio cruel) e IV (recurso que torna impossível a defesa do ofendido), pelo homicídio dos detentos Climério Rosa de Jesus, Benedito Conceição da Silva, João Rosa e Rubens Saturnino, e 148, § 1º, III, pelo seqüestro de Valdivino Lisbôa da Costa, c.c. artigos

51 e 25, todos do CP.; Hélio Tavares e José Alves da Silva, três vezes no artigo 121, § 2º, III (meio cruel) e IV (recurso que torna impossível a defesa do ofendido), c.c. artigos 51 e 25, todos do CP., pelo homicídio de Benedito de Moraes, Antônio dos Santos e João Piloto; Severino Gomes de Queiroz e Vicente dos Santos, no artigo 121, § 2º, III (meio cruel) e IV (recurso que torna impossível a defesa do ofendido) c.c. artigos 51 e 25, todos do CP, pelo homicídio de João Piloto; Orlando Trevisan e Leonildo Tangerino, nos artigos 297, § 1º, c.c. artigo 25, todos do CP.

12. Tratando-se, embora, de delitos praticados em várias comarcas, a competência, **data venia**, nos têrmos do artigo 76, I e II c.c. artigo 78, II, "b", todos do CPP, cabe a esse douto Juízo, pois, nessa comarca, foi praticado maior número de crimes, aos quais se cominam as penas mais graves.

13. Diante do exposto, requeiro que, recebida, distribuída e autuada esta, decretada a prisão preventiva de todos os denunciados, se instaure contra eles o competente processo penal, interrogando-se e ouvindo-se, oportunamente, as testemunhas e vítimas infra arroladas.

Testemunhas:
1. José Rubens dos Santos
2. José Acácio Onofre
3. Wagner da Costa
4. Reinaldo Peixe Filho
5. Olívia Duarte Dhein
6. Luis Carlos Celestino
7. Benedito Bueno da Silva
8. Luis Budrin Lopes e,
Catarina Soares Barbosa (vítima).

Guarulhos, 20 de abril de 1971.

HÉLIO PEREIRA BICUDO
Procurador da Justiça

APÊNDICE 20

EXMO. SR. DR. JUIZ DE DIREITO DA COMARCA DE SÃO BERNARDO DO CAMPO

O Procurador da Justiça designado, infra-assinado, com fundamento na sindicância C-1.191/70, inquérito policial e documentos anexos, vem denunciar a V. Exa. os policiais SÉRGIO FERNANDO PARANHOS FLEURY, ADHEMAR AUGUSTO DE OLIVEIRA "FININHO I", ASTORIGE CORRÊA DE PAULA E SILVA "CORREINHA" e JOSÉ ALVES DA SILVA "ZÉ GUARDA", qualificados nos autos, pelos fatos delituosos que passa a expor:

1. PARAGIDE Marinho, conhecido pelo vulgo de "PIRATA", encontrava-se detido no Recolhimento Tiradentes, em São Paulo, desde 24 de janeiro de 1969, quando passou a receber ameaças de que seria eliminado pelo "Esquadrão da Morte", circunstância que informou a seus companheiros de prisão, fazendo-o, por igual, ao religioso que, na ocasião, prestava assistência espiritual aos detentos desse recolhimento. Essa circunstância das ameaças, diga-se, chegou a ser até anunciada pela imprensa (documentos juntos).

No dia 20 de fevereiro daquele ano, em hora que não se pode precisar, mas que se supõe tenha sido no período da tarde, compareceram ao aludido Recolhimento Tiradentes os policiais Sérgio Paranhos Fleury, Adhemar Augusto de Oliveira e Astorige Corrêa de Paula e Silva, os quais, contando com a colaboração e o auxílio de José Alves da Silva, tido por muitos detentos como um dos diretores daquele estabelecimento e apontado como responsável por habituais torturas e sevícias a presos, retiraram Paragide Marinho da cela onde se encontrava, com intenção inequívoca de matá-lo, conduzindo-o, em viatura policial, até a estrada Maria Cristina, no bairro de Eldorado, comarca de São Bernardo do Campo, onde todos os denunciados desfecharam, contra êle, inúmeros disparos de arma de fogo de vários calibres, inclusive "44", causando-lhe a morte, consoante faz certo o laudo de exame de corpo de delito, tudo na forma pela qual agia o chamado "Esquadrão da Morte", associação de determinados policiais para o ilegítimo justiçamento de marginais e outras práticas criminosas, atividades que, em processo apartado, estão sendo apuradas, ficando o corpo da vítima oculto à margem daquela estrada. De notar-se que o denunciado José Alves da Silva, ao tempo, funcionário do Recolhimento Tiradentes (assistente do diretor, delegado Hélio Tavares), praticou os fatos com abuso de autoridade (Lei nº 4.898, de 9 de dezembro de 1965), delito que se não articula nesta denúncia, pelo motivo da ação penal correspondente ter sido alcançada pela prescrição.

2. Requeiro seja decretada a prisão preventiva dos denunciados, desde que está demonstrada a existência do crime e indicada, claramente, a sua autoria.

A medida "data venia" se impõe nos têrmos dos arts. 311 e 312, do Código do Processo Penal. Quanto aos policiais Adhemar Augusto de Oliveira, Astorige Corrêa de Paula e Silva e José Alves da Silva, pela circunstância de responderem a processos outros por crime de homicídio (conforme certidões juntas) e por se acharem envolvidos em atos de corrupção ligados ao tráfico de entorpecentes (conforme documentos apresentados). Relativamente ao delegado Sérgio Fernando Paranhos Fleury, impõe-se a prisão preventiva, por estar denunciado, igualmente, por diversos homicídios (tendo em atenção processos de Guarulhos, Suzano e Barueri, consoante certidões anexas, esse denunciado atinge o total de nove atentados contra a vida, com participação ativa e preponderante em todos eles), e pela costumeira prática de violências desnecessárias contra pessoas, como aquela retratada em v. acórdão junto a esta denúncia.

Acresce que a atitude desse policial (delegado Fleury), pela posição que ocupa no aparelhamento repressivo do Estado, onde, juntamente com elementos de sua equipe, permanece no exercício pleno de suas atividades, é do mais intenso alarma social, o que, "data venia", por si só, aconselha, nos têrmos da lei processual penal, a decretação da medida excepcional, como imposição de ordem pública. A esse respeito, o Egrégio Tribunal de Justiça do Estado, ao apreciar, em acórdão relatado pelo eminente Desembargador Hoepner Dutra, o "habeas corpus" nº 107.763, de São Paulo, assim se manifestou: "levando-se em conta a gravidade da imputação e a gravidade tôda especial, revelada no parecer da douta Procuradoria Geral da Justiça, de estar o réu envolvido nas atividades do denominado "Esquadrão da Morte", fato excepcional que exige o decreto da prisão preventiva cautelar para garantia da ordem pública" (cf. documento anexo), conclusão que bem se adapta à matéria ora proposta à decisão do ilustre Juízo.

3. Estão, assim, os denunciados, incursos nos delitos dos arts. 121, § 2º, ns. III (meio cruel, evidenciado pelas condições em que ocorreu a retirada da vítima do presídio e pelo próprio ato executivo do homicídio, cometido mediante inúmeros disparos de armas de fogo de vários calibres) e IV (recurso que dificulta ou torna impossível a defesa do ofendido, informado pela maneira de agir dos denunciados, vários, que acuaram a vítima, de

pijama e inteiramente entregue a eles, desfechando-lhe tiros nas costas e pela frente) e 211, c.c. os arts. 51, "caput", e 25, todos do Código Penal, pelo que requeiro que se lhes instaure o competente processo penal, na forma dos arts. 394 e seguintes e 406 e seguintes, do Código do Processo Penal, para que, afinal, sejam pronunciados e submetidos a julgamento pelo Tribunal do Júri, ouvindo-se, oportunamente, as testemunhas infra-arroladas.

Testemunhas:

Rol de Testemunhas:
1. Jurandir Pedro da Silva
2. José Carlos Spadari
3. Claudinei Vicari
4. Marcello Duarte D. Oliveira (Frei Agostinho)
5. Paulo Nogueira Neto
6. Maria Aparecida do Amaral Marinho
7. Valton Lopes de Albuquerque, e
8. Antônio Carvalho, todos com endereços nos autos.

São Bernardo do Campo, 18 de junho de 1971.

HÉLIO PEREIRA BICUDO
Procurador da Justiça

APÊNDICE 21

"O ESTADO DE SÃO PAULO" – 27/5/1971

STF NEGA O "HABEAS" A FLEURY POR 6 A 3

DA SUCURSAL DE BRASÍLIA

Por seis votos a três, o Supremo Tribunal Federal negou ontem concessão de "habeas corpus" ao delegado Sérgio Fleury, **que tencionava trancar ação penal que corre contra ele na comarca de Guarulhos, em São Paulo. A sessão foi muito movimentada, sendo o presidente da corte, ministro Aliomar Baleeiro, obrigado a fazer soar várias vezes a campainha para interromper as inflamadas discussões.**

Contra a concessão do pedido de "habeas corpus" votaram os ministros Luis Galotti (relator), Bilac Pinto, Djaci Falcão, Eloy da Rocha, Osvaldo Trigueiro e Adalício Nogueiro. A favor votaram Antônio Neder, Thompson Flores e Amaral Santos. O STF havia adiado duas vezes a decisão, em conseqüência dos pedidos de vista dos ministros Thompson Flores e Amaral Santos.

A DECISÃO

Apesar de votarem favoravelmente à concessão do "habeas corpus" ao delegado Fleury, os ministros Antônio Neder, Thompson Flores e Amaral Santos esclareceram que o faziam sem prejuízo da ação penal que deveria ser impetrada por autoridade competente. Isso porque, acolhendo o parecer do procurador-geral da República, os três consideraram o procurador Hélio Bicudo incompetente para oferecer denúncia em juízo de primeira instância.

Conseqüentemente, houve unanimidade na negativa à solicitação de trancamento da ação penal a que respondem o delegado Fleury e outros 16 policiais acusados de terem fuzilado o marginal **Antônio de Souza Campos**, mais conhecido por "Nego Sete", e ocultado o seu cadáver. O procurador-geral da República havia opinado a favor do trancamento, incompetência do procurador e "inépcia da denúncia".

Nenhum dos juízes do STF considerou a denúncia inépta ou falha, acompanhando-se o voto do relator Galotti, que disse: "Penso que não deve caber ao Supremo Tribunal Federal, contrariamente à orientação unânime do Tribunal de Justiça de São Paulo, impedir, trancando a ação penal no seu início, que a verdade se apure sobre fatos tão graves e de tanta repercussão, dentro e fora do País, em detrimento, inclusive, da imagem a que ele faz jus. O que convém, creio eu, é que se veja afinal, pela palavra derradeira da Justiça, se os acusados são inocentes ou culpados."

"BARBARISMO"

Nas sessões anteriores do julgamento do pedido de "habeas corpus" a favor do delegado Fleury já haviam votado o relator e os ministros Bilac Pinto, Antonio Neder e Tohmpson Flores. Ontem, o primeiro a votar foi o ministro Amaral Santos, que na quarta-feira passada pedira vista do processo, ao proferir seu voto, disse que "os crimes atribuídos ao chamado "Esquadrão da Morte" perturbam a Nação estarrecida e atravessam as fronteiras do País, levando para o exterior uma imagem de barbarismo sem precedentes em nossa história".

A seguir, o relator Luis Galotti respondeu aos argumentos de Antônio Neder e Thompson Flôres quanto à incompetência do procurador Bicudo. Galotti lembrou que a nulidade não foi arguida pela defesa mas pelo Ministério Público. E acrescentou: "A defesa não alegou qualquer prejuízo com a intervenção do procurador de Justiça." Na petição inicial, o advogado Leonardo Frankenthal, patrono de Fleury, alegou apenas que a "denúncia era falsa", sem entrar no mérito da competência do procurador Bicudo. O fato foi trazido ao processo pelo procurador-geral da República, professor Xavier de Albuquerque.

APARTES

Durante o aditamento ao voto já proferido, o ministro Galotti foi várias vezes aparteado pelos ministros Amaral Santos e Antônio Neder. O primeiro repetiu "não apoiado" várias vezes, com certa irritação. O presidente da corte tentou negar a palavra ao ministro Thompson Flores com base no regimento do Supremo, perguntando: "O ministro vai modificar o voto brilhante que proferiu?" A essa altura, a assistência que lotava a sala de sessões prorrompeu em risos.

No novo debate que se seguiu, o presidente Aliomar Baleeiro concedeu a palavra ao ministro Thompson Flôres "dada a importância do tema". Reiniciada a votação, falou o ministro Djaci Falcão, também aparteado várias vezes, Baleeiro acionou seguidamente a campainha para pedir ordem aos ministros, tendo Amaral Santos alegado que o assunto era "apaixonante".

Em determinado momento, com irritação, disse Baleeiro: "Ninguém pretende persuadir o companheiro. Nosso papel é diferente ao dos patronos da causa." Novamente a assistência riu.

VOTO LONGO

O voto do ministro Eloy da Rocha foi longo e sua leitura foi interrompida diversas vezes. Os votos dos ministros Oswaldo Trigueiro e Adalício Nogueira foram rápidos, limitando-se os autores a proferi-los, considerando encerrado o assunto.

CONFLITO

Embora não fosse fácil fazer qualquer prognóstico a respeito, a decisão do Supremo Tribunal Federal não causou maiores surpresas. Alguns observadores chegaram inclusive a prever o resultado de 6 a 3, contra a concessão do "habeas corpus" a Fleury, baseando-se nos debates travados nas duas sessões anteriores e na votação da questão de ordem suscitada pelo procurador-geral da República, pretendendo sustar o julgamento até que o STF decidisse da competência da Justiça comum ou da militar para julgar os componentes do "Esquadrão da Morte". A votação da questão de ordem repetiu o resultado da primeira sessão, a 12 deste mês: os ministros Antônio Neder, Amaral Santos e Thompson Flores manifestaram-se pela sustação do julgamento, e os demais votaram contra ela.

O conflito de jurisdição entre a Justiça Militar e a comum de São Paulo continua no STF, devendo a matéria ser transferida ao Tribunal Federal de Recursos, sòmente depois de publicado o acórdão no "Diário da Justiça".

APÊNDICE 22

2ª AUDITORIA DE EXÉRCITO
2ª CIRCUNSCRIÇÃO JUDICIÁRIA MILITAR

EXMO. SR. DR. JUIZ AUDITOR DA 2ª AUDITORIA DA 2ª CIRCUNSCRIÇÃO JUDICIÁRIA MILITAR.

O Procurador Militar, abaixo assinado, junto a esta Auditoria, no exercício de suas funções, e com fundamento nos inclusos autos, vem denunciar ERNESTO MILTON DIAS, SÉRGIO FERNANDO PARANHOS FLEURY, ALBERTO BARBOUR, WALTER BRASILEIRO POLIM ("Brasileiro"), JOÃO BRUNO ("Bruno"), ASTORÍGE CORRÊA DE PAULA E SILVA ("Correinha"), ANGELINO MOLITERNO ("Russinho"), ANTONIO AUGUSTO DE OLIVEIRA ("Fininho II"), EDUARDO XAVIER ("Xavier"), NATANAEL GONÇALVES DE OLIVEIRA ("Nataniel"), JOSÉ GUSTAVO DE OLIVEIRA ("Gustavo"), CLEOMENES ANTUNES ("Goiano"), JOÃO CARLOS TRALLI ("Trailler"), JOSÉ CAMPOS CORREA FILHO ("Campão") e ABILIO ARMANDO ALCARPE, qualificados nos autos à fls., como incursos nas sanções dos arts. 29, 47, 49, I, do Dec. Lei nº 898, de 21 de setembro de 1969, c.c. art. 53 do Código Penal Militar (Dec. Lei nº 1.001, de 21/10/69) pelos fatos delituosos que passa a expor.

2. Consta dos presentes autos que no dia 16 de abril de 1970 transato, cêrca das 7:00 horas, foram encontradas na Estrada de Pedreira – Nova Tupã, no bairro do Retiro, a 6 km. da cidade de Arujá, neste Estado, dois cadáveres, do sexo masculino, sendo um de côr parda e outro branca apresentando ambos os cadáveres ferimentos à bala, sendo um com cinco projéteis de arma de fogo e o outro com quatro, todos de cal. 38, tudo conforme os laudos de exame de corpo de delito de fls. 27 e 30 e laudo do IPT de fls. 54.

Consta, também, que no dia 5 de junho de 1970 p.p., no local denominado Cascalheira, na Fazenda "Maracatu", no município de Guararema, neste Estado, também foi encontrado um cadáver do sexo masculino, em adiantado estado de decomposição, e que, conforme laudo de exame de corpo de delito de fls., apresentava um único ferimento causado por um projétil de arma de fogo, cal. 38, causa da morte da vítima.

Apurou-se que as duas primeiras vítimas foram identificadas como sendo Roberto Virgílio do Nascimento (ou Carlos Alberto da Silva ou Francisco da Silva, ou Rubens de Freitas), com cerca de 23 anos de idade, e, embora de pouca idade, era conhecido como perigoso marginal, com diversas passagens pela Polícia e condenações pela Justiça Criminal do Estado, por crimes contra o patrimônio, conforme atesta os documentos de fls. 282. Por sua vez, a segunda vítima foi identificada como sendo Eduardo Augusto Bartolo, português, com cêrca de 21 anos de idade, já conhecido no mundo do crime como viciado em entorpecentes, e autuado várias vezes pela prática do crime do art. 281 do Código Penal Comum (comércio clandestino ou facilitação de uso de entorpecentes), conforme se vê de fls. 283.

Todavia, malgrado os esforços das autoridades policiais e do encarregado do IPM, não foi possível apurar-se a identidade da última vítima (a encontrada em Cascalheira) dado o estado de decomposição em que foi achada.

Dadas as circunstâncias que envolveram aqueles homicídios, cujas vítimas foram mortas por diversos disparos de arma de fogo, tendo em vista ainda os antecedentes criminais das mesmas, já de início, ao tomar ciência da "notitia criminis", o ilustre Promotor Público da comarca de Santa Izabel, ao solicitar a instauração do competente inquérito policial, já admitia que se tratava de vítimas do denominado "Esquadrão da Morte" (fls. 19 e 46).

Muito embora, durante as investigações policiais, que, inicialmente, estiveram a cargo das Delegacias de Polícia de Arujá e de Guararema, e, posteriormente, foram objeto do IPM instaurado por determinação do Exmo. Sr. Comandante do IIº Exército, face ao ofício de fls. 6 do Exmo. Sr. Secretário da Segurança Pública do Estado, – neguem os ora denunciados a prática dos crimes de que dão notícia os presentes autos, os indícios aqui existentes permitem concluir que "clara e direta é a conexão entre os denunciados e aquelas mortes, pois, segundo o curso ordinário das coisas, não é possível imputar a outrem a autoria daqueles crimes." (art. 382 do Código de Processo Penal Militar).

De fato, os denunciados, os três primeiros Delegados de Polícia, e, os demais, investigadores e policiais, todos na ocasião dos fatos se encontravam no serviço ativo da Polícia e na repressão ao crime, portando todos eles de um modo geral arma de fogo, cal. 38, que é o mesmo dos projéteis que deram causa à morte das vítimas.

Por outro lado, as vítimas foram encontradas em locais próximos a outros onde também ocorreram homicídios semelhantes, também atribuídos ao "Esquadrão da Morte".

Como se vê da denúncia de fls. 107, oferecida pelo ilustre Procurador da Justiça do Estado, Dr. Hélio Bicudo, perante o M. Juiz da comarca de Guarulhos, os denunciados são acusados da morte de Antonio de Souza Campos (vulgo "Nego Sete"), ocorrida no dia 23/11/1968, e ali estão sendo processados por este crime. Nessa peça vestibular, diz o eminente representante do Ministério Público: "da mesma sorte que em casos semelhantes, verificou-se na espécie, autêntica associação dos denunciados, entre si ou com terceiros, compondo o que se convencionou chamar "O Esquadrão da Morte", para a prática de atos criminosos – **ilegítimo justiçamento de bandidos, atos de vingança e outros**, cuja apuração, em tempo oportuno, e à parte, será providenciada." (fls. 107)

Ocorre, ainda, que os denunciados estão também sendo processados perante os Juízes das comarcas de Suzano, Barueri e São Paulo, aqui na 1ª Vara Auxiliar do Júri (fls. 104, 107 e 286), pela prática de crimes da mesma natureza, isto é, homicídios de marginais, todos semelhantes entre si quanto a sua motivação e execução.

Destarte, o presente inquérito apurou infrações conexas àquelas outras que estão sendo processadas perante a E. Justiça Comum, praticadas pelos denunciados, que, **por fas ou por nefas**, puseram em prática o justiçamento de bandidos, atos de vingança e outros.

Assim, não resta a menor dúvida que os denunciados, integrando o que a imprensa, escrita, falada e televisionada, as próprias autoridades e eles próprios, que se davam ao requinte e à ousadia de fazerem a apologia de seus nefandos crimes, através de personagem que se tornou notório como o "Lírio Branco", cognominaram o "Esquadrão da Morte", fazendo justiça pelas próprias mãos, sob os mais variados propósitos, por vingança ou a serviço de grupos traficantes de entorpecentes (fls. 286), estavam unidos entre si ou com terceiros, numa verdadeira "societas sceleris", substituindo de maneira primitiva, ilegal e atentatória aos princípios que regem os direitos humanos, a ação legítima do órgão repressivo do Estado, impedindo, assim, ou dificultando o funcionamento desse serviço essencial do Estado, pelo que mereceram amplamente o repúdio da Justiça e da opinião pública.

Aliás, como se vê da inclusa documentação, o fato extravasou as fronteiras do país, sendo objeto de larga exploração pela imprensa alienígena, que aproveitou a ensancha para prosseguir na ostensiva campanha difamatória contra o Brasil.

O fato, na verdade, é de tal gravidade que chegou a ser incluído dentre as matérias que foram debatidas no IV Congresso das Nações Unidas, recentemente realizado em Quioto, no Japão, referente à prevenção do crime e tratamento dos delinqüentes, quando o eminente professor Paulo José da Costa, representante do Brasil naquele conclave, afirmou: "o problema do "Esquadrão da Morte", tão explorado pela imprensa estrangeira, que tem procurado denegrir o nosso país. Confessamos a existência do "Esquadrão", mas salientamos que boa parte dos crimes a ele atribuídos constitui fruto da vingança dos próprios criminosos que integram as várias quadrilhas que se degladiam" (doc. anexo).

Daí, a tipificação dos fatos como atentatória à Segurança Nacional, pois, a criminosa ação desenvolvida pelos denunciados, que pertencem aos quadros da Polícia de São Paulo, objetiva pressões antagônicas, produzindo tensões na opinião pública (exploração do fato pela imprensa nacional e estrangeira), insegurança na população, descrédito no aparelho repressivo do Estado e na confiança da Justiça, impedindo, assim, a consecussão dos objetivos nacionais.

Isto posto, espera seja recebida a presente denúncia, citados os denunciados, inquiridas as testemunhas abaixo arroladas e observadas as demais formalidades legais.

São Paulo, 3 de março de 1971.

DURVAL A. MOURA DE ARAÚJO
Procurador

Rol de Testemunhas.
1. Pedro Gonçalves da Silva, fls. 202
2. José Benedito dos Santos, fls. 204
3. Humberto Ribeiro Santos, fls. 215
4. Luiz Diniz Pedra, fls. 238

MINISTÉRIO PÚBLICO DO ESTADO DE SÃO PAULO
PROCURADORIA GERAL DA JUSTIÇA DO ESTADO

MM. Juiz Corregedor dos Presídios

1. O representante do Ministério Público perante a Justiça Militar denunciou vários policiais pela morte de três marginais encontrados nos municípios de Arujá e Guararema, deste Estado, como incursos nos arts. 29, 47, 49, I, do decreto-lei 898, de 21 de setembro de 1969, c.c. art. 53, do Código Penal Militar.

Concluindo que o presente processo se refere a crime da mesma natureza, embora não haja identidade de acusados, o MM. juiz auditor da 2ª Auditoria da 2ª Circunscrição Judiciária Militar oficiou a V. Excia. solicitando fosse reconhecida a sua competência para decidir da matéria, com a remessa dos autos àquela Auditoria Militar.

2. A declinatória, **data venia**, não tem procedência.

Em primeiro lugar, a Lei de Segurança Nacional, diploma de caráter especial, tem de ser, segundo a melhor hermenêutica, interpretada de maneira restritiva, não sendo admissível qualquer extensão no seu entendimento, consoante, aliás, se depreende do disposto no seu art. 7º (Dec.-lei 898/69).

Pretende o ilustre procurador da Justiça Militar, que a espécie que descreve – e bem assim aquela retratada nos presentes autos – tipifica fatos atentórios da segurança nacional, pois, segundo afirma "a criminosa ação desenvolvida pelos denunciados, que pertencem aos quadros da Polícia de São Paulo, objetiva pressões antagônicas, produzindo tensões na opinião pública (exploração do fato pela imprensa nacional e estrangeira), insegurança na população, descrédito no aparelho repressivo do Estado e na confiança da Justiça, impedindo, assim, a consecussão dos objetivos nacionais".

Ora, o crime, em geral, provoca antagonismos e tensões na opinião pública, que se podem antepor à consecução dos objetivos nacionais. Nos crimes contra a segurança nacional esses objetivos esbarram, de um lado, na guerra psicológica adversa ou revolucionária, definidas nos §§ 2º e 3º do art. 3º, do aludido dec.-lei 898/69; e de outro, nas ameaças e pressões de qualquer origem, forma ou natureza, que se manifestem ou produzam efeito no País (§ 1º, do art. 3º, do mesmo decreto-lei).

Na espécie, sòmente haveria falar em "crime contra a segurança nacional" se os atos narrados no presente feito se encartassem de maneira completa nas definições aludidas, interpretadas de maneira restritiva.

Os réus não se utilizaram, de evidência, da "guerra psicológica adversa", e muito menos provocaram a "guerra revolucionária".

E, por igual, não perturbaram a segurança interna, através de ameaças ou pressões antagônicas.

Tão sòmente, arvorados em "justiceiros" por eles próprios, praticaram atos delitivos comuns, na inequívoca intenção de favorecer determinados grupos criminosos em detrimento de outros.

Esta desmoralização – se existente – seria resultante de eventual proteção que lhes têm sido dispensada.

E muito menos em descrédito do aparelho repressivo do Estado e na confiança da Justiça, propiciando, até mesmo, através da atuação decidida do Poder Judiciário Paulista, um clima de confiança nas Instituições, onde os delinqüentes, quaisquer que sejam, são submetidos, por forma imparcial, à ação da Justiça.

A circunstância de se ter o fato estravasado para a imprensa estrangeira, não é decorrência do crime ou elemento que o integre. Da mesma maneira, não o qualifica ainda neste passo, como atentatório da Segurança Nacional, pois não foi praticado com esse fim, mas tendo em vista outros objetivos ilícitos, já apontados.

3. E muito menor fundamento, tem o pedido, quando enquadra os fatos cometidos pelos denunciados nos arts. 29, 47, 49; I, do Dec.-lei 898/69.

Vejamos.

Na verdade, a conduta dos réus não encontra a tipicidade alegada.

O delito do art. 29, do Dec.-lei 898/69, abrange atos que impedem ou dificultam o funcionamento de "serviços essenciais administrados pelo Estado ou executados mediante concessão, autorização ou permissão".

A Polícia Administrativa ou Judiciária ou o Poder Judiciário, contudo, não são abrangidos pela definição.

Quando a lei fala em serviços essenciais, deles exclui aqueles prestados pelo Poder Judiciário ou pelas organizações policiais, colocados que estão em plano superior, pois dizem respeito à segurança da coletividade. O poder de polícia, como anota Manoel Ribeiro, invocando Edward Corwin, é o poder de governar homens e coisas (A Constituição Norte-Americana e seu significado atual).

Os serviços essenciais ali previstos, são aqueles destinados a satisfazer as necessidades primárias da população.

Enquanto nos primeiros, o Estado não se pode fazer substituir, nos demais – usualmente chamados de "utilidade pública" – pode haver uma substituição do Estado na sua prestação, tornando-se as empresas ou pessoas que os prestam "public servants", na frase do juiz Brandeis, da Suprema Corte dos Estados Unidos.

A atividade policial se concretiza numa série de atos e medidas destinadas à conservação da ordem pública, nas suas diferentes manifestações, desde a segurança das pessoas e da propriedade, da tranqüilidade coletiva à moralidade dos participantes da comunidade estatal.

Considerando o campo dos bens sociais tutelados pelas normas penais, tal atividade tem um valor substancial para a tutela da ordem jurídica, pois, através dela, a Administração Pública tende a evitar que se verifique a violação da própria norma e também a eliminar a possibilidade de perturbação da ordem constituída.

De lembrar-se a definição de Ranelletti, segundo o qual a polícia é "quella maniera di attività publica nel campo dell'amministrazione interna che si esplica limitando o regolando l'attività dei singoli (persone fisiche o giuridiche), eventualmente, se è necessario, per mezzo della coazione, allo scopo di garantire il tutto sociale o le sue parti contro danni che possono provenire dell' attività umana". (Novissimo Digesto Italiano, XIII/176).

Por aí se vê que não pode haver equiparação entre uns e outros. Os primeiros não podem ser concedidos e são exercidos diretamente pelo Estado. E nestes se enquadra a Polícia, que é responsável pela prevenção e repressão dos crimes.

De salientar-se que, nesse panorama, a Polícia adota atitudes de um poder muitas vezes discricionário, encontrando a sua razão de ser na necessidade de que a limitação de direitos individuais devam ser considerados caso a caso.

Ademais, conforme Santi-Romano, na idéia de polícia o que se encontra é o conjunto de limitações, eventualmente coativas, impostas pela Administração Pública à atividade dos indivíduos, para que se previnam danos sociais porventura resultantes de tal atividade (Principii di Diritto Amministrativo). No mesmo sentido Hauriou (Précis) e Bielsa (Derecho Administrativo).

4. De outra parte, serviços essenciais são aqueles necessários, indispensáveis. Considerados como verdadeira função pública, resultantes de uma estranha mistura de volição e de compulsão, que o Estado, com o recurso de seu poder de polícia, regulamenta e fiscaliza.

São os serviços de utilidade pública: aqueles que exercem sobre o bem estar e o progresso das aglomerações humanas uma influência considerável, colocando o desenvolvimento social na dependência direta de um serviço eficiente e de um suprimento regular. Tais são os serviços de água, gaz, esgoto, telefone, luz e força elétricas, transportes urbanos, etc.

Aliás, a lei penal comum prevê – tendo em vista a relevância desses bens jurídicos – "os crimes contra a segurança dos meios de comunicação e transportes e outros serviços públicos" (art. 260, e seguintes do CP.), passando, o crime a ser objeto da Lei de Segurança Nacional se o agente visa a ofender a ordem político-social.

A entender-se de maneira diferente o dispositivo em tela (art. 29, do Dec.-lei 898/69), o delinqüente que se furta ou resiste à prisão legal, incorreria na Lei de Segurança, por "dificultar o funcionamento" da polícia, o que seria, francamente, um absurdo.

5. Também não é exato que se tenha configurado no caso desses autos, o delito do artigo 47, da Lei de Segurança.

Os réus não incitaram a prática de quaisquer dos delitos previstos no mencionado diploma e nem fizeram a sua apologia.

Para tanto concluir basta a leitura do texto da lei e a descrição dos delitos cometidos.

6. Em conclusão, não se pode pretender, na hipótese, encartar nos modelos típicos apontados a ação dos réus. E sem tipicidade não há crime comum ou contra a segurança nacional, de tal arte que não se pode dar pela competência da Justiça Militar, para julgar o caso dos autos.

Opino, destarte, pela prevalência da Justiça Comum, para decidir da espécie.

São Paulo, 15 de março de 1971.

HÉLIO PEREIRA BICUDO

DESPACHO DO JUIZ

I. Mantenho a competência deste Juízo, por reputar cabente à Justiça Comum, estadual, conhecer e julgar das imputações inseridas na peça inicial.

Adoto, por aplicável ao entendimento deste Juízo, a tese esposada pelo ilustre Procurador designado (fls. 822/827) – corrigir a numeração dos autos.

II. Outras manifestações que se fizerem necessárias, serão apresentadas quando do pedido de informações, para deslinde de eventual conflito positivo de jurisdição, na forma da lei.

III. Oficie-se à digna autoridade militar (fls. 810), enviando-lhe cópia, ou xerox, do parecer do Dr. Procurador e deste despacho, mencionando que, por tal motivo, não se atende à remessa destes autos, cujo prosseguimento é ordenado, nesta Vara especializada.

IV. Como os recursos, oponíveis, não têm este significativo, vista às partes (Dr. Procurador e Réus, aos seus Drs. Defensores), para as alegações finais, no prazo legal.

Int.

S.P., 16/3/71.

(Assinatura ilegível)

TERMOS DOS AUTOS

Aos 19 dias do mês de março de 1971 na sede da 2ª Auditoria da 2ª C.J.M. faço estes autos conclusos ao Doutor Auditor; do que, para constatar lavrei este têrmo.

(Assinatura ilegível) – ESCRIVÃO.

DATA

Aos 25 dias do mês de março de 1971, na 2ª Auditoria da 2ª C.J.M. me foram entregues estes autos pelo Doutor Auditor do que, para constatar, lavrei este têrmo.

(Assinatura ilegível) – ESCRIVÃO.

TRIBUNAL FEDERAL DE RECURSOS

CONFLITO POSITIVO DE JURISDIÇÃO Nº 1.238
SÃO PAULO

Relator: O Sr. Ministro Jorge Lafayette Guimarães
Suscitante: Juiz Auditor da 2ª Auditoria da 2ª Circunscrição Judiciária Militar
Suscitados: Juízes de Direito das comarcas de Barueri, Guarulhos, Suzano e da 1ª Vara Aux. do Júri de S.P.
Partes: Sérgio Fernando Paranhos Fleury, Abilio Armando Alcarpe e outros

EMENTA

Conflito de Jurisdição – Competência – Justiça Militar

Não constituem crimes contra a Segurança Nacional, incluídos na competência da Justiça Militar (Constituição, art. 129, § 1º), os praticados por civis e consistentes em justiçamento ilegal de criminosos ou marginais, ainda que pelos mesmos se impeça ou dificulte o funcionamento da Polícia ou Justiça.

Não se incluem entre os "serviços essenciais", aos quais se refere o art. 47, do Decreto-lei 989/69, os que correspondem à atividade indelegável do Estado, e constituem os serviços públicos propriamente ditos, como a Justiça e a Polícia.

Os arts. 2º e 3º do Decreto-lei 989/69 não contêm preceitos incriminadores, mas apenas definem o que seja Segurança Nacional, fornecendo ao Juiz conceitos que devem ser levados em conta na aplicação de suas normas definidoras de crimes, como resulta do seu art. 7º.

O crime contra a Segurança Nacional deve estar definido como tal em um dos artigos da respectiva lei.

Competência da Justiça local para processar e julgar os crimes do denominado Esquadrão da Morte, atribuídos a policiais estaduais.

ACÓRDÃO

Vistos, relatados e discutidos estes autos em que são partes as acima indicadas:

Acordam os Ministros que compõem o Plenário do Tribunal Federal de Recursos, por maioria de votos, rejeitar preliminarmente a conversão do processo em diligência e, a seguir, por unanimidade, conhecer do conflito e julgar competente a Justiça do Estado de São Paulo, na forma do relatório e notas taquigráficas que passam a integrar este julgado.

Custas, como de lei.

Brasília, 24 de junho de 1971 (data do julgamento)

MINISTRO ARMANDO ROLEMBERG
Presidente
MINISTRO JORGE LAFAYETTE GUIMARÃES
Relator

PUBLICAÇÃO DO ACÓRDÃO NO DIÁRIO DA JUSTIÇA

Certifico que o acórdão de fls. retro foi publicado no Diário da Justiça do dia 25 de outubro de 1971. O referido é verdade e dou fé. Secretaria do Tribunal Federal de Recursos, DR, 26 de outubro de 1971. Eu, (Assinatura ilegível), Oficial Judiciário, lavrei o presente.

CERTIDÃO

Certifico que o respeitável Acórdão de fls. 385/6 transitou em julgado.
D. F. em 22 de novembro de 1971.
Vera Teixeira de Pinho.

REMESSA

Aos 23 dias do mês de novembro de 1971, faço remessa destes autos ao Dr. Desembargador Corregedor da Justiça do Estado de São Paulo, do que eu, Vera Teixeira de Pinho, Oficial Jud. Lavrei este têrmo. E, eu (assinatura ilegível), Diretor do Serviço o subscrevi.

APÊNDICE 23

MINISTÉRIO PÚBLICO DO ESTADO DE SÃO PAULO
PROCURADORIA GERAL DA JUSTIÇA DO ESTADO

EXMO. SR. DR. JUIZ DE DIREITO DA COMARCA DE SÃO BERNARDO DO CAMPO

O Procurador da Justiça designado, infra-assinado, com fundamento na Sindicância C-1.365/70, inquérito policial e documentos anexos, vem denunciar a V. Exa. os policiais SÉRGIO FERNANDO PARANHOS FLEURY, HÉLIO TAVARES, WALTER BRASILEIRO POLIM (BRASILEIRO), JOSÉ CATARINO DA SILVA (CATARINO), ANTONIO NARDI (NARDINHO ou NARDIM), JOÃO CARLOS TRALLI (TRAILER), ADEMAR AUGUSTO DE OLIVEIRA (FININHO I), EDUARDO XAVIER, ANGELINO MOLITERNO (RUSSINHO) e FRANCISCO OLIVEIRA, qualificados a fls., pelos fatos delituosos a seguir expostos:

1. FRANCISCO PEREIRA FILHO, conhecido pelo vulgo de "NEZÃO" ou "NEIZÃO", contra o qual havia mandado de prisão, no dia 9 de novembro de 1969, num tiroteio com alguns dos policiais denunciados, que em seguida o detiveram, recebeu ferimentos no cotovelo do braço esquerdo.

Assim, juntamente com outro preso, WALDOMIRO MATIAS DA SILVA, foi "NEIZÃO", pelos mesmos denunciados levado para rápido atendimento no Pronto Socorro do Hospital das Clínicas, onde, constatada fratura da cabeça do húmero do braço esquerdo e a existência de fragmentos de projétil de arma de fogo, os orifícios de entrada e saída do tiro, que então recebera, foram suturados (cf. documento junto), e, em seguida, removido para uma curta permanência no Recolhimento Tiradentes, de onde, em viatura policial, foi ainda com Waldomiro Matias da Silva, compelido a viajar com os referidos denunciados, tendo ido a Santos e retornado à Capital, revelando os policiais durante esse percurso, nítida intenção de matá-lo, ao asseverarem já estar ele com o braço estourado e por isso imprestável, o que, realmente, fizeram depois de deixar Waldomiro Matias da Silva no Recolhimento Tiradentes.

2. Consta, ainda, que "NEIZÃO" foi finalmente, encerrado em outro carro, no qual se encontrava Nair Morais Aguiar, de onde foi retirado na madrugada do dia 20 de novembro de 1968, no quilômetro 35, da estrada

velha de Santos, na comarca de São Bernardo do Campo, e posto a correr, ordenando o denunciado SÉRGIO FLEURY "corra nego vagabundo", quando desfecharam, todos eles, contra a vítima, impossibilitada de se defender, inúmeros disparos de armas de calibres "38" e "45", determinantes de sua morte, como faz certo o laudo de exame de corpo de delito, deixando o cadáver ocultado nas margens daquela rodovia, tudo na forma por quê passou a agir o chamado "Esquadrão da Morte", associação de determinados policiais, voltada para o ilegítimo justiçamento de marginais e outros fins criminosos, cujas atividades estão sendo objeto de investigação em apartado.

3. Estão, os denunciados, destarte, incursos nos artigos 121, § 2º, ns. III (meio cruel, evidenciado pelo próprio ato executivo do homicídio, cometido mediante inúmeros disparos de armas de fogo) e IV (recurso que dificulta ou torna impossível a defesa da vítima, demonstrado pela maneira de agir dos denunciados, que atiraram contra pessoa desarmada e ferida, inteiramente sujeita a eles) e 211, c.c. os artigos 51, "captu" e 25, todos do Código Penal.

4. Requeiro, outrossim, seja decretada a prisão preventiva dos denunciados, desde que está evidenciada a existência do crime e indicada, claramente, a sua autoria.

SÉRGIO FLEURY, HÉLIO TAVARES, WALTER BRASILEIRO POLIM, JOÃO CARLOS TRALLI, EDUARDO XAVIER, ANGELINO MOLITERNO e ADEMAR AUGUSTO DE OLIVEIRA estão implicados em outros homicídios praticados contra marginais, conforme consta de certidões ora apresentadas. À exceção do último, que está foragido, permanecem todos no amplo exercício de suas atividades, sendo que o primeiro, além de tudo, prossegue na desnecessária prática de violências, como aquela retratada em v. acórdão junto a esta.

A atitude dos denunciados, um deles foragido como já se disse, e os demais, pela posição que ocupam no aparelhamento repressivo do Estado, é, sem dúvida, do mais intenso alarma, o que "data venia", por si só, legítima, nos termos da lei processual penal, a decretação da medida excepcional, como imposição de ordem pública. A esse respeito, o Egrégio Tribunal de Justiça do Estado, ao apreciar, em acórdão relatado pelo eminente Desembargador Hoepner Dutra, no "habeas corpus" nº 107.763, de São Paulo, a atuação de membros do aludido "Esquadrão da Morte" (documento anexo), assim se manifestou: "levando-se em consideração a gravidade da imputação e a gravidade toda especial, revelada no parecer do douta Procuradoria Geral da Justiça, de estar o réu envolvido nas atividades do denominado "Esquadrão da Morte", fato excepcional que exige o decreto da prisão cautelar para garantia da ordem pública", conclusão que bem se adapta à matéria proposta à decisão do ilustre Juízo.

5. Nesses têrmos, requeiro, mais, se lhes instaure o competente processo penal, nos têrmos dos artigos 394 e seguintes e 406 e seguintes, do Código de Processo Penal, para que, afinal, sejam os denunciados, pronunciados e submetidos a julgamento pelo Tribunal do Júri, ouvindo-se, oportunamente, as testemunhas arroladas.

Rol de Testemunhas:
 1. Waldomiro Matias da Silva,
 2. Maria Aparecida Teodoro,
 3. Marizilda Rocha,
 4. Maria Lopes,
 5. Nair de Morais Aguiar,
 6. José Teixeira,
 7. Paulo Carrer,
 8. Gervásio dos Santos Guedes, com endereços nos autos.

São Bernardo do Campo, 29 de julho de 1971.

HÉLIO PEREIRA BICUDO
Procurador da Justiça

APÊNDICE 24

"O ESTADO DE SÃO PAULO"
3 de Agosto de 1971

ESTADO AFASTA BICUDO

O procurador-geral do Estado, Oscar Xavier de Freitas, afastou ontem da investigação dos crimes do "Esquadrão da Morte" o procurador Hélio Bicudo. Ao tomar a decisão, alegou "o exaurimento, pela sua execução no substancial, da missão específica que fôra confiada há um ano" a Bicudo.
Comunicado a respeito foi distribuído à imprensa pelo procurador-geral Oscar Xavier de Freitas.

AOS PROMOTORES

No dia 23 de julho do ano passado, o então procurador-geral do Estado, Dario de Abreu Ferreira, havia designado Bicudo para supervisionar e dirigir as investigações e propor os processos relativos aos crimes cometidos pelo "Esquadrão da Morte". Essas funções foram devolvidas ontem aos promotores e serão supervisionadas pelo próprio Xavier de Freitas.

O COMUNICADO

É o seguinte o comunicado do procurador-geral: "Em sua reunião mensal estatutária de hoje, o Colégio de Procuradores da Justiça, presidido pelo sr. procurador-geral da Justiça, examinou várias matérias de interesse do Ministério Público.
Dentre os assuntos ventilados expôs o sr. procurador-geral a sua decisão de devolver aos promotores públicos a incumbência de oficiar em alguns procedimentos penais, que, por sua relevância, anteriormente haviam sido confiados à supervisão do procurador da Justiça, dr. Hélio Pereira Bicudo, cujo desempenho funcional foi, na ocasião, enaltecido pelos presentes.
E assim entendeu de fazer o sr. procurador-geral, tendo presente, além do princípio da unidade da instituição que dirige, o exaurimento, pela sua execução, no substancial, da missão específica que fôra confiada há um ano àquele procurador de Justiça.

Na oportunidade, havendo o Egrégio Colégio de Procuradores apoiado as providências adotadas, expôs o chefe do Ministério Público que a orientação ora seguida manterá o empenho e a eficiência na apuração daqueles fatos delituosos, de vez que as tarefas prosseguirão confiadas a membros do Ministério Público de notória capacidade funcional e sob sua supervisão".

"O ESTADO DE S. PAULO" – 4 de agosto de 1971.

POR QUE A EXONERAÇÃO?

Mediante um comunicado cujo terso vocabulário não chega a ocultar a sinuosidade do discurso, acaba a chefia do Ministério Público de São Paulo de informar à opinião nacional que a partir de ontem deixou a supervisão dos procedimentos penais movidos para apuração dos delitos atribuídos ao Esquadrão da Morte o procurador da Justiça Hélio Pereira Bicudo. De passagem, uma oração subordinada do texto do comunicado presta simultaneamente homenagem ao desempenho funcional do procurador posto em disponibilidade, o qual foi "enaltecido pelos presentes" na reunião em que o sr. procurador-geral da Justiça entendeu de assumir a atitude que assumiu.

Está fora de dúvida não haver s. exa. exorbitado de seus poderes. O sr. Hélio Bicudo, membro de um colégio expressamente designado pelo anterior procurador-geral para "oficiar em alguns procedimentos penais, que, por sua relevância", justificavam tão dignificante escolha, podia perfeitamente ser substituído pelo novo chefe do Ministério Público. Duas questões, no entanto, se colocam de imediato à atenção do observador. A primeira, naturalmente, diz respeito à "relevância" dos inquéritos instaurados contra os delinqüentes que formam o Esquadrão da Morte, relevância que explica haverem sido eles confiados anteriormente, segundo os próprios têrmos do comunicado, à supervisão do sr. Hélio Bicudo. A julgar pelo que se lê, ou o escândalo internacional do Esquadrão da Morte já deixou de ser uma **cause celèbre** – hipótese a considerar, tanto mais que na opinião do sr. procurador-geral da Justiça já se deu o "exaurimento, pela sua execução, no substancial, da missão específica que fôra confiada, há um ano", ao servidor agora dispensado – ou não soube aquêle procurador da Justiça corresponder à relevância da missão. Mas considerar esta última hipótese seria pôr em tela de juízo o louvor exarado no corpo do comunicado dado a divulgação pelo Ministério Público: nele consta, efetivamente, que o desempenho funcional do sr. Hélio Bicudo não só não foi objeto de reparos, mas se julgou digno de enaltecimento pela classe inteira a que pertence.

Quais então as razões justificativas da sua exoneração? O tempo se encarregará de as apresentar um dia com a nudez forte da verdade. Entretanto, sejam-nos permitidas aquí algumas palavras que são muito mais de aviso que de advertência. Conforme está na memória de todos, houve tempo em que a opinião bandeirante, horrorizada com a brutalidade dos crimes praticados pelo Esquadrão da Morte, se interrogava, ansiosamente sôbre os motivos que induziriam o nosso Ministério Público a omitir-se diante dessas reiteradas provas de desprezo pela legislação penal em vigor. A íntima interrogação da nossa gente, assim como o escândalo provocado em todo o mundo pela audácia e a impunidade dos assassinos, com reflexos deletérios sobre o bom nome do País no concerto das nações civilizadas, tiveram enfim o condão de despertar as autoridades para o dever que lhes incumbia na qualidade de governantes do que se reclamava ser um Estado de Direito. Apagar essa nódoa que manchava a reputação do Brasil aos olhos de seus próprios filhos e aos olhos da opinião pública internacional, aliás muito bem manobrada pela propaganda torrencial da esquerda totalitária, tornou-se a partir de dado momento uma questão relevante para o nosso governo. Tão relevante que para dar-lhe remédio eficaz, remédio político e ao mesmo tempo moral e jurídico, houve por bem o Ministério Público de São Paulo confiá-la expressamente ao procurador Hélio Bicudo. Foi o bastante para aquietar as preocupações da opinião pública e, do mesmo passo, fortalecer a posição moral do regime revolucionário com o esvaziamento da campanha de calúnias que lá fora lhe era movida. De ora em diante, porém, que dizer?

O mínimo que se pode conjeturar é que as autoridades judiciárias paulistas se viram constrangidas a ceder ante a ação daqueles que não querem ver punidos os "tubarões" do Esquadrão da Morte. Como a opinião pública exige, claro está, uma satisfação, as malhas da lei serão com certeza lançadas onde haja apenas pescaria de pequeno bordo. Tal é a conclusão que se impõe, oxalá equivocadamente, aos espíritos já prevenidos pelo histórico rico e variado das pressões feitas para matar no ôvo o clamoroso inquérito. De fato, quando o País na sua totalidade se devia congregar em tôrno de uma figura que tanto dignificava o Ministério Público paulista, o que se vê é a classe que o constitui ser utilizada por interêsses escusos para remover do seu caminho um obstáculo que se demonstrava inexorável no respeito à sua missão. Não pretendemos pôr em dúvida a honorabilidade dos pares do servidor agora dispensado. Seria, no entanto, não levar na devida conta os meios e modos de pressão de que dispõem os criminosos já denunciados se acreditássemos que a demissão do sr. Hélio Bicudo é de molde a assegurar o mesmo rítmo imprimido até agora aos processos penais do Esquadrão.

Seja como fôr, do triste episódio sai engrandecido aquêle representante da Justiça – e perde o Ministério Público de São Paulo, juntamente com o País, cuja imagem lá fora voltará certamente a ser aquela que tanto impressionou o sr. ministro Mário Gibson Barboza em sua última missão diplomática aos países da América Central.

"O ESTADO DE S. PAULO", 4 DE AGOSTO DE 1971.

BICUDO SAI MAS A APURAÇÃO CONTINUA

Da Sucursal e do serviço local

Apesar do afastamento do procurador Hélio Bicudo, o Ministério Público continuará acompanhando as investigações sobre o "Esquadrão da Morte". Ontem, o procurador-geral da Justiça no Estado, Oscar Xavier de Freitas, nomeou o promotor Alberto Marino Júnior para aquelas funções. Daqui por diante, entretanto, as denúncias serão apresentadas pelos promotores das varas criminais por onde tramitaram os processos.

O procurador Hélio Bicudo, afastado das investigações, depois de um ano de trabalho – durante o qual apresentou sete denúncias contra o "Esquadrão da Morte", a última ontem –, mereceu ontem elogios de todos os pontos do País, principalmente do Congresso Nacional, onde os líderes da Arena e do MDB congratularam-se com os resultados de seu trabalho. Foram denunciados por Bicudo, por estarem envolvidos nas atividades do "Esquadrão da Morte" em São Paulo, cerca de 35 pessoas, entre delegados, investigadores, outros funcionários da polícia e alcagüetes. Tratava-se, em todos os casos, de execução sumária de marginais, com requintes de perversidade.

REPERCUSSÕES

O Senador Carvalho Pinto interpretou, ontem em Brasília, o afastamento do promotor Hélio Bicudo das investigações sobre as atividades do Esquadrão da Morte, como conseqüência normal "de uma missão substancialmente cumprida".

"No exercício de sua função – disse – Hélio Bicudo soube cumpri-la com zelo, competência e impessoalidade, sem maior risco ou sacrifícios de quaisquer natureza, sempre no exclusivo propósito de dar serena e rigorosa execução à legislação vigente".

Por sua vez, o líder do MDB na Câmara dos Deputados, Arnaldo Pedroso Horta, afirmou: "Sem dúvida, São Paulo fica devendo ao sr. Hélio Bicudo uma dívida que só resgatará com a gratidão e o respeito que a comunidade devota ao ilustre promotor de Justiça". E continuou: "Conforta-nos a certeza assegurada pelo procurador-geral Oscar Xavier de Freitas de que a apuração dos atos delituosos, que envergonham os foros de nossa cultura, continuarão entregues a membros do Ministério Público de notória capacidade funcional".

O senador Franco Montoro, do MDB, lamentou o afastamento de Hélio Bicudo. A seu ver, o procurador de Justiça se impôs à opinião pública nacional "pela seriedade com que desempenhou sua corajosa atuação na apuração dos fatos que envolviam as atividades do chamado "Esquadrão da Morte". "Foi uma contribuição positiva aos propósitos do presidente da República, que só deseja o jogo da verdade".

APÊNDICE 25

CONSELHO PENITENCIÁRIO
ESTADO DE SÃO PAULO

São Paulo, 5 de agôsto de 1971.

Nº 3.785/ap – PRESIDÊNCIA
Exmo. Sr.
DR. HÉLIO PEREIRA BICUDO
DD. Procurador de Justiça do Estado
Palácio da Justiça
CAPITAL

Atenciosas saudações

Como Presidente do Conselho Penitenciário do Estado, tenho a honra de comunicar a V. Exa. que, na sessão do dia 3 do corrente, por iniciativa do Conselheiro Carlos Alberto Gouvêa Kfouri, o Conselho Penitenciário aprovou por unânimidade, a inserção na ata dos trabalhos, de um voto de louvor a V. Exa. pela eficiência, denodo a serenidade, com que soube levar a cabo, a penosa e árdua missão de apurar, como Procurador de Justiça designado, os delitos atribuídos ao chamado "Esquadrão da Morte".

Ao ensejo apresento a V. Exa. os meus protestos de minha alta estima e distinta consideração.

PROF. DR. FLAMINIO FAVERO
Presidente

O ESTADO DE S. PAULO
10 de agosto de 1971

SECRETÁRIO DA CNBB SOLIDÁRIO COM BICUDO

Da Sucursal do Rio

O secretário-geral da Conferência Nacional dos Bispos do Brasil – CNBB – dom Ivo Lorscheiter, disse ontem, no Rio, que "tem esperanças de que o afastamento do procurador Hélio Bicudo das investigações relativas ao "Esquadrão da Morte" não significará a impunidade dos culpados".

Dom Ivo divulgou ontem o conteúdo da carta que enviou ao procurador Hélio Bicudo, na qual afirma que, no momento em que ele é inesperadamente desligado das investigações sobre o "Esquadrão da Morte", deseja mais uma vez assegurar-lhe sua "admiração pela difícil tarefa realizada, em prol do bom nome da Justiça e da boa imagem da Pátria".

A CARTA

É a seguinte, na íntegra, a carta:

"Recentemente, a presidência da Conferência Nacional dos Bispos do Brasil quis, por telegrama, levar a V. Exa. seu apoio e aplauso pela sua benemérita e patriótica ação de investigação e denúncia contra os famigerados "esquadrões da morte". Agora, quando V. Exa. é inesperadamente desligado dessa função específica: desejo uma vez mais assegurar-lhe minha admiração pela difícil tarefa realizada, em prol do bom nome da nossa Justiça e da boa imagem da nossa Pátria.

Espero, e nisto não gostaria de ser decepcionado, que a extinção daquela missão especial não significará a impunidade dos culpados. Que o exemplo de V. Exa. e os véus levantados pela sua audácia ajudem à Justiça comum a fazer Justiça, dentro da lei e da ordem moral.

A V. Exa. fica a tranquilidade do dever cumprido, bem como o reconhecimento de todos os bons brasileiros.

Receba este sincero testemunho de apreço e admiração com que sou, Ivo Lorscheiter – secretário-geral da CNBB".

TRIBUNAL DE ALÇADA

O Tribunal de Alçada Criminal em São Paulo, em sessão realizada dia quatro, nesta Capital, sob a presidência do juiz Azevedo Franceschini, aprovou proposta no sentido de que fôsse inscrito em ata e transmitido ao procurador Hélio Bicudo um voto de congratulações e de louvor pela sua atuação nas investigações dos crimes atribuídos ao "Esquadrão da Morte". À proposta, apresentada pelo juiz Francis Davis, associaram-se, expressamente, os juízes Prestes Barra, Dínio Garcia, Manoel Pedro Pimentel e o presidente.

De acordo com a proposição, publicada no "Diário Oficial" do Estado e encaminhada ao procurador, os juízes cumprimentam-no "por sua incansável, conscienciosa e desassombrada atuação durante a relevante incumbência que lhe fora atribuída pelo ex-chefe do Ministério Público e que constituiu, e se constitui, delicado e importante episódio da Justiça Criminal do Estado de São Paulo".

ASSEMBLÉIA LEGISLATIVA
ESTADO DE GOIÁS

Of. nº 1.338 – P.
Em 13 de agosto de 1971.

Senhor Procurador

    Apraz-nos encaminhar a V. Exa. uma cópia do requerimento n. 525, aprovado em sessão realizada nesta data e de autoria do Senhor Deputado Lúcio Lincoln e outros.
    Apresentamos a V. Exa. expressões de elevada estima e distinto apreço.
    Atenciosas saudações,

DEPUTADO JESUS MEIRELLES
Presidente

Exmo. Sr.
DR. HÉLIO BICUDO
DD. Procurador de Justiça
SÃO PAULO – SP.

Excelentíssimo Senhor

Presidente da Assembléia Legislativa do Estado.

Os deputados que o presente subscrevem nos termos do Regimento Interno e após aprovação do Plenário, requerem a Vossa Excelência que se enviem as congratulações e os aplausos desta Casa ao dr. Hélio Bicudo, digno Procurador da Justiça do Estado, pela atitude patriótica, destemida e corajosa tomada contra o "Esquadrão da Morte" e em favor da salvaguarda da justiça brasileira.

Ninguém desconhece, hoje, a luta encabeçada pelo dr. Hélio Bicudo contra essa repugnante e condenada organização – o Esquadrão da Morte.

Sala das Sessões, 11 de agosto de 1971.

LÚCIO LINCOLN,
    Deputado

LUIS SORER
ADHEMAR SANTILLO
JUAREZ MAGALHÃES
RONALDO JAYME

CÂMARA MUNICIPAL DE SÃO PAULO

São Paulo, 4 de janeiro de 1971.

D.E. – Exp. 2
Proc. 3119-70.
Nº 7

Excelentíssimo Senhor,

Cumpre-nos encaminhar-lhe cópia autêntica do Requerimento nº P-363-70, de iniciativa do Vereador Freitas Nobre e outros.
Na oportunidade, apresento-lhe os protestos de minha distinta consideração.

ARMANDO SIMÕES NETTO
Presidente

Ao Excelentíssimo Senhor Doutor Hélio Bicudo.

CÂMARA MUNICIPAL DE SÃO PAULO

REQUERIMENTO Nº P-365-70

Cópia autêntica. **"VOTO DE JÚBILO E CONGRATULAÇÕES COM OS SRS. NÉLSON FONSECA E HÉLIO BICUDO".** – "Requeremos à Mesa, ouvido o Plenário, seja inserto nos Anais desta Edilidade um voto de júbilo e congratulações com os Exmos. Srs. Nélson Fonseca e Hélio Bicudo, pela corajosa disposição de apurar as responsabilidades do "Esquadrão da Morte". Se é verdade que esta Câmara reconhece a necessidade da enérgica atuação da Polícia a fim de debelar, de vez, a onda de assaltos em que vive a cidade, é também certo que não deve permitir impassivelmente o assassinato frio dos delinqüentes, julgados por funcionários policiais, passíveis, estes sim, de julgamento, eis que, até mesmo pela Comissão Estadual de Investigações, estão sendo apontados vários deles "como autores da prática de atos de corrupção ligados ao tráfico de entorpecentes". Se devemos valorizar o trabalho policial com o objetivo de aperfeiçoar o mecanismo de defesa da sociedade contra o crime, igualmente não devemos permitir que alguns poucos transformem essa máquina de defesa social em "Judiciário". Solicitamos, finalmente, que desta decisão seja dada ciência ao Exmo. Sr. Governador do Estado e aos Exmos. Srs. Presidente do Tribunal de Justiça, Juiz Corregedor e Procurador Geral da Justiça do Estado. Sala das Sessões, 28 de dezembro de 1970. (aa) Freitas Nobre, Ephraim de Campos, Theodosina Ribeiro, Luiz Gonzaga Pereira, Jihei Noda, Marcos Mélega e João Carlos Meirelles. APROVADO em 28 de dezembro de 1970. (aa) Armando Simões Netto". Eu, (ilegível), extraí esta cópia fielmente do original. São Paulo, 30 de dezembro de 1970. Confere: VISTO:

INSTITUTO DOS ADVOGADOS DE SÃO PAULO
FUNDADO EM 21 DE DEZEMBRO DE 1916

OF. 135/71

São Paulo, 30 de agôsto de 1971.

Senhor Procurador:

    Tenho a honra de comunicar a V. Excia. que o Instituto dos Advogados de São Paulo, em sessão conjunta da Diretoria e do Conselho, realizada em 26 do corrente, aprovou Moção apresentada pelo Conselheiro Lauro Celidônio Gomes dos Reis no sentido de externar o seu apreço ao Ministério Público, condignamente representado na pessoa de V. Excia., pelo louvável esforço empreendido na apuração dos fatos relacionados com o famigerado "esquadrão da morte".
    Aproveitamos a oportunidade para apresentar a V. Excia. nossos protestos da mais alta consideração.

Atenciosamente

RUY DE AZEVEDO SODRÉ
Presidente

EVARISTO SILVEIRA JÚNIOR
Secretário Geral

Excelentíssimo Senhor
Dr. HÉLIO PEREIRA BICUDO
M.D. Procurador da Justiça
Capital/SP

APÊNDICE 26

OFÍCIO Nº 160/71-R

São Paulo, 5 de agôsto de 1971.

Senhor Procurador

    Tenho a honra de comunicar que o Tribunal de Alçada Criminal, reunido em Sessão Plenária no dia de ontem aprovou proposta do Excelentíssimo Senhor Juiz – Doutor FRANCIS SELWYN DAVIS, no sentido de ser inscrito em ata um voto de congratulações e de louvor com Vossa Excelência, por sua incansável, conscienciosa e desassombrada atuação no desempenho da relevante incumbência em notório, delicado e importante episódio da Justiça Criminal do Estado.

    À homenagem associaram-se expressamente esta Presidência, os Excelentíssimos Senhores Juízes – Dr. RUBENS PRESTES BARRA, DÍNIO DE SANTIS GARCIA E MANOEL PEDRO PIMENTEL.

    Do ensejo me aproveito para renovar protestos de mui fidalga estima e distinta consideração.

                      JOSÉ LUIZ VICENTE DE AZEVEDO FRANCESCHINI
                                          Presidente

À Sua Excelência, o Senhor
Doutor HÉLIO PEREIRA BICUDO
Digníssimo Procurador da Justiça
CAPITAL

OF. GS-140/71

São Paulo, 5 de agôsto de 1971.

Senhor Procurador

Tenho a honra de comunicar que este Tribunal de Alçada Civil, na sessão plenária hoje realizada, houve por bem inserir na ata dos trabalhos um voto de congratulações com V. Excia., pela sua atuação nas investigações sobre a série de delitos imputados ao chamado "Esquadrão da Morte".

Renovo a V. Excia., na oportunidade, as minhas expressões de alta estima e apreço.

BRUNO AFONSO DE ANDRÉ
Presidente

À S. Excia. o Sr.
DR. HÉLIO BICUDO
DD. Procurador da Justiça
CAPITAL

APÊNDICE 27

MINISTÉRIO PÚBLICO DO ESTADO DE SÃO PAULO
PROCURADORIA GERAL DA JUSTIÇA DO ESTADO

CERTIFICO que do livro de atas do Colégio de Procuradores da Justiça do Estado de São Paulo consta, às fls. 10/11, na Ata da reunião do dia 1º de agôsto de 1971, o seguinte trecho: – "Pelo Sr. Procurador Geral foram proferidas algumas palavras de homenagem aos colegas recém aposentados, Drs. Dario de Abreu Pereira e Erício Álvares de Azevedo Gonzaga, concluindo por convidar os presentes para que participem de um jantar que lhes será oferecido. Após lembrar o caráter sigiloso das reuniões do Colégio de Procuradores, tratou, então, de um assunto que reputa bastante delicado: o da posição da Procuradoria em relação ao chamado Esquadrão da Morte. Disse que há um ano o Sr. Procurador-Geral em exercício, em face da decisão do Colégio de Procuradores da Justiça, designou o Dr. Hélio Pereira Bicudo para supervisionar as atividades do Ministério Público no sentido de apurar a responsabilidade daquela quadrilha; posteriormente, em outra Portaria, o mesmo Procurador, e mais os drs. Dirceu de Mello e José Sílvio Fonseca Tavares foram designados para acompanhar os processos relativos ao citado bando. Ressaltou, então, o trabalho do colega Hélio Pereira Bicudo, que, com dedicação e sacrifício, deu desempenho cabal à missão, prestando um grande serviço à sociedade e ao Ministério Público, obtendo provas onde parecia impossível conseguí-las. Ponderou, em seguida, que muitas denúncias já foram apresentadas, estando os processos em seu rítmo normal, enquanto na Corregedoria dos Presídios outras sindicâncias se efetuam, para oportuno exame e, sendo caso, novo oferecimento de denúncias. É hora, pois, de se aliviar a carga que pesa sobre o Procurador Hélio Pereira Bicudo, colega que, de certa forma, ficou marcado pela sua atuação, inclusive sujeito a ameaças. Ora, os ônus da apuração da referida atividade criminosa devem recair sobre todo o Ministério Público e não sôbre um só de seus membros. Daí a conveniência de que os processos sigam seu caminho rotineiro, uma vez que a Instituição conta com homens de caráter, dispostos a prosseguir nos feitos com toda a coragem necessária. Anunciou, então, o Sr. Procurador-Geral que avocará aqueles processos, distribuindo-os e assumindo pessoalmente o trabalho de supervisão, com o que acredita estarem preservados o Ministério Público de São Paulo e a pessoa do Dr. Hélio Pereira Bicudo. Comunicou que serão designados Promotores de valor para acompanhamento das precatórias e para as execuções relativas àqueles feitos, assegurando que todos agirão com energia, de forma que a solução não desprestigie em nada o Ministério Público. Pelo Procurador Carlos Alberto Gouvêa Kfouri foi então proposto que a medida seja tornada pública, tendo o Dr. Oscar Xavier de Freitas esclarecido que oficiará ao dr. Hélio Pereira Bicudo, em seu nome pessoal e no do Colégio de Procuradores, divulgando, ainda, uma carta oficial a respeito do assunto. Sobre a mesma matéria manifestaram-se os drs. Francisco Papaterra, Limongi Neto, Luiz de Melo Kujawski, Rubens Teixeira Scavone, Wilson Dias Castejón, Djalma Negreiros Penteado, João Severino de Oliveira Peres e Gilberto Quintanilha Ribeiro; o primeiro ponderando que, dada a repercussão que por certo terá a providência do sr. Procurador-Geral, considerava de prudência que se desse ampla divulgação ao motivo do afastamento do colega Hélio Pereira Bicudo, para que nem de leve se pudesse dizer que o Ministério Público fraquejou na apuração dos fatos atribuídos ao Esquadrão da Morte; o segundo e o último, ressaltando a feliz colocação do problema pelo sr. Procurador-Geral, a quem cumprimentaram pela resolução; e os demais destacando aspectos diversos da situação em exame". O referido é verdade e dou fé. Dada e passada na Diretoria da Secretaria Geral do Ministério Público, aos 15 de setembro de 1971. Eu, Wanda (ilegível) Diretora a datilografei e subscrevi.

MINISTÉRIO PÚBLICO DO ESTADO DE SÃO PAULO
PROCURADORIA GERAL DA JUSTIÇA DO ESTADO

À Sra. Diretora da Secretaria Geral
do Ministério Público.

    Determino que se faça consignar na folha funcional do Procurador da Justiça, Dr. HÉLIO PEREIRA BICUDO, em nome da Procuradoria-Geral e do E. Colégio de Procuradores, a extrema dedicação e eficiência no desempenho de suas funções, decorrentes das portarias ns. 1.320/70, 1.735/70 e 353/71.

    São Paulo, 3 de agôsto de 1971.

OSCAR XAVIER DE FREITAS
Procurador-Geral da Justiça

APÊNDICE 28

São Paulo, 1º de setembro de 1971.

Senhor Procurador.

    Ao deixar, por deliberação de V. Excia., o encargo que me fora cometido pelas portarias de ns. 1320/70 e 1785/70 dessa douta Procuradoria, tenho a honra de encaminhar a V. Excia., com o presente, relatório das atividades desenvolvidas por mim e pelos ilustres colegas, doutores Dirceu de Mello e José Sylvio Fonseca Tavares, também designados por essa Procuradoria Geral da Justiça, para as investigações e ações penais competentes, destinadas a apurar e levar à consideração do Poder Judiciário os crimes atribuídos aos componentes do chamado "Esquadrão da Morte".

    Ao fazê-lo, encareço a conveniência de que, de seus termos, tenham conhecimento – em caráter reservado – os srs. procuradores membros do Colégio de Procuradores da Justiça, desde que a minha designação decorreu de indicação desse órgão de cúpula da Instituição.

    E, bem assim, sejam, por igual, informados os senhores presidente e vice-presidente da República, Ministro da Justiça, Governador do Estado, Secretário da Justiça e Segurança Pública e Presidente do Tribunal de Justiça, tudo no sentido de tornar clara a colaboração que – como ato de ofício – prestou o Ministério Público de São Paulo, no episódio.

    Sendo o que se me oferecia, apresento a V. Excia. os meus protestos de apreço e admiração.

                                      HÉLIO PEREIRA BICUDO

Ao Exmo. Sr.
Dr. OSCAR XAVIER DE FREITAS
M.D. Procurador Geral da Justiça do Estado.

Senhores Procuradores

1. Ao receber, em 23/7/70, a honrosa designação dessa douta Procuradoria, para assumir a supervisão e orientação das tarefas pertinentes ao Ministério Público, no que respeita à preservação da Lei e do Direito, no episódio do denominado "Esquadrão da Morte", depois explicitada para abranger, no mesmo "affaire", a prática dos atos necessários à propositura de ações penais, seu acompanhamento até final, inclusive, na segunda instância, obtive, logo a seguir, o concurso dos ilustres promotores públicos substitutos de segunda instância, drs. José Sylvio Fonseca Tavares e Dirceu de Mello, através das portarias de ns. 1.383 e 1.422, de 1970.

Iniciei, desde logo, uma pesquisa nas sindicâncias que tramitavam, desordenadamente, na Vara da Corregedoria da Polícia Judiciária, verificando a existência de trinta e seis feitos, alguns já arquivados, onde, mediante algumas providências de ordem prática, poder-se-ia chegar, rapidamente, a conclusões concretas, relativas ao estabelecimento da autoria de delitos atribuídos a membros do chamado "Esquadrão da Morte".

Esse critério era aconselhado pela necessidade de se chegar a alguns resultados positivos e imediatos, tendentes a impedir que se prosseguisse o desgaste, de um lado, do próprio Ministério Público como instituição, e, de outro, do bom nome do País, em face da passividade com que estava sendo encarada a execução de marginais, muitos deles retirados de estabelecimentos carcerários, num pretenso e indefensável justiçamento, diante de alegada impotência do esquema legal repressivo, no combate à criminalidade.

2. Com a atitude assumida por elementos de cúpula da Polícia de São Paulo, verificada nas sindicâncias em andamento, de evidente oposição às investigações, através de toda uma série de manobras, negando, inclusive, o encaminhamento de policiais para serem ouvidos, entendi que deveria, para melhor e com maior rapidez cumprir a missão que nos era cometida, levar os fatos ao conhecimento do Ministério da Justiça, mantendo, com o prof. Alfredo Buzaid, entrevista na Guanabara.

Nessa oportunidade, salientei ao titular daquela Pasta que havendo, na espécie, evidente implicação de agentes policiais, seria muito difícil, senão impossível, obter-se qualquer tipo de colaboração da Polícia paulista, motivo porque, desde que fosse de interesse do Governo Federal, o maior vigor e a maior profundidade das apurações, seria conveniente o concurso, no sistema a ser montado, da Polícia Federal ou de outro organismo também federal.

O Ministro da Justiça, após reafirmar o interesse do Governo no esclarecimento dos fatos e punição dos responsáveis, fossem quais fossem, asseverou que iria "percorrer a hierarquia", para verificar da possibilidade de atender à sugestão feita.

3. Em São Paulo, tive um primeiro encontro com o então Secretário da Segurança Pública – cel. Danilo Darcy da Cunha Mello – que se demonstrou, na ocasião, mais preocupado com a minha segurança pessoal, em face de notícias veiculadas nos jornais relativas a ameaças que me teriam sido feitas, do que, propriamente, em conceder ao Ministério Público a colaboração, então julgada valiosa, para o bom êxito da tarefa encetada.

Chegou esse Secretário a afirmar, no Gabinete da Presidência do Tribunal da Justiça, presentes os desembargadores Cantidiano Garcia de Almeida e José Geraldo Rodrigues de Alckmin, que não via com bom olhos a apuração dentro de sua Secretaria, pois, se nada se concluísse – o que ele achava iria suceder – poder-se-ia inferir estivesse ele conivente com os tristes fatos ocorridos.

4. Confirmava-se, assim, a primeira impressão, de que não poderíamos contar com auxílio direto da Polícia de São Paulo.

Diante disso, procurei o cel. Luís Maciel Júnior, presidente da Subcomissão Geral de Investigações (SCGI), na mesma intenção de buscar meios julgados mais eficazes para o sucesso das investigações que, então, mal se iniciavam.

Esse militar aconselhou uma reunião com o Secretário da Segurança, autoridade ligada ao esquema de segurança da área de São Paulo, com intuito de obter auxílio de órgãos próprios do II Exército. Essa reunião realizou-se alguns dias depois, justamente, quando o Governo do Estado nomeava uma Comissão, composta dos srs. general R/1 Luiz Philipe Galvão Carneiro da Cunha, procurador da Justiça Durval Cintra Carneiro e pelo procurador do Estado Ulisses Fagundes Neto, "para apurar atividades criminosas que têm sido atribuídas a elementos da Polícia do Estado, caracterizada pela eliminação sumária de marginais". Essa Comissão não chegou a se instalar, sendo desfeita menos de dois meses depois (11/8/70 a 9/10/70), ensejando comunicado da Casa Civil do Governo do Estado, onde se afirmava inexistirem motivos para que fosse mantida, desde que as primeiras denúncias contra o "Esquadrão da Morte" já estavam sendo apresentadas.

Disse-me, na oportunidade, aquele Secretário, que julgava – nomeada que fora a aludida Comissão – terminada a minha tarefa, aguardando, pois, a minha renúncia. Tentei fazer ver ao titular da pasta da Segurança – sem êxito contudo – que o meu trabalho não seria prejudicado pela referida Comissão, de cunho apenas administrativo, a qual, entretanto, desde que bem funcionasse, poderia ser de grande auxílio ao esquema de investigações que eu estava pretendendo montar.

Em face da posição por mim adotada, de sòmente me afastar como conseqüência de uma nova portaria da Procuradoria Geral da Justiça, sem provocação de minha parte, afirmou o Secretário da Segurança, que só prestaria a colaboração que, explicitamente, a lei o determinasse.

5. Visitei, ainda, o então general chefe da Polícia Federal em São Paulo, a quem, por igual, expús o problema.

Essa autoridade, consciente das dificuldades existentes, prontificou-se a todo o auxílio, desde que para tal fim específico, recebesse autorização de seus superiores.

6. Diante desses fatos, pareceu-me conveniente dar início, de imediato, às investigações – como já se disse – tomando em consideração os casos, onde os resultados pudessem ser mais rápidos.

Assim, em 24 de agôsto de 1970 foi apresentada a primeira denúncia, apontando dois policiais e um "alcagüeta", distribuída à 1ª Vara do Júri da Capital.

E, logo a seguir, em 2 de outubro de 1970, era oferecida a segunda denúncia envolvendo dezesseis policiais, e dentre eles, três delegados de polícia.

Os dois casos demandaram diligências pessoais, presididas pelo juiz Nelson Fonseca. Provas materiais foram levantadas e, bem assim, testemunhos expressivos, através de visitas aos locais onde se desenrolou, parcialmente ou na sua totalidade, a atividade criminosa dos réus. Na sindicância para apurar a tentativa de morte praticada contra Mário dos Santos, essas medidas se revelaram de grande valia, para a identificação dos implicados e confirmação da palavra da vítima. Obteve-se, na sindicância em que figura como vítima Antônio de Souza Campos Neto, vulgo "Nego Sete", até mesmo o auxílio de laboratório privado para a revelação de película fotográfica denunciadora de importante seqüência, na trama que culminou na morte desse marginal.

7. Surgiram, então, acentuadas, as dificuldades já encontradas.

A par de ameaças, através de telefonemas anônimos começaram a surgir notícias de que não se toleraria a inclusão, nas denúncias, do delegado Sérgio Fernando Paranhos Fleury. A esse respeito, recebí a visita do Procurador da Justiça, João Batista de Santana, assessor do referido Secretário da Segurança Danilo Darcy da Cunha Mello, que se achou no dever de avisar-me de que estava eu sendo considerado pelas autoridades da Secretaria da Segurança, senão comunista, pelo menos, um "inocente útil", pois a incriminação daquele delegado – responsável pela morte do terrorista Marighela – seria tomada como ato de contestação aos órgãos de segurança, na área de São Paulo.

Nessa ocasião, achei de bom alvitre informar o governo federal do que ocorria, conseguindo entrevistar-me com o cel. Otávio Costa, da Assessoria de Relações Públicas da Presidência da República, a quem oferecí dados relativos às apurações já feitas e entreguei relatório que me tinha sido confiado pela Comissão Estadual de Investigações, CEI, apontando vários policiais implicados no tráfico de entorpecentes e que apareciam como componentes do "Esquadrão da Morte".

Daí, na terceira denúncia oferecida – pela morte de Aylton Neri Nazareth – ter feito incluir aquele relatório, onde ficavam nítidas as ligações, já despontadas na primeira denúncia (tentativa de morte de Mário dos Santos), entre policiais do "Esquadrão da Morte" e traficantes, uns e outros, ora aliados, ora inimigos, na luta pelo comando do comércio de drogas em São Paulo.

8. Como conseqüência, através de atitude aconselhada ao então Presidente da Comissão Estadual de Investigações (CEI), promotor Laerte José de Castro Sampaio, houve uma tentativa de enquadramento desse meu ato na Lei de Segurança Nacional, tendo a esse respeito sido encaminhada à Procuradoria Geral da Justiça representação assinada por aquele funcionário.

Não frutificou, entretanto, a manobra, pelas razões que então aduzi, como se verifica da documentação junta.

9. Novas denúncias foram, a esse tempo, oferecidas, fundamentadas não só em depoimentos, mas em documentação retirada em vária diligências, dos arquivos do Presídio Tiradentes e do próprio Departamento Estadual de Investigações e, bem assim, de perícias conseguidas no Instituto de Polícia Técnica. Foram ainda, obtidos documentos no Hospital do Servidor, em Prontos-Socorros Municipais e no Hospital das Clínicas.

10. Ao mesmo tempo e paralelamente aos recursos ordinários de **habeas corpus** impetrados com a finalidade de obter-se o trancamento das ações penais em curso, por inépcia das denúncias apresentadas, cujas ordens foram denegadas pelo Tribunal de Justiça, três por unanimidade, e uma quarta, apenas, com um voto vencido (cf. documentação junta), armou-se um Inquérito Policial Militar que fundamentou denúncia, por parte do representante do Ministério Público Militar em São Paulo, na intenção de desviar-se a competência para os processos em curso, transferindo-os para a área da Justiça militar.

A denúncia oferecida pelo procurador que funciona junto à Justiça Militar, fazia expressa menção às investigações processadas na Vara da Corregedoria da Polícia e apontava – à exceção de um – todos os policiais denunciados perante o Juízo de Direito da Comarca de Guarulhos, conforme se vê da cópia anexa.

11. Na tramitação de um dos recursos ordinários de **habeas corpus** ocorreu um incidente digno de nota.

A Secretaria do Tribunal de Justiça encaminhou o recurso interposto por Sérgio Fleury ao Supremo Tribunal Federal, sem que fosse dada vista à Procuradoria Geral da Justiça. Para obviar possíveis danos decorrentes dessa omissão, entrei em entendimentos com o Procurador Geral da República, dr. Francisco Manuel Xavier de Albuquerque, com ele marcando entrevista em Brasília. Nessa entrevista, para surpresa minha, comunicou-me o Procurador que já dera parecer no aludido recurso, opinando não só pela inépcia da denúncia, como entendera falecer atribuições a um membro do Ministério Público de 2ª instância, para funcionar em feitos que tramitam na 1ª instância. Diante disso, procurei o relator do recurso de **habeas corpus**, Ministro Luís Gallotti, ao qual manifestei o ponto de vista de que, não tendo falado a Procuradoria Geral, o processo não estava devidamente instruído e que, tendo sido argüida matéria nova, ainda mais se impunha aquela manifestação. O ilustre Ministro acolheu as minhas ponderações, devolvendo o processo a S. Paulo para manifestação da Procuradoria Geral da Justiça, o que foi feito pelo sr. Procurador Geral da Justiça.

Como é do conhecimento de todos, o Supremo Tribunal Federal, em memorável decisão (documento anexo), denegou os recursos, dando novo alento ao esquema de persecução penal dos delinqüentes membros do "Esquadrão da Morte".

E logo a seguir, o Tribunal Federal de Recursos, ao decidir o conflito positivo de jurisdição suscitado pela Justiça Militar, considerou competente a Justiça comum para processo e julgamento dos delitos que nas denúncias eram atribuídos aos policiais acusados.

12. Fechavam-se, assim, as portas da Justiça para quaisquer outras manobras na tentativa de impedir um seu pronunciamento. Os processos iniciados chegariam a seu termo, percorrendo os trâmites previstos em lei, até julgamento final, pelo juiz togado ou pelo Tribunal do Júri.

Aliás, o primeiro processo iniciado já chegara à pronúncia dos policiais denunciados e fora oferecido libelo contra um deles, o único que se encontra preso.

E poder-se-ia prosseguir numa segunda etapa, para apuração da responsabilidade, não apenas dos executivos do "Esquadrão da Morte" mas de quantos de qualquer modo – esta foi a intenção manifestada pelo senhor Ministro da Justiça – participaram dessa atividade nefasta, acoroçoando-a ou fornecendo meios para que ela tivesse início e se desenvolvesse.

Ao ser desligado das funções que me foram atribuídas, pelo respeitável ato de V. Excia., de 2 de agosto, estávamos – eu e os ilustres colegas que me acompanharam em todo este ano – preparando os elementos necessários à deflagração dessa nova fase das investigações.

13. Desejo ainda acentuar que o trabalho realizado o foi em meio de ameaças e pressões de toda a sorte: desde pronunciamentos e entrevistas do então Governador do Estado, sr. Roberto Costa de Abreu Sodré, negando até a existência do "Esquadrão da Morte", notícias de atentados pessoais, "fugas" misteriosas como a ultimamente, ocorrida no Departamento Estadual de Ordem Polícia e Social (DEOPS), do policial Ademar Augusto de Oliveira, onde se acham implicados dois delegados de polícia, e ameaças de represálias pessoais, com a montagem de investigações para incriminar a minha atuação na vida pública, como atentatória da segurança na-

cional ou propiciadora de enriquecimento ilícito. E não poderia deixar de lamentar que – à exceção de dois policiais de pequena categoria – nenhum dos implicados foi, sequer, afastado de suas funções, e, muito ao contrário, alguns deles foram elogiados publicamente, promovidos por merecimento e até um deles condecorado, num verdadeiro e inconcebível acinte à própria majestade da Justiça.

De outro lado, porém, foi manifesto o apoio do Poder Judiciário e do conjunto do Ministério Público, da primeira e da segunda instâncias, inclusive da Associação Paulista do Ministério Público. O Douto Colégio de Procuradores da Justiça, por duas vezes, uma contra o voto do então Procurador Geral dr. Dario de Abreu Pereira e outra por unanimidade, aplaudiu o trabalho que se estava desenvolvendo e, posteriormente, honrou-me com a inclusão de meu nome na lista tríplice encaminhada ao Executivo para nomeação do Procurador Geral da Justiça, ao início do Governo que se inaugurou a 15 de março último.

Recebemos também manifestações de apreço de órgãos que congregam advogados e outras entidades representativas da sociedade, não faltando, por igual, a palavra autorizada da Igreja, que se fez ouvir expressiva pela presidência da Confederação Nacional dos Bispos Brasileiros.

Também não poderia deixar de assinalar o respaldo concedido pela imprensa, cujo significado para o êxito a que se chegou ainda não foi suficientemente considerado.

Cabe aqui a ponderação de que não foi e não é o noticiário da imprensa o responsável pela mácula aposta, no Exterior, ao nome do País, senão a própria existência, impune, dos "Esquadrões da Morte".

14. Saliento, ainda, que o sistema montado se mostrou de grande eficiência, pois diante da interligação das várias causas, a centralização existente permitiu a exploração de muitos filões de prova, que de outra maneira ficariam insuspeitados.

A esse respeito, permito-me relacionar, indicações expressivas que resumem, em números, o trabalho deixado à consideração dos colegas que nos sucedem, apontando-se aquelas sindicâncias que, com alguns retoques na prova, poderão converter-se em outras tantas ações penais, com as de ns. 106/70, 164/69, 205/66, 330/69, 332/69, 614/68, 796/71, 855/70 e 1.192/70.

14.1 – Sindicâncias encontradas 36
        Sindicâncias em andamento.. 67
        Sindicâncias instauradas... 31
14.2 – Fichário geral indicativo das sindicâncias em curso, dos apensos, das pessoas mencionadas e das pessoas ouvidas.
14.3 – Fichário índice das diversas sindicâncias.

14.4 – Fichário dos inquéritos policiais remetidos à Vara das Execuções Criminais
14.5 – Fichário dos locais de encontros de cadáveres.
14.6 – Pasta n. 1, compreendendo documentos diversos sôbre:
  a) Comissão Estadual de Investigações;
  b) Incidente de competência;
  c) Denúncias de particulares;
  d) Fotos;
  e) Objetos;
  f) Informações de terceiros;
  g) Correspondência de promotores;
  h) Portarias;
  i) Papéis expedidos;
  j) Papéis recebidos;
  k) Problema de prisão especial;
  l) Prisões requeridas;
  m) Recolhimento de Presos Tiradentes.
14.7 – Pasta n. 2, compreendendo dados sôbre testemunhas e vítimas vivas.
14.8 – Pasta n. 3, compreendendo dados sôbre vítimas mortas.
14.9 – Pasta n. 4, contendo reportagens em geral.
14.10 – Pastas ns. 5, 6 e 7, compreendendo documentos sôbre policiais envolvidos:
  a) Ademar Augusto de Oliveira
  b) Ademar Costa
  c) Alberto Barbour
  d) Antonio Deodato
  e) Belvoir Campos Fagundes
  f) José Giovanini
  g) Luís Carlos Franco Ferreira
  h) Nataniel Gonçalves de Oliveira
  i) Nelson Querido
  j) Firmino de Souza Abate
  k) José Gustavo de Oliveira
  l) Sérgio Fernando Paranhos Fleury
  m) Sidney Gimenez Palácios
  n) Walter Brasileiro Polim
  o) Zullo
14.11 – Pastas de ns. 1 a 18, reunindo documentos apreendidos no DARC (DEIC).
14.12 – Pastas, de ns. 1 e 2, reunindo documentos apreendidos no Recolhimento de Presos Tiradentes.
14.13 – Amarrados de documentos, de ns. 1 a 13, apreendidos no Recolhimento de Presos Tiradentes.

15. Também – e isto é da maior importância – o funcionamento do esquema, permitindo uma inusitada atividade probatória por parte do Ministério Público, se constituiu em experiência de grande valia, para substancial reformulação das atribuições da Instituição, no importante setor da realização da Justiça.

16. E, ao terminar, ressalto a contribuição ímpar dos doutores Dirceu de Mello e José Sylvio Fonseca Tavares, os quais, com grande dedicação e invulgar espírito público se constituiram em colaboradores de tanta relevância que não fosse o auxílio por eles emprestado, dificilmente conseguiríamos chegar aos resultados assinalados. E, por igual, não poderia omitir a atuação dos ilustres e dignos juízes Nelson Fonseca, titular da Vara da Corregedoria dos Presídios e da Polícia Judiciária e do juiz auxiliar Paulo Restiffe Netto, que tudo fizeram para apoiar as iniciativas do Ministério Público, demonstrando profundo e equilibrado senso de Justiça. Por último, é de se assinalar a dedicação de todos os funcionários da Vara e, em particular, de d. Yara De Nolla, que se desdobraram, sem considerações pessoais, para que a nossa missão tivesse o suporte material indispensável aos resultados a que chegou.

HÉLIO PEREIRA BICUDO

APÊNDICE 29

MINISTÉRIO DA FAZENDA
SECRETARIA DA RECEITA FEDERAL
COORDENAÇÃO DO SISTEMA DE FISCALIZAÇÃO

TÊRMO DE INÍCIO DE FISCALIZAÇÃO

JURISDIÇÃO FISCAL

S.R.R.F.	D.R.F.	ÓRGÃO LOCAL	CÓDIGO
8a.		GIFE/8	81.998

ORIGEM DA AÇÃO FISCALIZADORA — MOMENTO DA LAVRATURA

PROGRAMA	PROJETO	ATO	HORA	MIN	DIA	MÊS	ANO
Especial					03	setembro	1971

IDENTIFICAÇÃO DO CONTRIBUINTE

NOME, FIRMA OU RAZÃO SOCIAL: Hélio Pereira B iondo
ENDEREÇO: Avenida São João, nº 1.247 - 2º andar.

BAIRRO OU LOCALIDADE	MUNICÍPIO	ESTADO OU TERRITÓRIO
Centro	São Paulo	São Paulo

CGC / CPF Nº:
ATIVIDADE:
CÓDIGO DA ATIVIDADE:

CONTEXTO

NO EXERCÍCIO DAS FUNÇÕES DE AGENTE(S) FISCAL(IS) DA SECRETARIA DA RECEITA FEDERAL DEI(MOS) INÍCIO À FISCALIZAÇÃO DO CONTRIBUINTE SUPRA IDENTIFICADO INTIMANDO-O A PRESTAR AS INFORMAÇÕES E ESCLARECIMENTOS QUE FOREM SOLICITADOS, BEM COMO A APRESENTAR OS ELEMENTOS ESPECIFICADOS NO VERSO, NOS PRAZOS ESTIPULADOS, OBSERVANDO O DISPOSTO NO INCISO I DO ARTIGO 1.º DA LEI N.º 4729 DE 14 DE JULHO DE 1965.

SUBSCRIÇÃO

PARA CONSTAR E PRODUZIR OS EFEITOS LEGAIS, LAVREI(AMOS) O PRESENTE TÊRMO QUE VAI ASSINADO POR MIM(NÓS) E PELO CONTRIBUINTE OU SEU REPRESENTANTE, EM PODER DE QUEM FICA UMA CÓPIA.

AGENTES FISCALIZADORES

NOME	CARGO	ASSINATURA
Osmar d'Azevedo Cruz	AFTF.	
Braulio Café	AFTF.	
Rafael Moreno Rodrigues	AFTF.	

CONTRIBUINTE OU REPRESENTANTE

NOME	ASSINATURA
Hélio Pereira Biondo	
CARGO OU FUNÇÃO	

DATA DE CIÊNCIA E RECEBIMENTO DA CÓPIA: 03 / 09 / 1.971

MOD. CSF 9'69
1970/8 -- 15.001 a 30.000
STF — DES. ALCYR

ELEMENTOS SOLICITADOS	PRAZOS
1) cópia da declaração de rendimentos do exercício de 1.971, ano-base de 1.970...............................	72 horas
2) relação dos bancos com que manteve conta, nos últimos 5 (cinco) anos, discriminando o período.	72 horas.

OBSERVAÇÕES

Os esclarecimentos deverão ser apresentados a rua Brigadeiro Tobias, nº 118, 41 º andar, sala 4.107-S.Paulo.

APÊNDICE 30

VEJA – 6/10/71

ESQUADRÃO

QUESTÃO REABERTA

As sessões do Senado vêm caracterizando-se pela tranqüilidade com que se desenvolvem. Os discursos inflamados, os apartes acalorados já não são tão comuns entre os parlamentares. Assim, na terça-feira da semana passada, o senador Franco Montoro, MDB, teve um auditório surpreso e interessado para acompanhar o seu pronunciamento sobre a "verdadeira perseguição" que estaria sofrendo o procurador Hélio Bicudo, responsável por sete denúncias contra o "esquadrão da morte" paulista. Bicudo foi afastado em início de agôsto, por motivos ainda não suficientemente esclarecidos, e até agora não teria encontrado "o necessário repouso físico e moral".

Franco Montoro protestou contra o fato de o procurador estar sendo seguido, de maneira misteriosa, em todos os seus passos (seu escritório particular foi vasculhado, há duas semanas, por três desconhecidos, aparentemente interessados na microfilmagem de documentos pessoais).

O pronunciamento de Montoro, bastante aplaudido, teve alguma repercussão dentro e fora do Senado e serviu para reanimar a questão dos crimes do "esquadrão" paulista, um tanto diluída nos últimos dois meses. No plenário, Carvalho Pinto solidarizou-se com ele. José Lindoso, vice-líder da Arena, reafirmou que os crimes do "esquadrão" não têm, absolutamente, o beneplácito das autoridades.

E por coincidência, no dia seguinte, um dos promotores da cidade de Guarulhos recebia nova sindicância sobre o "esquadrão" paulista preparada pela Corregedoria dos Presídios. Uma prova de que a Justiça, pelo menos, não está disposta a deixar o problema do "esquadrão" circunscrito aos discursos parlamentares.

CIDADE DE SANTOS – 29/9/71

PROMOTORES INVESTIGAM E APONTAM FLEURY COMO MEMBRO DO ESQUADRÃO

Menos de dois meses após haverem sido indicados pela Procuradoria Geral da Justiça para apurar os crimes praticados pelo Esquadrão da Morte, em substituição ao procurador Hélio Bicudo, os promotores de Justiça Alberto Marino Jr. e Djalma Lucio G. Barreto já concluiram a primeira sindicância contra membros daquela organização. A peça foi ontem encaminhada ao juiz de Direito da comarca de Guarulhos, para oferecimento de denúncia, e nela ficou demonstrada a culpabilidade do delegado Sérgio Fernandes Paranhos Fleury, de Ademar Augusto de Oliveira, **Fininho I**; de José Campos Correia Filho, o **Campão**; de João Bruno e João Carlos Tralli, na execução dos marginais Antonio Dalava, vulgo **Nico**; Antonio Mendonça, o **Gaúcho**; e Marcos Pietrafasa, vulgo **Italianinho**, cujos cadáveres foram encontrados crivados de balas, na madrugada de 18 de dezembro de 1968, em Guarulhos.

DO DEIC PARA A MORTE

Os promotores Alberto Marino Jr. e Djalma Lúcio Gabriel Barreto, através de diligências pessoais, apuraram que em fins de 1968 aqueles três elementos haviam sido recolhidos aos xadrezes do DEIC e de lá retirados pelo Esquadrão, para serem executados.

Em torno daquela retirada existem pormenores fornecidos por três testemunhas – Walter Tavares, Marco Antonio Ligabó e Marco Luís da Costa Figueiredo – que também se achavam detidos na repartição policial. Por verdadeira obra do destino, conseguiram aquelas testemunhas livrar-se da execução que, "no princípio das atividades do bando, obedeciam um verdadeiro ritual". Determinava-se aos que seriam **imolados** que se barbeassem e melhorassem seu aspecto, para serem colocados **em liberdade**. Após essas preliminares, transportados para lugar ermo, passaram a servir de alvo dos disparos de seus algozes.

OS ACUSADOS

Em certo trecho, assinala a sindicância: "Dentre os tradicionais componentes do Esquadrão da Morte, resultou satisfatoriamente demonstrada na execução em apreço, a participação de 5 dos seus membros. São eles: Sérgio Fernando Paranhos Fleury, Ademar Augusto de Oliveira (vulgo "Fininho

I"), José Campos Correia Filho (vulgo "Campão"), João Bruno e João Carlos Tralli.

"Encontram-se todos incursos, por três vezes, nas penas do Artigo 121, parágrafo 2º, III (meio cruel) e IV (recurso que torna impossível a defesa do ofendido).

"A entrega de uma das vítimas à "equipe do Dr. Fleury" é inclusive atestada por seu colegas de Polícia, como o investigador Luís Honda e o motorista Severino Gomes de Queirós.

"Subsídios informativos foram igualmente colhidos de Lilia Maria Belluzaghi Pinto, ex-amante do inspetor da Guarda-Civil, Walter Dias Ladeira, sogro de Fininho II (irmão de Ademar Augusto) e "profundo conhecedor das atividades do bando". O inspetor Ladeira foi assassinado tempos depois por sua amante.

E conclui a sindicância: – "Resta acentuar que um dos indicados – Ademar Augusto de Oliveira, vulgo "Fininho I", foi recentemente demitido do Serviço Público, pelo excelentíssimo sr. Presidente da República e tem sua prisão decretada em outros processos a que responde.

Pela remessa, portanto, à digna autoridade judiciária da vizinha Comarca para as providências cabíveis".

DIÁRIO DO CONGRESSO NACIONAL
(SEÇÃO II)

O SR. PRESIDENTE (Carlos Lindenberg) – Tem a palavra o Sr. Senador Franco Montoro.

O SR. FRANCO MONTORO (lê o seguinte) – Sr. Presidente e Srs. Senadores, quando do afastamento do procurador Hélio Bicudo do comando das investigações sobre as atividades do "Esquadrão da Morte", em São Paulo, lamentamos a atitude do Procurador-Geral da Justiça de São Paulo e salientamos a dívida da sociedade para com aquele membro do Ministério Público, pelo trabalho que realizou, da maior importância, nos planos interno e externo. No Brasil, porque se pôs um ponto final a crimes que até então se praticavam impunemente contra marginais.

No Exterior, porque tais delitos, amplamente divulgados pela imprensa internacional, estavam contribuindo para a formação de uma imagem desfavorável do País. Note-se que não foi o noticiário sobre o "Esquadrão" que para isso contribuiu, mas o fato da existência do "Esquadrão" e sua impunidade. A apuração desses crimes e o julgamento de seus autores, com apoio pleno do Governo, sòmente poderia se constituir em fator positivo, demonstrando o propósito de esclarecer a verdade e punir os culpados.

Infelizmente, porém, o trabalho sério que vinha sendo realizado não recebeu dos órgãos governamentais o desejável apoio. E a pessoa que se responsabilizou pela acusação pública, foi objeto de seguidas ameaças, tendo sido anunciado, inclusive, que o representante do Ministério Público em questão, a certa altura – não sabendo, seguramente, a origem das ameaças físicas e morais que lhe eram feitas – entregou uma carta-testamento a pessoas de sua confiança, para ser publicada **in extremis**.

Quem conhece de perto o Dr. Hélio Pereira Bicudo sabe de sua honradez e probidade e da força moral com que costuma enfrentar ameaças ou perseguições de qualquer natureza no cumprimento de seus deveres.

O Sr. Carvalho Pinto – V. Exª dá licença para um aparte?

O SR. FRANCO MONTORO – Com prazer, nobre Senador.

O Sr. Carvalho Pinto – Conhecendo de longa data o Procurador Hélio Bicudo, pois foi auxiliar de minha confiança tanto no Governo do Estado como no Ministério da Fazenda, posso trazer também meu testemunho acerca dos atributos pessoais que o credenciam ao respeito público e dentre os quais sobrelevam, especialmente, o rigor e a impessoalidade com que sabe cumprir seus deveres, sem medir riscos ou sacrifícios de qualquer natureza.

O SR. FRANCO MONTORO – Agradeço o aparte e o depoimento valioso de V. Exª, que conheceu de perto o Professor Hélio Bicudo; foi ele, inclusive, Chefe do Gabinete Civil do Governo de V. Exª; foi procurador da maior respeitabilidade em São Paulo, tendo sido indicado, por várias vezes, para Procurador-Geral do Estado. É um dos nomes que honram o Ministério Público de São Paulo.

O Sr. José Lindoso – Permite V. Exª um aparte?

O SR. FRANCO MONTORO – Com todo o prazer.

O Sr. José Lindoso – Estou acompanhando o discurso de V. Exª com o maior interesse. V. Exª estava fazendo uma colocação que me parecia de absoluta propriedade, no sentido de não dar conotação subjetiva ou política ao problema do "Esquadrão da Morte". V. Exª sabe que toda a Nação admira o Procurador Hélio Bicudo e sabe que qualquer pessoa que esteja em situação de atividade política de maior relevo está sujeita a ameaças. Senadores da República e Deputados têm também recebido cartas de ameaças. O sistema de cartas de ameaças, de carta anônimas é uma constatação que se faz no submundo da política, no submundo da vida social e que, naturalmente, não pode ser levado à categoria de fato de natureza histórica. Agora, quero colocar o problema dentro dos devidos termos, lembrando a V. Exª que a versão que está dando ao seu discurso, como se o Governo não tivesse interesse em extirpar todas as distorções que, por acaso, existam e que haja constatado nas atividades policiais é uma versão que não corresponde à grandeza dos propósitos do Presidente Médici. V. Exª que acompanha com dedicação a vida nacional, que, aliás, com o seu poder de crítica serve à Nação...

O SR. FRANCO MONTORO – Muito obrigado.

O Sr. José Lindoso – ...esteja certo de que o poder de crítica é tanto mais importante quanto ele se estriba num dado de verdade e de justiça. Há poucos dias, V. Exa. viu que o Presidente da República disse que considera o ambiente político saneado, disse reiteradamente isto em declarações feitas há pouco tempo no Estado do Espírito Santo. Assim se referiu, que usou o Ato Institucional para fazer um processo de saneamento na polícia, inclusive na polícia de São Paulo, onde encontrou pessoas que no exercício daquele dever de policial tinham transgredido as leis, tinham cometido distorções, crimes, de forma que o Governo, com todos os seus órgãos, com todas as autoridades, inclusive as militares, está vigilante para este aspecto, procurando extirpar todas estas distorções que acompanham as sociedades como a nossa, como acontece nos próprios Estados Unidos mas que não têm absolutamente o beneplácito do Governo. Pelo contrário, o Governo tem a serena energia na repressão na base da justiça e da verdade.

O SR. FRANCO MONTORO – Agradeço a declaração de V. Exa., que reafirma a disposição do Governo de implacavelmente apurar a verdade e punir os responsáveis.

O Sr. José Lindoso – V. Exa. viu o ato do Governo, aplicando o Ato Institucional com relação a policiais de São Paulo.

O SR. FRANCO MONTORO – Essa disposição deve ser louvada, a de procurar apurar responsabilidades e punir os culpados, mas no caso, nobre Senador, há uma circunstância que não pode deixar de ser lamentada por todos. É que esse procurador, respeitado por todos e que aqui mais uma vez teve sua atuação e probidade destacadas, acaba de ser afastado da função de acompanhar, apurar e punir os responsáveis.

> "Afastado do encargo, não encontrou o Dr. Hélio Pereira Bicudo o repouso físico e moral que merecia. Vem sendo ostensivamente seguido em todos os seus passos. Ainda recentemente teve o seu escritório invadido e os documentos filmados. Para que e por quê? É a pergunta que todos nós fazemos, ante essa violência".

que merece o repúdio de todos. Com satisfação vejo a unanimidade dos Membros do Congresso repudiarem essa violência.

É estranhável, entretanto, que um homem que dedicou sua atividade, correu todos os riscos para apurar tais fatos, sofra agora uma verdadeira perseguição.

Teremos aqui a repetição do que ocorreu na Grécia, onde um Juiz de instrução foi mandado às grades, porque apurou crimes de elementos da classe dominante? Se um ilustre representante do Ministério Público, com inegáveis serviços à causa pública torna-se objeto de ameaças e violências, o fato não pode deixar de receber das autoridades do Estado e do País o amparo e a segurança devida a qualquer cidadão e especialmente a um representante da Justiça Pública.

O Senado não pode silenciar diante dessa situação de insegurança que a todos traz as maiores apreensões.

Diante de tais fatos, é oportuno recordar dois princípios, que o Brasil, ao lado das nações democráticas, afirmou perante o mundo, na Declaração Universal dos Direitos do Homem.

"Primeiro, o desprezo e o desrespeito pelos direitos do homem resultarem em atos bárbaros que ultrajaram a consciência da Humanidade".

"Segundo, "o reconhecimento da dignidade inerente a todos os membros da família humana é o fundamento da liberdade, da justiça e da paz no mundo". Era o que tinha a dizer. **(Muito bem! Muito bem!)**

APÊNDICE 31

MINISTÉRIO PÚBLICO DO ESTADO DE SÃO PAULO
PROCURADORIA GERAL DA JUSTIÇA DO ESTADO

CONFIDENCIAL (reservado)

São Paulo, 16 de setembro de 1971.

Senhor Procurador,

Para os fins julgados úteis, comunico a V. Excia., e aos ilustres membros do Colégio de Procuradores que, a partir do afastamento determinado por essa douta Procuradoria das atribuições que vinha exercendo nas investigações e processos para apuração das atividades do "Esquadrão da Morte", venho sendo submetido a constante vigilância e a investigações, inclusive por parte de autoridades do Imposto de Renda, numa atitude realmente inusitada do Poder Público, que leva à conclusão de que interesses subalternos objetivam desmoralizar tudo aquilo que se fez naquelas investigações e naqueles processos, através de salpicos de lama que se intenta atirar sobre a minha pessoa.

Nesse sentido, posso citar a V. Excia. e aos srs. procuradores, três episódios recentes, que bem qualificam as intenções de um sistema, cujas origens se identificam nas finalidades pretendidas: a) estou sendo objeto de investigações por agentes da Secretaria da Receita Federal, que vasculham ilegalmente as minhas contas nos Bancos com os quais mantenho relações; b) estou sendo submetido à constante vigilância, como há dias pude constatar, quando de curta permanência, nos feriados da Semana da Pátria, no Estado da Guanabara; c) por último, aludo à invasão de meu escritório – amplamente noticiada nos jornais – com extensa busca em meus arquivos particulares. Essa invasão se deu mediante uso de chave falsa, à noite, e somente veio ao meu conhecimento, pela circunstância fortuita de que os estranhos visitantes foram surpreendidos pelas pessoas que se dedicam à limpeza do escritório. Deixaram, os elementos que se dedicaram àquele mister – e que não são assaltantes – evidências de que manusearam o conteúdo de meus arquivos, havendo a possibilidade de que se tenham apoderado de papéis, cuja falta dificilmente poderá ser aferida, pois o fichário e a documentação em questão estão ainda em fase de organização.

Entendo que esse esquema de pressão se constitui em problema da própria Instituição, cujos relevantes interesses na preservação do bem estar social, ficarão significativamente prejudicados, desde que se aceite passivamente as insólitas arremetidas ora feitas no sentido de atingir, através da pessoa, todo um trabalho da maior seriedade, desenvolvido sem considerações outras que não a prestação de um serviço à coletividade.

Sem outro assunto e solicitando que, por cópia, se dê ciência do conteúdo deste ofício aos membros do douto Colégio de Procuradores da Justiça, subscreve-me com distinto apreço.

HÉLIO PEREIRA BICUDO

Ao Exmo. Sr.
Dr. OSCAR XAVIER DE FREITAS
M.D. Procurador Geral da Justiça do Estado de São Paulo

APÊNDICE 32

SECRETARIA DA SEGURANÇA PÚBLICA
DELEGACIA – QUARTO DISTRITO POLICIAL

TÊRMO DE DECLARAÇÕES

Aos trinta dias do mês de setembro de mil novecentos e setenta e um, nesta cidade de São Paulo, na Delegacia de Polícia de 4º Distrito Policial, onde se achava o Doutor Luiz Carlos Rocha, Delegado respectivo, comigo escrivão de seu cargo, ao final assinado, compareceu Dr. Hélio Pereira Bicudo, filho de Galdino Hybernon Pereira Bicudo e Ana Rosa P. Bicudo, com 49 anos de idade, de cor branca, estado civil casado, de nacionalidade brasileira, natural de Moji das Cruzes – Est. de S. Paulo, de profissão Procurador da Justiça, residente à Rua Araporé, J. Guelada, número 325, sabendo ler e escrever e declarou: na presença do Dr. Guido Henrique Meinberg, Promotor Público, o seguinte: que o declarante, desde que foi designado para apurar os crimes do "Esquadrão da Morte" vem recebendo toda sorte de ameaças, físicas e morais; que essas ameaças sempre recrudesciam quando se supunha às vésperas do oferecimento de alguma denúncia, em particular, quando nelas poderia figurar o nome do Delegado Sérgio Fleury; que essas ameaças se manifestavam das formas mais variadas, inclusive sob a de conselhos, recados, sugestões e etc.; que no último mês em que exerceu as atividades para as quais fôra designado pelo Procurador Geral da Justiça, foi sujeito a um esquema de pressões que objetivavam alcançar o seu afastamento a pedido; que o declarante recebia informações que se estava fazendo investigações sobre sua vida, por órgãos estaduais e federais, com objetivos que o declarante ignora; que após ter sido afastado daquelas apurações por ato do Procurador Geral da Justiça, o declarante teve a oportunidade de constatar que nos últimos dias que precederam a invasão de seu escritório, estava tendo seus passos seguidos, digo, seus passos seguidos por estranho; que estando a passeio com a família, na Guanabara, foi ostensivamente seguido por três homens num "Volks" vermelho, modelo 1971, com chapa de Niterói AB-7090; que esse fato ocorreu nos dias cinco e seis do corrente e o declarante dele deu conhecimento ao Delegado da Barra da Tijuca, Dr. Gastão do Nascimento; que a propósito de invasão de seu escritório, o declarante informa que se achava em sua residência na noite de 14 para 15, por volta de uma hora, quando bateram à porta; que se tratava de um policial, o qual solicitou ao declarante que fizesse uma ligação telefônica para determinado número, a fim de receber determinada informação; que o declarante assim fez, falando com pessoa que se identificou como sendo capitão da Polícia Militar, cujo nome o declarante não se recorda; que esse capitão informou ter havido uma invasão no escritório do declarante e solicitou que o declarante ligasse para o delegado Liberal, do 4º Distrito Policial que se achava no local; que o declarante assim fez, indo, em seguida, para o edifício onde se localiza o seu escritório, à Al. Santos, 1.343, conj. 807; que nos baixos do prédio encontrou o delegado Liberal, dois investigadores do DEOPS, outros policiais, duas faxineiras, o zelador e um vigia do prédio; que o delegado Liberal informou ao declarante que havia solicitado o concurso do IPT, mas os peritos em furto, disponíveis, estavam ocupados com duas diligências, mas, logo, estariam no local; que essa autoridade disse ao declarante que achava estranho o acontecido, porque entre tantos escritórios e apartamentos residenciais, existentes no edifício, fora escolhido o do declarante; que, segundo apuraram as autoridades, as faxineiras, entrando no escritório por volta das 21,30 horas, para procederem à limpeza, encontraram elas, três indivíduos, todos moços e bem afeiçoados, sendo um deles de côr e outros dois, claros; que eles teriam recebido as faxineiras com naturalidade e disseram a ela que estavam terminando o serviço e logo sairiam; que, segundo a mesma autoridade, aparentemente, tudo estava em ordem, temendo apenas que tivesse sido colocada uma bomba em algum local do escritório; que em seguida o declarante e os policiais subiram ao escritório, verificando o declarante que os invasores tinham entrado pelo muro de uma pequena área de serviço, onde até hoje existem vestígios de escalada; que abriram a porta da cozinha, com chave falsa e ocuparam o escritório; que as faxineiras não souberam explicar ao declarante os instrumentos usados pelos invasores e com os quais se retiraram, além de pastas; que o declarante, naquele instante, não pôde avaliar o motivo da invasão, pois as coisas estavam aparentemente em ordem; que o declarante montou seu escritório há cerca de dois meses, estando a organizar seus papéis que retratam muitos anos de sua vida; que são papéis pessoais que dizem respeito às atividades do declarante que o declarante vem desempenhando na sua vida pública e privada; que na companhia da mesma autoridade e dos outros policiais presentes, o declarante verificou a inexistência de qualquer bomba que tivesse sido colocada no recinto de seu escritório; que como os peritos do IPT demorassem e já fosse bastante tarde, o declarante achou que o delegado, digo, que o delegado os poderia dispensar no momento, pois a constatação da falta de algum documento sòmente o declarante poderia ter elementos para fazer; que, entretanto, no dia seguinte, ou melhor, no dia 15 o seu escritório ficou aberto até o início da noite, pois determinou a mudança de fechaduras, sendo certo que a Polícia Técnica não compareceu nesse dia e nem nos dias seguintes, só o fazendo nos dias 22 e 24 do corrente; que no dia 22 quando do comparecimento da Técnica, o escritório encontrava-se fechado, de sorte, que fotografias de pesquisas sòmente puderam ser feitas no dia 24, na presença do Dr. Luiz Carlos Rocha e Guido Meinberg; várias fotografias foram tiradas, e por amostragem foram levantadas algumas impressões digitais em pastas que se encontravam mais a vista, sobre mesas; que esclarece que no dia dos fatos, os arquivos e as gavetas das mesas não estavam trancados a chaves, estando as chaves, nas respectivas fechaduras; que nos dias que se seguiram, ou melhor, a partir do dia 16, o declarante com o auxílio de sua secretária, fez um exame em seus papéis; que examinou primeiro papéis existentes nos três arquivos de aço e depois passou a examinar os papéis existentes que se encontravam sobre um armário; que verificou, durante essa pesquisa, que haviam sido subtraídos documentos referentes a sua correspondência pessoal com terceiros, bem assim, os documentos comprobatórios das declarações do Imposto de Renda, cujas cópias e originais tinha em seu poder e que se encontravam em pastas sobre o aludido armário; que esses documentos e cópias de declarações do Imposto de Renda, referem-se a todos os exercícios desde 1959 até o presente; que se trata de comprovantes de receita e despesas; que até a presente data não constatou que nenhum objeto, além dos documentos referidos, tenha sido retirado do escritório do declarante; que no dia imediato ou no seguinte, por ofício comunicou os fatos ao Procurador-Geral da Justiça; que não tem elementos que lhe possibilitem descrever os três homens que, conforme acima ficou constando, o seguiram em um carro, marca "Volkswagen", acima referido; que apenas supõe que nos dias que antecederam ao dos fatos tenha sido seguido, porque as pessoas que invadiram seu escritório demonstraram conhecer os passos do declarante, inclusive os horários de encerramento do expediente do escritório; que dispensou a perícia, a ser realizada no escritório, na madrugada do dia 15, por comodismo, isto é, porque os peritos estavam demorando para comparecer ao local e também, porque o declarante, na oportunidade, não a julgou de interesse, de vez que entendeu na ocasião que os peritos poderiam, quando muito, constatar a invasão do local, por escalada; que, entretanto, esclarece o declarante que não impediu a realização de qualquer perícia, mas apenas sugeriu ao delegado Liberal a desnecessidade dessa diligência; que mudou as fechaduras das portas de seu escritório apenas por questão de segurança, fato que se deu logo no dia seguinte, e porque o declarante tomou conhecimento que a chave da porta externa da cozinha do escritório havia desaparecido; que dentre os documentos que o declarante deu pela falta, desapareceram também os referentes a recebimentos de importâncias relativas a pagamentos de honorários de diretoria e serviços prestados, oriundos de diversas firmas; que os arquivos e as gavetas do escritório do declarante, normalmente não eram e não são até hoje trancados, limitando-se o declarante e sua secretária a fechar, com as respectivas chaves as portas do escritório; que entre 10 e 15 dias antes do dia dos fatos, o declarante recebeu uma notificação de um grupo de trabalho da Secretaria da Receita Federal, para apresentar uma cópia da última declaração do Imposto de Renda e uma relação dos bancos com os quais o declarante manteve ou mantém conta corrente nos últimos cinco anos; que em razão desta notificação e para atendê-la, é que o declarante pode afirmar, com certeza, que os documentos que desapareceram estavam em seu escritório no dia dos fatos; que o declarante tem anotado em sua casa, o número do telefone do capitão da PM com o qual se comunicou no dia dos fatos, podendo fornecê-lo se necessário; que, ao que se lembra o nome desse capitão, seria "Nazola". Nada mais disse e nem lhe foi perguntado. Lido e achado conforme, vai devidamente assinado, comigo, Orestes Gonçalves, escrivão que o datilografei.

    Autoridade: LUÍS CARLOS RODRIGUES
    Declarante: HÉLIO PEREIRA BICUDO
    Promotor: Dr. GUIDO HENRIQUE MEINBERG
    Escrivão: ORESTES GONÇALVES

APÊNDICE 33

São Paulo, 22 de setembro de 1971

Of. 083

Senhor Delegado:

Diante de representação formalizada pelo Procurador da Justiça, Dr. HÉLIO PEREIRA BICUDO, solicito, confidencialmente, a V. Sa. as informações possíveis a respeito de eventuais diligências administrativas na esfera da fiscalização do imposto de renda.
Apresento a V. Sa. os meus protestos de alta consideração.

OSCAR XAVIER DE FREITAS
Procurador-Geral da Justiça

A S. Sa. DR. MANUEL J. GOMES DOS SANTOS
DD. Delegado da Receita Federal em São Paulo.

MINISTÉRIO DA FAZENDA

Ofício nº G/80.000 – 56/71 – RESERVADO

Em 12 de novembro de 1971

Do Delegado da Receita Federal em São Paulo
Ao Procurador-Geral da Justiça
Assunto: S/ ofício nº 083, de 22/9/71

Senhor Procurador:

Em poder do ofício acima, realizamos pesquisas para esclarecimentos da denúncia do DR. HÉLIO PEREIRA BICUDO, no que respeita aos órgãos da Receita Federal. Nenhum registro existe de fiscalização ou mesmo diligência ou pedidos de esclarecimentos que envolvam a pessoa daquele Procurador.

Sempre ao inteiro dispor de Vossa Excelência para quaisquer outros esclarecimentos, aproveito a oportunidade para apresentar os protestos de estima e consideração.

MANUEL J. GOMES DOS SANTOS
Delegado

Exmo. Sr.
DR. OSCAR XAVIER DE FREITAS
DD. Procurador-Geral da Justiça
São Paulo

APÊNDICE 34

GAZETA DE NOTÍCIAS – CEARÁ
Fortaleza – Domingo, 19, segunda-feira, 20/12/1971

INCIDENTE PROVOCADO PELO SECRETÁRIO DE JUSTIÇA

Com relação ao Esquadrão da Morte, o Secretário de Justiça afirma que ele praticamente não existe mais naquele Estado, porque os processos instaurados contra as pessoas que figuram como acusados, já se encontram em estágio bastante adiantado e quase todos se encontram na prisão, alguns já condenados.

Salientou que o trabalho desenvolvido pelo promotor Hélio Bicudo teve relevante valor e mesmo tendo ele pedido para sair da função de investigar os crimes, outros representantes do Ministério Público tomaram conta da tarefa e tudo se desenvolve de maneira satisfatória a ponto de não mais preocupar a população.

O ESTADO DE S. PAULO – 21/12/71

MULLER NÃO CONFIRMA CRÍTICAS A PROCURADOR

Sob o título "Secretário representou o Governador no Ceará", o serviço de imprensa da Secretaria da Justiça distribuiu, ontem, noticiário de quatro laudas sobre a estada do sr. Oswaldo Muller da Silva em Fortaleza. À página 3, sob o título "Esquadrão", diz o noticiário, textualmente:

"Em entrevista à imprensa de Fortaleza, o titular da pasta da Justiça fez um histórico das medidas já adotadas pelo Governo de São Paulo para solucionar os problemas que afetam a situação carcerária, especialmente com o reaparelhamento material e humano das penitenciárias.

"Com relação ao chamado **Esquadrão da Morte**, o secretário da Justiça limitou-se a informar o andamento dos trabalhos de apuração, que não são da alçada de sua pasta. Suas declarações, transcritas, entre outros, pelo jornal **Gazeta de Notícias** de Fortaleza (edição do dia 19 do corrente), foram as seguintes:

"Com relação ao Esquadrão da Morte, o secretário da Justiça afirma que ele praticamente não existe mais naquele Estado, porque os processos instaurados contra as pessoas que figuram como acusados já se encontram em estágio bastante adiantado e quase todos se encontram em prisão, alguns já condenados. "Salientou que o trabalho desenvolvido pelo promotor Hélio Bicudo teve relevante valor e mesmo tendo ele pedido para sair da função de investigar os crimes, outros representantes do Ministério Público tomaram conta da tarefa e tudo se desenvolve de maneira satisfatória a ponto de não mais preocupar a população".

N. da R. – O noticiário acima transcrito tem a evidente intenção de opor desmentido à informação por nós publicada sábado, 18, em nossa primeira página. Segundo aquela informação, o secretário da Justiça havia declarado que "as autoridades não podem deixar de reconhecer a existência do "Esquadrão da Morte", principalmente no Centro-Sul do País", e que o promotor Hélio Bicudo fora afastado da condução das investigações sobre o "Esquadrão" por haver desejado "fazer autopromoção em torno das sindicâncias que estava realizando".

Ao receber, na noite de sexta-feira, noticiário de Fortaleza sobre o assunto, tomamos a precaução de solicitar de nosso correspondente naquela Capital a confirmação das declarações do secretário da Justiça, dada sua gravidade. Obtida a confirmação, não tivemos dúvida em publicá-las. Aliás, o "Jornal do Brasil", igualmente de sábado, também divulgou noticiário semelhante e a "Tribuna do Ceará", da mesma data, 18, deu a entrevista do sr. Oswaldo Muller da Silva em manchete de oito colunas, com foto, reproduzindo com destaque suas afirmações sobre o "Esquadrão da Morte" e a saída do promotor Hélio Bicudo. Só no domingo, 19, é que o jornal "Gazeta de Notícias" divulgou a versão que agora é distribuída, em São Paulo, pela Secretaria da Justiça.

Instado, ontem, a confirmar mais uma vez os termos da notícia que nos enviara sexta-feira, nosso correspondente em Fortaleza não apenas o fez, como relatou pormenorizadamente as circunstanciais em que foi obtida a entrevista do sr. Oswaldo Muller da Silva, na sexta-feira, 17, no Náutico Atlético Cearense, a qual foi concedida a nosso correspondente e a repórteres da "Tribuna do Ceará", da TV-Ceará e da "Gazeta de Notícias".

Isto no que toca aos fatos. Sobre o mérito da questão, ver o editorial "Estranha promoção", à pág. 3.

O ESTADO DE S. PAULO – 23/12/71

MULLER REITERA DESMENTIDO

Do correspondente em TAUBATÉ

O secretário da Justiça, Oswaldo Muller da Silva, declarou, em Taubaté, já haver desmentido suficientemente a notícia a respeito das razões pelas quais o professor Hélio Bicudo teria sido afastado da direção das sindicancias que apuraram crimes do "Esquadrão da Morte".

"Deixei bem claro – disse – que o professor Hélio Bicudo afastou-se voluntariamente do trabalho que estava realizando, com grande êxito, na apuração da responsabilidade criminal do chamado "Esquadrão da Morte". Disse também que ele prestou relevantes serviços nesse setor. Só não entendeu meu desmentido quem não quis. Nada mais declaro e dou por encerrado o assunto.

GAZETA DE NOTÍCIAS
Fortaleza – 9/10 de janeiro de 1972

RETIFICAÇÃO DE H. BICUDO

Recebemos:
                                        São Paulo, 27 de dezembro de 1971.
Ilmo. Sr. Diretor da
GAZETA DE NOTÍCIAS

Fortaleza, Ceará.

Senhor Diretor:

Tendo tido conhecimento de que o Secretário de Estado dos Negócios da Justiça de São Paulo, sr. Oswaldo Muller da Silva, em entrevista à imprensa local, publicada nesse conceituado órgão de imprensa, nas edições de 19 e ou 20 do corrente, teceu considerações a respeito da conduta do signatário no episódio paulista do "Esquadrão da Morte", que não correspondem à verdade e no intuito de restabelecê-la, passo às mãos de V.S., recortes de jornais, onde se vê que aquele Secretário retratou-se dos termos da entrevista citada; e quanto à afirmativa de que o signatário deixou a pedido o encargo de dirigir as investigações sobre o "Esquadrão da Morte" em São Paulo, anexo a publicação de 3 de agosto deste ano, onde o Procurador Geral da Justiça deixa claro que o ato independeu de qualquer manifestação de vontade do signatário, que, aliás sempre esclareceu, às autoridades estaduais, que sòmente deixaria aquelas funções se desligado pelo próprio Governo, através de ato unilateral do Procurador Geral da Justiça. E foi isso o que aconteceu.

Junto, também, editorial que "O Estado de S. Paulo" publicou a respeito do incidente, para que se aquilate de que maneira as insólitas afirmativas do Secretário Oswaldo Muller da Silva foram recebidas em São Paulo.

Solicitando de V. S. a publicação, por esse ilustre órgão de imprensa, da retificação que, **data venia**, se impõe, no sentido do melhor espírito público ouso propor, também, a reprodução do aludido editorial de "O Estado de S. Paulo".

Grato pela atenção que merecer, subscrevo-me com apreço e admiração.

HÉLIO PEREIRA BICUDO

NR – Deixamos de publicar o editorial de "O Estado de S. Paulo", referido na carta acima, em virtude de já ter sido feito por nós, a sua transcrição.

JORNAL DA TARDE – 22/12/71

QUEM CUMPRE SEU DEVER ESTÁ SE PROMOVENDO

Em entrevista concedida à imprensa de Fortaleza, o secretário da Justiça de nosso Estado, sr. Oswaldo Muller da Silva, declarou que as autoridades não podem deixar de reconhecer a existência do **Esquadrão da Morte** – afirmação que representa um evidente progresso porque, no governo anterior, o que o secretário da Segurança Pública e o próprio governador diziam era exatamente o contrário.

Contudo, ao ser perguntado sobre os motivos do afastamento do procurador Hélio Pereira Bicudo, da chefia das investigações, passou significativamente o secretário para o setor da agressão, dizendo: "Foi afastado porque quis fazer autopromoção em torno das sindicâncias que estava realizando, carreando para si todas as vantagens do esforço governamental para acabar de vez com o **Esquadrão da Morte**".

Eis aí a primeira injustiça praticada pelo secretário da Justiça. Durante muito tempo nada se fez a não ser acobertar ostensivamente a ação dos assassinos e traficantes de tóxicos, comandados, meses a fio, por conhecido delegado de Polícia. E nada se faria até hoje se o tribunal de Justiça do Estado, **saindo fora de suas funções**, mas falando pela dignidade de São Paulo, não protestasse veementemente contra a impunidade e a proteção dispensadas aos selvagens matadores, chamando com isso a atenção do presidente da República, o qual determinou a identificação e a punição dos culpados.

Foi nessa oportunidade, com o Ministério Público acovardado, que o nome do sr. Hélio Bicudo foi lembrado para fazer o que fez. Foi designado para realizar pesquisas na área do Judiciário, junto do Juiz Corregedor, enquanto uma "comissão de sindicância" paralela era constituída pelo governo para sabotar os trabalhos do procurador, comissão que foi extinta porque seus membros se recusaram a participar da miserável comédia.

Nova injustiça comete o secretário da Justiça, quando fala em autopromoção em relação a um servidor que já chegou ao pináculo de sua carreira e que jogou a sua própria vida na luta contra homicidas articulados em quadrilha, viciados em alucinógenos, habituados a matar sob a proteção de elementos graduados da própria Polícia. E que até agora está sendo perseguido por esse mesmo governo que mantém em seus próprios cargos membros preeminentes do bando sinistro, sem manifestar ao menos o pudor de mantê-los afastados enquanto sobre eles a Justiça não se manifesta.

Agredindo o sr. Hélio Pereira Bicudo, o sr. Oswaldo Muller da Silva deixou transparecer que esse, sim, é o "esforço governamental" que a atual administração vem realizando em relação ao **Esquadrão** – não para acabar com ele, mas para poupar seus principais cabeças, através da desaceleração, já conseguida, dos processos punitivos.

Sem nenhuma necessidade, o sr. Muller da Silva investiu contra o cidadão que redimiu o Ministério Público da pecha de omisso, prestando um grande serviço a São Paulo e ao bom nome do próprio Brasil – e essa será a terceira ou quarta injustiça perpetrada por S. Exa. no curso de uma única frase.

Se é esse o espírito de justiça do secretário, vai muito mal a Secretaria da Justiça.

APÊNDICE 35

PROCURADORIA GERAL DA JUSTIÇA DO ESTADO

MINISTÉRIO PÚBLICO DO ESTADO DE SÃO PAULO

Exmo. Sr. Dr. Procurador Geral da Justiça:

HÉLIO PEREIRA BICUDO, Procurador da Justiça do Estado, infra-assinado, vem expor e afinal requerer a V. Excia. o seguinte:

1. Como é do conhecimento geral, o signatário promoveu, na Vara da Corregedoria da Polícia e dos Presídios da Capital, nos anos de 1970/71, uma série de investigações, que deram origem a várias ações penais propostas contra policiais que compunham o chamado "Esquadrão da Morte".

E o fizera, no desempenho de ato de ofício, para o qual fora honrado com designação específica dessa Procuradoria Geral, procurando dela desempenhar-se dentro de estritas normas jurídicas.

Não se teve em vista, nessa atuação, senão, o cumprimento do dever, que era imposto por aquela designação, que equivalia a um mandato, outorgado ao signatário, pelo Ministério Público do Estado.

Destituido dessas funções, há quase dois anos, voltou o signatário às suas antigas atribuições na Procuradoria Geral da Justiça, certo de que contribuira, com o seu trabalho, para a eliminação daquele bando criminoso, restaurando-se o prestígio da Justiça, abalado pelos desmandos de quantos se arvoraram na Polícia de São Paulo, em senhores de vida e morte, numa autêntica negação do próprio Estado de Direito.

2. Contudo, em processo crime que a Justiça Pública move contra o delegado Sérgio Fleury e outros, pela 2ª Vara do Júri desta Capital, fizeram-se aleivosas afirmativas que, sem dúvida, atingem o signatário, na sua dignidade e decoro.

3. De estranhar-se, em primeiro lugar, que se tenha permitido referências de testemunhas (Enos Beolchi Júnior e Italo Bustamante Paolucci), provocadas pelo advogado Alceu Gonzaga, à pessoa do signatário e de terceiros, inteiramente estranhos ao processo. Se isto constitui uma flagrante falta de ética profissional por parte do defensor dos réus, não menos compreensíveis foram a quase inércia do Ministério Público em face do episódio, e a passividade do magistrado, que permitiu se inscrevessem nos au-

tos afirmativas que não dizem respeito ao objeto discutido na causa, mas a um suposto comportamento do signatário, constituindo-se, as insinuações, sugeridas aquí e alí, com finalidades inconfessáveis, em verdadeiro crime contra a honra do signatário.

4. Assim, e apenas a título de esclarecimento a V. Excia., de assinalar-se que se permitiu à testemunha Italo Bustamante Paolucci referências menos verdadeiras às atividades privadas do signatário.

Essa testemunha de defesa do réu Sérgio Fleury, depois de insinuar que o signatário fora objeto de investigações pela Comissão Estadual de Investigações, a que preside, afirma que teria participado da Diretoria de determinada sociedade anônima (Asplan, Assessoria em Planejamento), quando é certo que essa testemunha, como presidente daquela Comissão e tendo examinado, como diz o contrato social da firma a que alude, não poderia, em hipótese alguma, fazer inserir semelhante afirmativa, acrescida ainda, das maliciosas informações de que a mesma firma mantinha relações negociais com o Estado e distribuia passagens de avião a terceiros implicados em atividades subversivas.

Não posso deixar de repelir, com veemência, as insinuações, evidentemente falsas, que procuram enlear o signatário, em atividades ilegais, a sugerir, até mesmo, uma determinação judicial de explicações. Basta verificar-se, contudo, pelo documento incluso, a mendacidade da primeira informação, para que todas as demais caiam por terra, porque edificadas sobre uma inverdade.

5. Nessas condições, é a presente representação para:
a) se proceda, desde logo, no sentido de que sejam riscadas dos autos quaisquer alusões ao signatário, por injuriosas e não pertinentes ao objeto da causa, instruindo-se, para esse fim o promotor público que oficia no feito;
b) seja providenciada, em qualquer caso, ajuntada de cópia desta, aos aludidos autos;
c) finalmente, sejam adotadas as providências de direito indispensáveis ao restabelecimento da verdade, deturpada naquele processo, determinando-se, inclusive, em apartado, à notificação da testemunha para esclarecimentos, nos termos do disposto no art. 144, do Cp.

São Paulo, 26 de junho de 1973.

HÉLIO PEREIRA BICUDO
Procurador da Justiça

SECRETARIA DA JUSTIÇA

JUNTA COMERCIAL – SÃO PAULO

CERTIDÃO

CERTIFICO, em cumprimento ao despacho do sr. Secretário Geral desta Junta, exarado em petição taxada com Cr$ 5,00 e protocolada sob o nº 4822/73 que a sociedade: "ASPLAN S/A ASSESSORIA EM PLANEJAMENTO", com sede na Capital, à Av. São João, nº 1.247, 9º andar, tem seus Estatutos Sociais e demais documentos legais de constituição devidamente arquivados nesta Repartição sob o nº 219.692 por despacho da Junta Comercial em sessão de 14 de fevereiro de 1963. Diretoria composta de 3 membros com o mandato por 3 anos. D. Presidente – Adolpho Nunes de Gaspar, Sebastião Advincula da Cunha, Mário Larangeira de Mendonça, brasileiros. Posteriormente a sociedade arquivou sob o nº 277.252 em sessão de 16 de fevereiro de 1965 a Ata da Reunião da diretoria realizada aos 3 de novembro de 1964 demissão do Diretor: Adolpho Nunes de Gaspar, eleito para o cargo Luiz Orlando Salles, brasileiro sob o nº 345.997 em sessão de 16 de março de 1967 a AGE de 4 de março de 1967, que dentre outros assuntos se deu a demissão do Diretor Jorge Hori, permanecendo vago o cargo; sob o nº 398.648 em sessão de 17 de abril de 1969, a AGE de 28 de fevereiro de 1968, que dentre outros assuntos a diretoria ficou assim constituida. Diogo Adolpho Nunes de Gaspar, Luiz Orlando Salles, Mário Larangeira de Mendonça e Sebastião Advincula da Cunha, brasileiros; sob o nº 15.476 em sessão de 10 de agosto de 1971 – Falência decretada pelo MM. Juiz de Direito da 17ª V.C. Capital, nomeado síndico Banco Português do Brasil S/A., com endereço à Av. Paulista nº 2.421, sendo esta a última anotação constante de nossas fichas do que dou fé. Secretaria da Junta Comercial do Estado de São Paulo aos 18 de junho de 1973. Eu Maria Darcy Betoni Barbosa a datilografei, conferí e assino. E eu, Maria Ferreira Nassif, chefe substituta da secção de Certidões, a subscrevo. Visto. Perceval Leite Britto, Secretário Geral.

ATAS – NÚMERO 15.476 – SESSÃO 10/8/71

OBSERVAÇÕES

Falência decretada pelo MM. Juiz de Direito da 17ª Vara Cível desta Capital, nomeado p/ o cargo de Síndico, Banco Português do Brasil S/A., c/ endereço R Av. Paulista, 2.421.

MINISTÉRIO PÚBLICO DO ESTADO DE SÃO PAULO
PROCURADORIA GERAL DA JUSTIÇA DO ESTADO

Exmo. Sr. Dr. Procurador Geral da Justiça

Não se conformando, **data venia**, com o respeitável despacho exarado por V. Excia. na representação protocolada sob nº 5702/71-D., venho, respeitosamente, requerer a sua reconsideração, pelos motivos que passo a expor.

1. Cumpre, antes de mais, analisar os aspectos peculiares da espécie, a aconselhar uma tomada de posição dessa douta Procuradoria, não na vala comum das considerações formais, mas tendo em vista que o problema posto na aludida representação diz muito de perto com a própria liberdade de atuação do Ministério Público.

Realmente, a se admitir possa ser o representante do Ministério Público objeto de ofensas irrogadas gratuitamente pelas partes, em Juízo, nas ações penais que propõe, com veladas, embora, insinuações relativas à sua vida privada, deixará ele de ser o **dominus litis**, na melhor expressão do termo, pois, ao formular uma denúncia irá antes indagar de conseqüências pessoais, passando a optar, na conformidade de seus interesses. Com isso, estará feita a distinção – que sempre houve – entre pequenos e poderosos, livrando-se estes do ônus penal de seu comportamento.

O caso relatado na representação de início mencionada, pelo seu ineditismo nos anais forenses, e pelos perigosos precedentes que poderá determinar, aconselham, **data venia**, um estudo mais profundo da espécie, para uma decisão que melhor ampare o exercício das funções de Ministério Público.

2. Assim, na aludida representação, foram feitos três requerimentos, todos eles indeferidos.

Mas, **data venia**, não posso aceitar os fundamentos que ditaram as conclusões tomadas.

Quanto ao primeiro item da representação em tela (item "a"), diga-se, antes de mais, que V. Excia., ao destituir-me das atribuições que me foram conferidas pela portaria 1320, de 23/7/1970, dessa Procuradoria, afirmou que passaria a supervisionar, pessoalmente, os processos instaurados contra os componentes do "Esquadrão da Morte".

Nessas condições, nada impedia, antes aconselhava, fossem adotadas, no feito assinalado na representação de 28/6/73, as providências alí pedidas.

V. Excia., como Procurador Geral da Justiça, tendo reservado para si, publicamente, poderes na prossecução penal das causas em questão, não estaria, de modo algum, impedido de requerer a juntada, seja por ato próprio, seja assim determinando ao promotor público oficiante, de qualquer documento, para o bom encaminhamento do "affaire".

3. E, quanto ao serem riscadas expressões não condizentes com o objeto da ação penal, relativas a terceiros, trata-se de providência que se inclui no "poder de polícia" do magistrado que preside à instrução criminal, contemplada, explicitamente, nos artigos 112 e 118 do Regimento Interno do Tribunal de Justiça.

Assim, usando, ainda, V. Excia., dos poderes de que está investido, poderá, **data venia**, formular o requerimento que colime essa finalidade.

Aliás, ainda quando não supervisionasse V. Excia. os processos contra os membros do "Esquadrão da Morte", na qualidade de Procurador Geral da Justiça, estaria investido das atribuições necessárias a recomendar ao promotor oficiante determinada orientação.

Esse, ademais, ato de rotina, diariamente adotado, na administração dos negócios da Instituição.

4. Finalmente, não cabe, ainda, razão ao respeitável despacho, quando nega à Procuradoria Geral da Justiça, a faculdade de notificar terceiros para que esclareçam em Juízo a dubiedade de suas assertivas, que podem, no caso, ser tidas, desde logo, como injuriosas pelo representante e proferidas em razão do exercício de suas atribuições, por especial designação dessa Procuradoria.

O pedido de esclarecimento, na verdade, se deve, na espécie, tão sòmente, a um excesso de escrúpulos.

Veja V. Excia. que, na hipótese, a injúria atinge muito mais o Ministério Público, do que o representante, porque objetiva alcançar de forma contundente a própria razão de ser das ações penais intentadas contra o "Esquadrão da Morte".

A propósito de ofensas irrogadas em razão do exercício da função, visa a lei a proteger, muito mais a função do que o funcionário injuriado, porque é ela, em última análise, a atingida.

É certo, o funcionário tem a disponibilidade inicial da ação, mas representando, perde essa mesma disponibilidade, de sorte que o juiz de seu cabimento, ou não, deixa de ser o representante, para passar ao órgão público ao qual é dirigida.

Daí, que a notificação para os efeitos do art. 144, do Cp., deve, **data venia**, ser feita pelo próprio Ministério Público.

Se o Ministério Público é o juiz do enquadramento das ofensas irrogadas, podendo, conforme o caso, propor a ação ou ordenar o arquivamento da representação, deve ele, ao contrário da afirmativa contida no respeitável despacho de V. Excia., fazer todas as indagações prévias, constitutivas da ação.

E mais.

Na notificação, cabe ao Juiz conhecer, ou não, do conteúdo delitivo das ofensas irrogadas. De sua apreciação e não das considerações feitas pelo particular ofendido, depende, a propositura da lide penal contra o sujeito ativo da ofensa. É o que consta, claramente, do texto legal.

Assim, na hipótese em tela, não cabe ao representante pedir esclarecimentos, mas ao Ministério Público, que será o juiz da oportunidade da ação, pois, de que valerá, em última análise, ao representante pedir, em caráter privado, esses mesmos esclarecimentos, se a disponibilidade da lide cabe ao Ministério Público.

Convenha V. Excia.: o representante solicitará esclarecimentos; estes virão e serão julgados insatisfatórios pelo juiz. Esta decisão vinculará o procedimento penal?

É evidente que não, porque, nesse caso, coartada estaria a liberdade do Ministério Público, na proposição da lide, obrigado que estaria a propô-la.

5. Finalmente, tendo as aludidas insinuações partido, em especial, de promotor público, sujeito ao poder disciplinar da Procuradoria Geral da Justiça, é de se encarecer sejam tomadas no plano administrativo providências que esclareçam de maneira satisfatória o incidente, inclusive, com a adequada punição do servidor faltoso.

6. Diante do exposto, solicito como acima a reconsideração do respeitável despacho de V. Excia., para que tudo seja ordenado, conforme alí se requereu e representou.

São Paulo, 13 de agosto de 1973.

HÉLIO PEREIRA BICUDO

Os argumentos com que se pretende obter a reconsideração do despacho pressupõem a existência de representação formulada nos termos do art. 145 § único do C. Penal. Como não se formalizou qualquer representação nesse sentido, nada há a fazer.

No mais deixo de colher as sugestões do ilustre Procurador da Justiça porque o promotor designado, Dr. Alberto Marino Jr., tem adotado todas as providências adequadas e oportunas no resguardo dos interesses do Ministério Público.

3/9/73
(a.) OSCAR XAVIER DE FREITAS

APÊNDICE 36

PODER JUDICIÁRIO
COMARCA DE GUARULHOS

PROC. 307/70

Vistos etc.

Ernesto Milton Dias, Sérgio Fernando Paranhos Fleury, Alberto Barbour, Walter Brasileiro Polim, João Bruno, Astorige Correia de Paula e Silva, vulgo "Correinha", Angelino Moliterno, vulgo "Russinho", Antonio Augusto de Oliveira, vulgo "Fininho II", Eduardo Xavier, Nathabiel Gonçalves de Oliveira, José Gustavo de Oliveira, Ademar Augusto de Oliveira, vulgo "Fininho I", Cleómenes Antunes, vulgo "Goiano", João Carlos Tralli, vulgo "Trailer", José Campos Corrêa Filho, vulgo "Campão", e Abílio Armando Alcarpe, todos qualificados nos autos, foram denunciados como incursos nos artigos 121, § 2º, III e IV e 211 do Código Penal e letra a do artigo 4º da lei nº 4898 de 9/12/1961 combinada com o artigo 1º da lei nº 5249 de 9/2/1967, todos combinados com os artigos 25 e 51, caput, do Código Penal.

Segundo a denúncia, no dia 23 de novembro de 1968, os denunciados, em companhia de outros policiais não identificados, vieram ao bairro de Nossa Senhora de Fátima, situado nesta cidade, à procura de Antonio de Souza Campos, vulgo "Nego Sete", que seria componente do bando do marginal "Saponga" o qual teria morto no dia 18 do mesmo mês o investigador David Romero Paré. Na realização de seu objetivo, os denunciados invadiram a residência do casal Antonio Marques e Ana Anita Marques, supondo que o varão fosse a pessoa procurada, detiveram e maltrataram o casal, só libertando a mulher no final da diligência e levando preso o varão para o Deic primeiramente e depois para o Recolhimento Tiradentes, presídios nos quais ficou vários dias recolhido. Em seguida, os denunciados localizaram a residência de "Nego Sete" e de sua companheira, situada à rua Padre Cláudio Arenal, nº 30, fundos, e promoveram o esvaziamento dos seus cômodos, alardeando serem membros do "Esquadrão da Morte" e pretenderem liquidar "Nego Sete". Mantiveram-se, então, próximos ao local, aguardando a chegada da pessoa procurada, o que ocorreu por volta das 16,30 horas. Ao aproximar-se do local, advertido da presença dos policiais, "Nego Sete" levantou seus braços, sendo, em seguida, morto, atingido por tiros disparados com armas de diversos calibres portadas pelos que o esperavam. O cadáver da vítima foi levado para local ermo situado na antiga estrada Rio-São Paulo e sua morte foi anunciada por "Lírio Branco", relações públicas do Esquadrão, que telefonou à sala de imprensa do Palácio da Polícia.

Com a denúncia, vieram sindicância realizada pela Corregedoria de Presídios de São Paulo, inquérito policial e os documentos de fls. 328/337.

Citaram-se e interrogaram-se os denunciados que em defesa prévia alegaram a inépcia da denúncia, protestaram inocência, arrolaram testemunhas e requereram diligências. Ouviram-se duas vítimas, quatro testemunhas de acusação, noventa e oito de defesa e três do juízo.

Vieram para os autos os documentos de fls. 356, 360, 368, 369, 381, 390 a 406, 446 a 450, 474, 486 a 497, 517, 590, 592, 616, 646, 647, 653, 656, 658, 661, 664, 692, 715, 720, 731, 733, 825, 861, 886, 887 a 950, 952, 953, 954, 956, 1002, 1019, 1139, 1396, 1403, 1404, 1467, 1468, 1491, 1511, 1530, 1585, 1592, 1596, 1603, 1604, 1605, 1606, 1607, 1608, 1609, 1615, 1620, 1623, 1644 a 1763, 1777, 1789, 1793, 1794, 1796, 1797, 1811, 1901, 1980 a 2004, 2019, 2020, 2088, 2089, 2090, 2162 a 2165, 2179, 2180, 2191 a 2351, 2519, 2520, 2521, 2522, 2524 a 2550, 2556, 2557 e 2558.

Apensaram-se aos autos xerocópias de conflito positivo de jurisdição suscitado pelo MM. Juiz Auditor da 2ª Auditoria da 2ª Circunscrição Judiciária Militar e julgado pelo Egrégio Tribunal Federal de Recursos o qual declarou a competência deste juízo para o julgamento dos fatos denunciados. Realizou-se a diligência descrita no auto de fls. 2027 e seguintes.

Em alegações, o dr. Promotor, depois de analisar a prova dos autos, pediu a pronúncia dos acusados nos termos da denúncia. Os drs. defensores dos acusados Angelino Moliterno, Eduardo Xavier, Nathaniel Gonçalves de Oliveira e Cleómenes Antunes pleitearam a impronúncia de seus defendidos, alegando: não serem válidos os reconhecimentos efetuados na sindicância por não ter sido cumprido o inciso I do artigo 226 do Código de Processo Penal; não ser o reconhecimento meio de prova, sendo, apenas, peça informativa; haver necessidade de indícios veementes para a decretação da pronúncia, não bastando simples suspeita; não ter o acusado Eduardo Xavier sido reconhecido quando da sindicância porque a testemunha João Batista de Oliveira afirmou não ter reconhecido ninguém de cor preta; não ter Nathaniel participado da diligência em busca de "Nego Sete"; estar Angelino fora de São Paulo na época dos fatos; só ter Cleómenes estado no local durante a manhã, regressando em seguida, a São Paulo. O dr. defensor do acusado Astorige pediu sua impronúncia, subscrevendo as alegações dos demais defensores e argumentando basear-se a acusação em meras presunções e não poder a prova produzida na sindicância servir de suporte à pronúncia dos acusados.

Os demais defensores, apesar de intimados, nada alegaram.

Decido.

Preliminarmente, pode a pronúncia ser prolatada sem que os defensores de alguns réus tenham se manifestado no prazo do artigo 406 do Código de Processo Penal dês que intimados para tanto. O defensor pode, por questão de tática, guardar seus argumentos para o plenário do Juri, evitando manifestação a respeito deles do juiz prolator da pronúncia e deixando o acusador sem saber qual a linha de defesa a ser sustentada. A nomeação de defensor "ad hoc" para a prática do ato poderia ser prejudicial aos réus, fazendo com que viessem agora aos autos argumentos que os defensores constituidos só desejam que sejam apresentados em plenário. Nesse sentido, já decidiu o Egrégio Tribunal de Justiça de São Paulo (R.T. 237/125).

A alegada inépcia da denúncia já foi repelida pelo Colendo Supremo Tribunal Federal, conforme decisão constante de fls. 2202 a 2351.

O delito de abuso de poder está prescrito. A pena máxima prevista é seis meses de detenção, ocorrendo a prescrição em dois anos de acordo com o preceituado pelo artigo 109 do Código Penal. O recebimento da denúncia, única e última causa interruptiva, deu-se em 6 de outubro de 1970, tendo a prescrição ocorrido em 5 de outubro de 1972.

Ficou exaustivamente provado que no dia 23 de novembro de 1970 um grupo de policiais dirigiu-se a esta cidade para localizar e matar a vítima "Nego Sete". Prenderam Antonio Marques e depois de verificarem não tratar-se da pessoa procurada, levaram-no preso para São Paulo, prisão esta documentada pelos Boletins de Recolha de fls. 267 e 268. Em seguida, encontrando a residência de "Nego Sete", os policiais detiveram sua companheira e aguardaram sua chegada, mantendo-se dentro de sua residência e em locais próximos de forma a não lhe dar oportunidade de fuga ou defesa. Chegando a vítima ao local, os homicidas, após avisarem que se tratava da polícia, dispararam suas armas, atingindo-a com numerosas balas e causando sua morte.

Ficou, também, provado que o delito foi cometido pelo popularmente chamado "Esquadrão da Morte" que na época pretendia vingar o assassinato do investigador David Romero Paré, ocorrido alguns dias antes, matando marginais pertencentes ao bando de "Saponga", suposto matador do policial mencionado.

A prova dos fatos expostos está nos depoimentos do Padre Geral Monzeroll, de José Batista de Oliveira, de Tereza Cardoso de Oliveira, de Arlinda da Silva Bonfim, de Antonio Marques e de Ana Anita Marques, confirmados pelos vestígios encontrados pelos que realizaram o auto de levantamento do local. Também os interrogatórios do réu Cleómenes provam a permanência em Guarulhos no dia dos fatos de inúmeros policiais em busca de "Nego Sete" e a prisão de Antonio Marques. A testemunha Arlinda declara que os homicidas se diziam membros do "Esquadrão da

Morte". E Antonio Marques deixa claro em seu depoimento que quase foi morto por engano por ser parecido com "Nego Sete".

Não se argumente, como pretendem fazer alguns acusados nos interrogatórios e algumas testemunhas de defesa, que nunca existiu o "Esquadrão da Morte" e que os assassinatos sucedidos no período de atividades do sinistro agrupamento devem ser atribuidos a lutas entre marginais. Não bastassem as arrasadoras provas dos autos no sentido da existência da **societas deliquendi**, a notoriedade da não continuidade das mortes, quando o eminente Presidente Médici, alertado por protesto do ilustre Desembargador Cantidiano Garcia de Almeida, então Presidente do Egrégio Tribunal de Justiça de São Paulo, ordenou rigorosa investigação dos crimes do agrupamento, é o suficiente para demonstrar a existência do esquadrão porque marginais não cessariam suas lutas por temor ao Presidente da República. Nos autos, é significativo que o delegado de Guarulhos não tenha tomado nenhuma providência quando a testemunha José Batista de Oliveira foi à polícia narrar os fatos. E a Delegacia de Guararema demorou quase um ano para descobrir a identidade do cadáver, que foi amplamente divulgada pela imprensa dias após os fatos.

Provados os fatos e demonstrada a materialidade do delito de homicídio pelo laudo de fls. 289, cabe fixar a participação dos acusados na execução do delito.

No direito brasileiro, é autor de um crime quem de qualquer forma concorre para sua execução dês que exista o elemento subjetivo ou nexo psicológico ligando a vontade do participante à prática do delito. No dizer de Hungria, "a participação, em qualquer caso, é concausação do resultado antijurídico, não havendo distinguir entre causa e concausa, entre causa e condição, entre causa imediata e causa mediata, entre causa principal e causa secundária. O resultado é uno e indivisível, e como todos seus antecedentes causais considerados in concreto se equivalem, segue-se logicamente que é atribuível na sua totalidade a cada um dos que cooperam para sua produção".

Em decorrência desses princípios, são autores do delito noticiado todos aqueles que participaram da "caçada humana" objetivando a morte de "Nego Sete", não importando a maior ou menor relevância dos atos praticados e respondendo, também, pelo delito os que não chegaram a disparar nenhum tiro ou mesmo retiraram-se do local antes de sua consumação. A preparação de um delito ou o encobrimento previamente planejado também consistem em co-participação.

Ao analisar a prova resultante dos reconhecimentos efetuados na sindicância, não acolho a impugnação dos drs. defensores de descumprimento do inciso I do artigo 226 do Código de Processo Penal por ser evidente que em face das circunstâncias, não seria possível às testemunhas que descrevessem antes as pessoas que iam reconhecer. É lógico que o reconhecimento, efetuado nessas condições, não deve ser valorado da mesma forma que o realizado com a cautela prevista no dispositivo legal referido, mas não pode ser considerado como destituido de valor probatório.

Examinam-se, agora, as provas apuradas contra cada um dos acusados.

Ernesto Milton Dias:
Afirmou no interrogatório que esteve em Guarulhos no dia referido à procura de "Nego Sete", mas que não o encontrando, dirigiu-se a Diadema. Foi reconhecido por Tereza Cardoso de Oliveira que disse lembrar-se "vagamente como o mais parecido com um dos participantes da referida diligência" e por Ana Anita Marques que contou ter ele ficado no carro com o marido dela.

Os indícios de autoria, resultantes dos reconhecimentos, são suficientes para sua pronúncia.

Sérgio Fernando Paranhos Fleury:
São torrenciais as provas que incriminam este acusado. Foi reconhecido por José Batista de Oliveira, pelo padre Geraldo, por Antonio Marques e por Ana Anita Marques. Estava na época dos fatos com o braço direito enfaixado, tendo a circunstância sido marcante para que sua presença não fosse esquecida. O acusado Cleómenes disse na sindicância que o Dr. Fleury estava em Guarulhos, junto com homens de sua equipe, e que foi ele quem determinou a remoção de Antonio Marques para São Paulo. Embora, em juízo Cleómenes tenha dito que foi coagido na Corregedoria de Presídios e desmentido a afirmação, a retratação não merece fé porque o exame da forma pela qual foi feita a sindicância, as provas que nela foram colhidas, a ausência de queixas por parte de outros que foram ouvidos e a reputação profissional do magistrado e do Procurador de Justiça, que tomaram os depoimentos, são suficientes para desmerecer a alegação de Cleómenes.

A prova testemunhal deixa claro que Fleury comandava o bando de delinqüentes, sendo consultado pelos outros e dando ordens. Vejam-se os depoimentos de Ana Anita Marques e Antonio Marques.

No interrogatório judicial, Fleury preferiu silenciar, não negando os fatos. O atendimento médico, que lhe foi prestado no mesmo dia dos fatos, não tem relevância porque não foi provada a coincidência de horários.

Segundo o depoimento de padre Geraldo, Fleury teria saído do local antes do assassinato quando era prevista a chegada da vítima. A circunstância é irrelevante à luz do que foi dito sobre co-autoria.

Fleury deve ser levado a Júri.

Alberto Barbour:

Foi reconhecido por Ana Anita Marques que disse ser ele quem tinha o braço na tipoia. Além disso, padre Geraldo afirmou que por uma fotografia de jornal reconheceu Barbour como sendo um dos participantes dos fatos. No reconhecimento, porém, padre Geraldo não identificou o acusado.

Se é evidente a confusão de Ana Anita, não podendo ser levado em conta seu reconhecimento, e se não veio para os autos a fotografia que fez com que padre Geraldo apontasse Barbour como co-autor do delito, tenho como insuficientes os indícios de co-participação deste acusado.

Os comentários populares de que seria ele o relações públicas do esquadrão, vulgo "Lírio Branco", referidos pelo dr. Promotor, não devem ser considerados pela sua origem indefinida e por não encontrarem apoio na prova dos autos.

Para justificar a pronúncia, não basta uma simples suspeita. É preciso que os indícios de autoria tenham credibilidade o que não sucede no caso deste acusado.

Walter Brasileiro Polim:

Foi reconhecido por Antonio Marques e por Ana Anita Marques. Além disso, Tereza Cardoso de Oliveira e José Batista de Oliveira ouviram um dos autores do crime ser chamado pelo nome de brasileiro. Trabalhava sob o comando de Ernesto Milton Dias e costumava trabalhar com Sérgio Fernando Paranhos Fleury.

Os indícios são mais que suficientes para a pronúncia.

João Bruno:

Foi reconhecido pelo padre Geraldo que disse tê-lo visto anteriormente, mas não poder asseverar com segurança que tenha sido no dia dos fatos. Não há outra prova que o incrimine.

Se a testemunha não afirmou sua presença no local quando dos fatos, deve o acusado ser impronunciado porque a circunstância de ser policial e o fato da testemunha entender já tê-lo visto alguma vez são muito pouco para justificar a pronúncia.

Astorige Correia de Paula e Silva (Correinha):

Foi reconhecido por Ana Anita Marques como sendo a pessoa que lhe algemou. Não há outra prova que o incrimine.

O Júri deverá resolver sobre sua co-participação, sendo o indício suficiente para pronúncia.

Angelino Moliterno (Russinho):

Foi reconhecido por Ana Anita Marques e por José Batista de Oliveira, tendo a primeira dito que este acusado lhe deu um tapa. Afirmou no interrogatório que não estava em São Paulo na época dos fatos mas não pro-

vou sua ausência. Ter o réu realizado diligências policiais em outros estados durante os meses de novembro e dezembro de 1968 não exclui a possibilidade de estar em São Paulo no dia referido na denúncia e de ter participado do delito.
Deve ser julgado pelo Júri.

Antonio Augusto de Oliveira (Fininho II):
Foi reconhecido por Ana Anita Marques. Não há outra prova que o incrimine.
O Júri deverá resolver sobre sua co-participação, sendo o indício suficiente para a pronúncia.

Eduardo Xavier:
Foi reconhecido por Antonio Marques e por José Batista de Oliveira. Além disso, na sindicância o acusado Cleómenes disse ter Eduardo estado em Guarulhos na manhã do dia 23 de novembro, à procura de "Nego Sete". Eduardo era companheiro de David Paré e ficou muito abalado com sua morte.
Afirmou ter estado na tarde do dia 23 de novembro na missa de sétimo dia em favor da alma de David e na casa do falecido investigador, estando sua afirmativa confirmada pelos depoimentos da esposa e cunhada de David. **A circunstância, porém, não exclui a possibilidade de sua participação na busca de "Nego Sete".**
Finalmente, a declaração de José Batista de Oliveira, segundo a qual não reconheceu ninguém de cor preta nos reconhecimentos efetuados na sindicância, não invalida os outros elementos probatórios apurados contra Eduardo.
Deve ser julgado pelo Júri por serem suficientes os indícios de autoria.

Nathaniel Gonçalves de Oliveira:
Foi reconhecido por Ana Anita Marques, padre Geraldo e José Batista de Oliveira. **Os dois primeiros reconhecimentos não são muito seguros.** O réu trouxe testemunhas de defesa que afirmaram não terem os elementos da equipe de investigadores do réu participado da "detenção" de "Nego Sete". Seria de perguntar-se às testemunhas como souberam disso e solicitar-se-lhes os nomes dos elementos que teriam participado da busca a "Nego Sete". A afirmação dessas testemunhas é gratuita e não deve ser levada a sério.
O Júri apreciará as provas, sendo suficientes para pronúncia os indícios de autoria.

José Gustavo de Oliveira:
Foi reconhecido por Antonio Marques. Além disso, no interrogatório prestado na sindicância por Cleómenes, foi apontado como presente em Guarulhos durante a manhã do dia dos fatos em busca de Nego Sete. Tam-

bém alegou ter estado na casa do falecido David Paré e na missa em favor de sua alma na tarde do mesmo dia. O que foi dito quanto ao álibi de Eduardo Xavier é aplicável ao deste acusado.

Os indícios de autoria são suficientes para pronúncia.

Ademar Augusto de Oliveira (Fininho I):
Foi reconhecido pelo padre Geraldo que disse ser ele a pessoa retratada em primeiro plano no lado esquerdo da fotografia de fls. 332. Não há outra prova que o incrimine.

O Júri deverá julgar sobre sua co-participação, sendo o indício suficiente para pronúncia.

Cleómenes Antunes (Goiano):
Foi reconhecido pelo padre Geraldo, por Antonio Marques e por Ana Marques. Confessou ter estado em Guarulhos e levado Antonio Marques preso para São Paulo.

Sua co-participação está bem demonstrada, sendo de rigor a pronúncia. **Se trazia dentro de si o vínculo subjetivo,** que ligava sua ação ao resultado atingido – a morte da vítima – é questão a ser resolvida pelo Júri.

João Carlos Tralli (Trailler), José Campos Corrêa Filho (Campão) e Abílio Armando Alcarpe:
Esses três réus foram indicados por Cleómenes Antunes no interrogatório prestado na sindicância como tendo estado em Guarulhos na manhã de 23 de novembro. No interrogatório judicial, os três afirmaram sua presença nesta cidade em procura de "Nego Sete", durante a manhã do dia referido, dizendo os dois primeiros estarem acompanhados pelo dr. Fleury e o terceiro pelo dr. Ernesto Milton Dias. Contaram ainda, mas não provaram, terem saído de Guarulhos antes do início da tarde.

Os indícios relativos aos três são suficientes para pronú digo, pronúncia.

Fixada a co-participação dos réus, devem ser examinadas as qualificadoras e o delito de ocultação de cadáver.

A primeira qualificadora imputada – uso de meio insidioso ou cruel – não ficou configurada porque se a própria denúncia diz que a vítima teve morte instantânea, não se pode afirmar tenham os acusados aumentado o sofrimento dela. Os inúmeros tiros disparados não constituem por si só crueldade ou insídia. Essa qualificadora para existir exige que os acusados procurem inutilmente aumentar os padecimentos da vítima, o que não ocorreu.

A outra qualificadora – uso de recurso que dificulte ou torne impossível a defesa do ofendido – está bem caracterizada já que os acusados aguardaram emboscados a chegada da vítima, não lhe possibilitando defesa.

O delito de ocultação de cadáver não se configurou. Membro do "Esquadrão" não identificado telefonou à sala de imprensa do Palácio da Polícia, noticiando o local para onde o cadáver foi levado. Ainda que tal não houvesse ocorrido, é evidente que se a vítima tivesse sido deixada no local onde foi assassinada, haveria imediata investigação judicial ou policial por pressão da imprensa. Para apagar vestígios do crime de homicídio, seus autores necessitavam de levar o cadáver do local, não tendo a intenção de ocultá-lo ou mesmo subtraí-lo.

Isto posto:

I – julgo extinta a punibilidade dos atos atribuídos aos acusados, referentes ao abuso de poder, pela ocorrência de prescrição da ação penal;

II – impronuncio os acusados Alberto Barbour e João Bruno;

III – pronuncio, como incursos no artigo 121, § 2º, IV, do Código Penal, os acusados Ernesto Milton Dias, Sérgio Fernando Paranhos Fleury, Walter Brasileiro Polim, Astorige Correia de Paula e Silva (Correinha), Angelino Moliterno (Russinho), Antonio Augusto de Oliveira (Fininho II), Eduardo Xavier, Nathaniel Gonçalves de Oliveira, José Gustavo de Oliveira, Ademar Augusto de Oliveira (Fininho I), Cleómenes Antunes (Goiano), João Carlos Tralli (Trailer), José Campos Corrêa Filho (Campão) e Abílio Armando Alcarpe;

IV – impronuncio todos os acusados pelo delito de ocultação de cadáver.

Faculto aos pronunciados a concessão do benefício previsto pelo § 2º do artigo 408 do Código de Processo Penal dês que comprovem:

a) primariedade;

b) permanência nos quadros policiais ou afastamento voluntário;

c) não terem sido pronunciados em outros processos referentes às atividades do "Esquadrão da Morte".

A segunda e terceira condição são necessárias para aferição dos bons antecedentes dos pronunciados porque os que foram demitidos da polícia pela prática de atos irregulares e os que foram pronunciados em outros feitos, tendo contra si a presunção de deliqüência decorrente da pronúncia, não podem alegar a existência de bons antecedentes.

Em face das certidões apresentadas e verificando a existência de muitos feitos criminais contra alguns dos pronunciados, poderei restringir o critério por razões que então apresentarei.

Observo, finalmente, corrigindo lapso da decisão, que o artigo 121, § 2º, IV do Código Penal, no qual estão os pronunciados incursos, está combinado com o artigo 25 do mesmo diploma.

Lancem-se no rol dos culpados os nomes dos pronunciados. Expeçam-se mandados de prisão.

P.R.I. e C

Guarulhos, 21 de outubro de 1974

MAURICIO DA COSTA CARVALHO VIDIGAL
Juiz de Direito

IMPRESSÃO E ACABAMENTO:
YANGRAF Fone/Fax: 6198.1788